CB000959

MATCH MORTAL

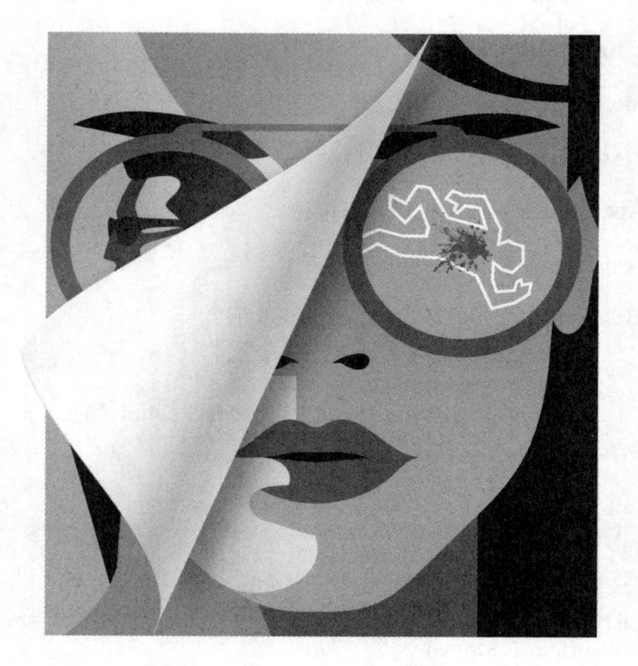

L. M. CHILTON

Tradução Luiza Marcondes

Editora Natália Ortega

Editora de arte Tâmizi Ribeiro

Coordenação editorial Brendha Rodrigues

Produção editorial Manu Lima e Thais Taldivo

Preparação de texto César Carvalho

Revisão de texto Carlos César da Silva e Lígia Almeida

Design da capa Danielle Mazzella Di Bosco

Imagens da capa Adobe Stock e Shutterstock

Foto do autor Jack Barnes

Dados Internacionais de Catalogação na Publicação (CIP)
Angélica Ilacqua CRB-8/7057

C464m

Chilton, L. M.
Match mortal / L. M. Chilton ; tradução de Luiza Marcondes. --
São Paulo, SP : Astral Cultural, 2025.
256 p.

ISBN 978-65-5566-614-4
Título original: Swiped

1. Ficção inglesa 2. Suspense I. Título II. Marcondes, Luiza

25-0291 CDD 823

Índice para catálogo sistemático:
1. Ficção inglesa

BAURU
Rua Joaquim Anacleto
Bueno 1-42
Jardim Contorno
CEP: 17047-281
Telefone: (14) 3879-3877

SÃO PAULO
Rua Augusta, 101
Sala 1812, 18º andar
Consolação
CEP: 01305-000
Telefone: (11) 3048-2900

E-mail: contato@astralcultural.com.br

Para todas as minhas pistas falsas.

1

Já fiz algumas coisas bem ruins na vida.

Não estou falando daquelas transgressões corriqueiras, normais do dia a dia. Veja bem, eu admito, sem problemas, que tenho pelo menos dois cartões de crédito a mais do que preciso, um vício controlado em batata chips e que preciso muito, mas muito mesmo, fortalecer o abdômen. Não, eu estou me referindo àquelas coisas horrorosas *de verdade*, aquelas que você gostaria de enterrar bem fundo, a ponto de poder fingir que nunca aconteceram.

Em uma estimativa aproximada, eu fiz, no total, talvez catorze coisas que fariam o Dalai Lama arquear uma sobrancelha de preocupação. Mas, entre todas elas, eu diria que a *segunda* pior coisa que já fiz na vida estava se desenrolando bem na minha frente: a despedida de solteira da minha melhor amiga, evento também conhecido como a despedida de solteira infernal (uso aqui a palavra "infernal", mas tinha quase certeza de que nem mesmo o diabo foi forçado a beber Bellinis com canudinhos em forma de pênis às 20h30 de uma quinta-feira na boate Cameo).

E, em uma grande reviravolta, como dama de honra, era tudo cem por cento minha culpa. Meus planos incríveis de karaokê e comida chinesa haviam sido julgados "pouco tradicionais" pelas velhas amigas de escola de Sarah, como se usar camisetas estampadas com a cara do noivo em uma péssima edição no Photoshop fosse tudo que Henrique VIII tinha em mente quando inventou despedidas de solteira (eu presumo que ele, bem como todas as suas esposas, teve algo a ver com isso em algum momento). Então, esta situação — um *happy hour* na segunda pior balada de Eastbourne — foi o que arranjei como alternativa e, no momento, estava indo de mal a pior.

— Pessoal! Hora do jogo de perguntas! — Amy gritou. (Eu tinha quase certeza de que o nome dela era Amy, mas podia muito bem ser Helen ou Anne. Ou Daisy.)

Estávamos nós seis sentadas meio sem jeito em torno de uma mesa lustrosa demais, em um dos compartimentos em formato de U que cercavam a pista de dança iluminada (e, no momento, bem deserta) da Cameo. Era cedo demais para o lugar estar cheio, e nós estávamos basicamente sozinhas lá dentro, exceto por alguns empresários sentados no bar, que pareciam estar a duas vodcas com energético de amarrar as gravatas nas testas e tentar dançar o *haka*.

— Então... primeira pergunta, quanto o Richard calça? — Amy/Helen/Anne/ Daisy perguntou.

Fechei os olhos e me deixei afundar no couro falso, torcendo para que ele me engolisse.

— E eu sei lá — Sarah balbuciou enquanto remexia com a faixa que dizia "Futura Noiva" pendurada nos ombros, o rosto assumindo um tom intenso de beterraba. — Me pergunta alguma coisa mais indecente!

— Tá bom, hmm... — (provavelmente) Amy disse, passando os olhos freneticamente pela lista de perguntas, procurando por algo picante, mas adequado e, por fim, desistindo. — Err, qual a posição preferida dele na cama?

Eu não aguentava mais aquilo. Enquanto o grupo resmungava em uníssono, os rostos enfiados nos Bellinis, me levantei e, dando passos lentos de costas, adentrei as nuvens de fumaça de gelo seco que subiam da pista de dança. Me guiando pelas luzes néon que formavam a frase "Crie sua própria aventura" ao longo da parede, fui ao santuário dos banheiros, rezando para que alguém tivesse escavado um túnel de fuga atrás da máquina de camisinhas.

Chegando lá, encontrei uma cabine vazia, empurrei a tampa do vaso sanitário com o pé e me sentei. O estrondo do contrabaixo da *house music* genérica diminuiu até virar um baque fraco; puxei meu celular e abri o Connector, o aplicativo de relacionamento do momento que estava, das duas, uma, dependendo de para quem estamos perguntando: a) frustrando qualquer chance que eu tinha de uma recuperação racional pós-término; ou b) oferecendo uma distração útil de minhas escolhas de vida cada vez mais duvidosas.

Depois de uns bons dez minutos deslizando pelo fluxo infinito de homens quase idênticos, arrumados demais pra quem acabou de escalar o Machu Picchu, fui interrompida pelo som da porta do banheiro se abrindo. Segundos mais tarde, ouvi a voz de Sarah ecoando pelos azulejos.

— Gwen! Você está se escondendo aqui? Vai perder a brincadeira de prender o pinto no noivo!

— Merda. — Mexi a boca em silêncio, guardando rapidamente o celular na bolsa e pondo a cabeça para fora da cabine para ver Sarah parada no meio do banheiro, erguendo duas taças plásticas de champanhe. Com suas madeixas longas, pretas e brilhantes e sua maquiagem impecável, ela sempre parecia ter uma segunda carreira secreta como modelo daquelas caixinhas de tintas de cabelo, mesmo quando enrolada em uma faixa rosa néon de Futura Noiva.

— Ah, te encontrei — ela disse, me entregando uma taça. — Por favor, me diz que você não estava sentada aí brincando de novo em aplicativos de relacionamento?

— Não, só estava lendo os grafites — menti.

Sarah me olhou do mesmo jeito que se olha para um filhote de cachorro fofinho que fez xixi no chão.

— Eu sei o que está acontecendo — ela declarou, sacudindo a cabeça e dando um sorriso triste. — Estava preocupada que isso tudo pudesse ser um pouquinho demais pra você. Só faz alguns meses desde que, bom, você sabe, né? Não precisa ficar aqui se não quiser...

— Quê? E perder a oportunidade de grudar um pênis de papelão numa foto do seu noivo pelado? Nem pensar. Afinal, eu ficaria fazendo a mesma coisa se estivesse em casa, então nem faz diferença.

— Gwen — Sarah suspirou —, você não precisa ficar fingindo comigo. Não tem problema estar chateada com a história do Noah, você não tem que...

— Já te falei mil vezes, tá tudo bem, eu tô bem, é sério, tá tudo *bem* — eu disse.

Em geral, eu notava que, se repetisse a palavra "bem" o bastante, conseguia convencer ao menos a mim mesma de que tudo ficaria... sim, isso mesmo, ficaria bem.

— Certo, bom, que ótimo, eu acho — ela disse. — Vamos, então, preciso de você comigo, estão acabando comigo no jogo das perguntas.

— Não me surpreende — falei, me sentando no balcão das pias para ficar no nível dos olhos dela. Sarah era uns bons oito centímetros mais alta do que eu, mesmo sem os sapatos de salto bloco. — Sar, você tem certeza mesmo disso tudo?

— Da despedida de solteira? — Sarah perguntou. — Não, esse lugar é uma merda, na verdade, mas você disse que não deixariam mais a gente entrar no Flares depois que você...

— Não, não, não falo da despedida. O que tô perguntando é se você tem certeza *disso*. — Apontei para a faixa cintilante de Futura Noiva dela. — Do casamento, do Richard...

— Ai, pelo amor de Deus, isso de novo, não. — Ela revirou os olhos. — Eu sei que você e o Richard não são exatamente melhores amigos, mas você ainda não o conhece tão bem a ponto de...

— E você, conhece? — interrompi.

Depois de algumas experiências negativas com namorados questionáveis na faculdade, Sarah tinha se tornado perita na arte de identificar sinais de alerta, descartando, imediatamente, qualquer homem que mostrasse o mais tênue indício de ser um otário. Era esse o motivo da minha surpresa quando ela se apaixonou por Richard com tanta rapidez. Embora não houvesse nada de intrinsecamente errado com ele, também não havia nada de muito certo, além da boa aparência evidente e da poupança no banco. Eu imaginava que era disso que ela gostava nele: Richard era completamente mediano. O romance dos dois havia crescido feito uma bola de neve desde o momento em que se conheceram (na vida real, como nossos avós faziam!) em uma conferência do trabalho, no verão passado. Pouco tempo depois, Richard a surpreendeu com uma aliança escondida em um dos muitos, muitos bolsos do corta-vento favorito dele.

E agora, seis meses depois, Sarah estava prestes a sair do apartamento que dividíamos, me abandonando e deixando que eu encarasse os horrores da vida de solteira sem ela. E tudo estava absolutamente ótimo. Eu não tinha nenhum problema com isso, nenhunzinho, e qualquer um que sugerisse o contrário não me conhecia *nada* bem.

— Podemos não estar juntos há muito tempo, mas eu sei que ele é um cara do bem — Sarah afirmou. — E só Deus sabe que não tem muitos desse tipo sobrando por aí. Então, eu adoraria se vocês dois pelo menos tentassem se entender.

Baixei os olhos para meus tênis Converse surrados. Quando abri a boca para dizer alguma coisa, um toque denunciador ressoou das profundezas da minha bolsa, me interrompendo. Os olhos de Sarah giraram na direção dela, atraídos pelo som como um atirador treinado.

— Eu sabia! — ela gritou enquanto eu pegava o celular. — Você estava *mesmo* dando um monte de matches por aí! Não dá pra deixar esse negócio de lado só um pouco? Essa era pra ser a melhor noite da minha vida!

— Err, essa não seria a noite do casamento?

— Não, a do casamento é a segunda melhor. A melhor noite... — ela disse devagar, pegando meu punho e o afastando gentilmente de minha bolsa — ... é a em que se dança até as duas da manhã com sua melhor amiga na pior balada de Eastbourne, bêbada de champanhe.

— *Segunda* pior balada, obrigada. E isso aqui *definitivamente* não é champanhe, meu bem. — Eu balancei a taça de plástico na frente dela.

— Tanto faz. — Sarah soltou meu punho. — É o fim de uma era, não é? Sar e Gwen, uma última noitada antes de eu me mudar. Isso é tão importante para mim quanto o grande dia.

— Bom, nesse caso, você tá precisando endireitar sua tiara, princesa, ela tá toda torta.

Quando Sarah se virou para o espelho do banheiro para arrumar a tiara, aproveitei a chance para colocar a mão de novo dentro da bolsa. Aquele toque familiar só podia significar uma coisa: eu tinha recebido uma nova mensagem no Connector, e estava loucamente curiosa para ver de quem seria. Mas, assim que meus dedos envolveram o celular, ouvi Sarah suspirar alto, como um pneu furado.

— Jesus amado, Gwen, você esqueceu como funciona um espelho? Eu tô te vendo! — ela falou, ríspida. — Me dá esse troço!

— Tá, tá! — Suspirei, erguendo o celular entre o polegar e o indicador. — São as fotos do seu casamento que vão ficar assimétricas se eu não encontrar um par até a semana que vem.

O casamento seria na próxima semana, no Dia dos Namorados, como era de se esperar.

— Se for pra ser um inútil saído desse negócio — ela começou, pousando a taça e tomando o aparelho da minha mão —, prefiro que você não leve ninguém.

— Ah, deixa disso, nem todos são ruins! — exclamei.

— É mesmo? E aquele cara da semana passada, que usava álcool em gel em vez de desodorante?

— Bom, pelo menos ele era criativo — sugeri. — E pelo menos eu tô tentando voltar à ativa. Não é fácil, sabia? Nem todo mundo tromba com o amor da vida magicamente em um centro de convenções em Milton Keynes.

— O problema não é *você* — Sarah disse. — O problema é que esse aplicativo está lotado de imbecis que não têm salvação.

Como se para comprovar, ela começou a cutucar a tela com o dedo indicador, igual a uma avó tentando escolher um biscoito de chocolate em uma caixa sortida.

— Tá vendo? Todos eles têm cara de serial killer — ela apontou.

— Opa, opa, calma aí! — gritei enquanto ela deslizava despretensiosamente para a esquerda e para a direita, passando por mais ou menos vinte perfis. — Você tá deixando passar um bom potencial!

De repente, o celular apitou outra vez.

— Ah, olha só, diz que você deu um match. — Sarah suspirou.

— Me dá isso aqui! — guinchei, tirando o aparelho das mãos dela.

Passei os olhos freneticamente pelo aplicativo, desesperada para descobrir com quem ela teria me combinado por acidente. Mas a foto na tela era surpreendentemente promissora. Louro escuro com sobrancelhas marcantes, "Parker, 34, analista de dados de Eastbourne" tinha um rosto quase feminino, o que conferia a ele uma aparência um tanto impactante.

— Gosta de sair e de ficar em casa, de viajar, ver filmes e fazer carne assada aos domingos — eu li em voz alta.

— Uau, e trabalha com TI, é óbvio — Sarah disse, lendo por cima do meu ombro.

— Bom, ninguém é perfeito. — Dei de ombros. — Olha, diz aqui que ele tem um bom senso de humor, não se leva muito a sério e, como podemos ver pela excelente seleção de fotos, adora rir em pubs diversos na companhia de dois ou três amigos.

— Tem uma opção de desfazer o match? — Sarah perguntou, fingindo enfiar um dedo na garganta.

— Bom, eu posso bloquear ele, mas...

— Ótimo, e depois que fizer isso, desliga esse troço e volta para a mesa.

Quando me viu hesitar, seu rosto se suavizou por um instante; ela colocou uma das mãos no meu ombro.

— Você prometeu deixar de lado esses encontros, lembra? Pelo menos até depois do casamento. Esse monte de garotos bobos não vai substituir o Noah, sabia?

Senti um arrepio percorrer meu corpo. Meu ex-namorado era a última pessoa em quem eu queria pensar agora. Suspirei e coloquei meu celular na pia, com a tela para baixo.

— Ah, e escuta, não me odeie, mas o Richard está vindo pra cá — Sarah acrescentou com naturalidade.

Joguei a cabeça para trás e grunhi, dramaticamente. Se havia alguma coisa capaz de tornar aquela noite ainda mais capenga do que já estava, era o Richard.

— Tá de brincadeira comigo, Sar? — choraminguei. — Isso não é proibido? E a história de fazer uma despedida de solteira tradicional?

— Ah, fala sério, Gwen, acho que parou de ser tradicional quando a Daisy inalou a bexiga de hélio em forma de salsicha.

— Cacete, eu sabia que o nome dela era Daisy! — sibilei para mim mesma.

A Cameo *com certeza* não fazia o estilo do Richard. Ele era o tipo de homem que rezaria por uma pia vazando só para poder arrastar a Sarah por um circuito de três horas por lojas de ferramentas em um sábado. E uma coisa eu garanto, a Sarah pré-Richard nunca teria chegado nem perto de uma loja de ferramentas. Seria mais fácil encontrá-la esvaziando uma garrafa de *sauvignon blanc* no pub ao lado.

— Não se preocupa, ele não vai ficar sufocando a gente — Sarah prometeu. — Ele pode só ficar quietinho no canto enquanto a gente termina as brincadeiras.

— Ótimo, pode ser no canto lá do outro lado?

— Gwen! Seja boazinha. Estamos no século vinte e um, ninguém mais faz despedidas separadas pro noivo e pra noiva. Hoje em dia, o que tá em alta é juntar todo mundo. E é uma boa oportunidade de ele conhecer as meninas antes do casamento. Por favor, faz esse esforço por mim, tá bom?

Cruzei os braços, amuada.

— Tá bem. Só me dá um minuto pra me ajeitar, pode ser?

— Você não vai mandar mensagem para aquele tal de Parker, vai? — Sarah quis saber, me observando desconfiada.

— Definitivamente e cem por cento não — falei.

— Esperta — ela falou, conferindo a tiara mais uma vez antes de se virar para sair do banheiro.

— Ei, Sar, espera aí — chamei.

— Sim? — ela respondeu, olhando por cima do ombro.

— Quarenta e quatro.

— Quê?

— Quanto o Richard calça — expliquei. — É quarenta e quatro.

— Cacete, é isso mesmo — Sarah falou. — Valeu! Como é que você sabe disso?

— Porque fui eu que escrevi as perguntas, idiota — eu disse a ela. — Agora sai daqui.

E, com isso, ela jogou um beijinho para mim e foi embora, me deixando sentada no balcão das pias, encarando meu reflexo distorcido na torneira de aço inoxidável. Eu podia estar ilhada na solteirice, mas queria desesperadamente que Sarah tivesse o casamento de seus sonhos; que nunca, nunca precisasse cruzar o campo minado de detritos em um aplicativo de relacionamentos idiota para encontrar um ser humano minimamente decente com quem compartilhar a vida. Mas, no fundo, alguma coisa naquele "felizes para sempre" em particular não parecia tão... bom... *feliz*.

Desci da bancada das pias com um pulo, tentando me livrar daquela sensação. Quando fui guardar o celular de volta na bolsa, vi o perfil de Parker de relance, ainda aberto na tela. Fiz uma pausa, um dedo pairando sobre o rosto dele. Com a outra mão, agarrei minha taça e entornei o restante do espumante morno.

Que se dane, pensei enquanto digitava uma mensagem.

Gwen: eaí? tô presa numa despedida de solteira infernal, que tal me dar uma desculpa pra sumir daqui?

2

Retornei para a mesa e encontrei Sarah vendada com a faixa de noiva, balançando um falo construído toscamente com papelão. As garotas tentavam em vão direcioná-la para a localização correta de um desenho de um homem bizarramente musculoso, cuja cabeça havia sido substituída por uma foto do rosto de Richard.

Eu me sentei e, certa de que Sarah não conseguia me enxergar, examinei rapidamente o restante das fotos de Parker no Connector. Todos os elementos estavam ali, como a pose ao lado de dois amigos (menos bonitos), a foto segurando um troféu de aspecto barato em um evento do trabalho, uma imagem melancólica em preto e branco e uma foto em que estava vestido de zumbi no Halloween, de maneira que ainda deixava na cara que ele era bem gato.

Olha, eu admito, não é como se o meu perfil fosse uma obra de arte revolucionária do Proto-Renascimento. Sim, eu havia dedicado uma tarde inteira, que jamais recuperaria, tentando elaborar um perfil sexy, engraçadíssimo e impossível de se deslizar para a esquerda, mas, no fim, desisti e puxei algumas fotos antigas das profundezas da galeria. Tinha me decidido por cinco imagens que iam de "sou-linda-e-sei-disso" até "casualmente-sexy-sem-nem-perceber" e, de repente, lá estava eu: "Gwen, 29, barista, Eastbourne", oficialmente para jogo. E, apesar de "estar para jogo" parecer nojento, a coisa estava sendo divertida até o momento. Bom, quando digo "divertida"... na verdade, grande parte dos homens com quem eu tinha dado match eram: a) cem por cento doidos, ou b) mulherengos de marca maior. Portanto, uma descrição mais precisa da minha vida amorosa provavelmente seria "interessante".

— Tô perto? — Sarah gritou, quase derrubando uma bandeja de Bellinis novinhos no meu colo.

— Perto de me ensopar — respondi. — Quando o Richard chega?

— Hm, não sei, tô meio ocupada agora, Gwen — Sarah disse, virando-se na direção do som de minha voz. — Acho que ele deve estar pra chegar.

— Ah, tá — falei, e Sarah brandiu os braços de repente à direita, dessa vez atingindo as bebidas na mesa.

As madrinhas deram gritinhos em uníssono ao se desviarem de respingos de espumante. Sarah abaixou a venda e inspecionou os detritos, sacudindo a cabeça para mim com reprovação em seguida.

Os doces personalizados em forma de coração que encomendei — que levavam gracejos como "VC PODE MORRER 1º", "PRA SUA IDADE ATÉ Q TA BOM" E "VC ESCOLHE O FILME HJ" — estavam espalhados por toda a mesa, desintegrando-se lentamente conforme absorviam os drinques derramados.

— Você disse "pra cá"! — ela acusou.

— Não, eu disse... ah, esquece — falei, limpando fatias empapadas de frutas dos meus jeans. — Falha minha. Vou buscar mais.

Atravessei a pista de dança, atualizando o Connector enquanto serpenteava em meio às poucas pessoas que requebravam fora do ritmo ao som de Ed Sheeran. Antes que eu chegasse ao bar, recebi um mensagem.

Parker: Despedida de solteira infernal? Parece legal. Posso participar?

Puxando uma banqueta, pedi uma rodada de bebidas, junto de uma dose extra de tequila para mim, e digitei uma resposta.

Não, não pode! Mas eu podia te encontrar no Brown Derby, perto do pavilhão, que tal?

Com um pouco de sorte, eu conseguiria dar o fora dali antes que Richard chegasse. Quando fui pagar, ouvi uma voz vindo do outro extremo do bar e ergui os olhos para ver um cara vestindo uma camisa amarrotada, balançando um cartão na minha direção.

— Posso? — ele ofereceu, sorrindo.

Apesar de parecer ter saído de uma reunião importante da diretoria da Executivos de Meia-Idade S.A., o copo de cerveja pela metade à frente dele claramente não era sua primeira bebida da noite. O paletó de seu terno estava estendido sobre o balcão, e as manchas de suor sob os braços pareciam se espalhar pela camisa já-não-mais-branca enquanto ele falava.

— Não, obrigada, estou com elas — falei, indicando a mesa.

Imediatamente enterrei meu rosto no celular, caso qualquer parte daquela frase desse a entender que, na verdade, era meu maior sonho ser seduzida por um homem que ficava cada vez mais úmido, sob uma iluminação péssima. E, ainda que fosse, o som de "Thong Song" estava alto na medida certa para transformar qualquer tentativa de conversa que fosse além do "oi-tudo-bem" em um exercício de leitura labial. Digitei outra mensagem para Parker.

Gwen: Ei, tô sendo cantada pelo gerente regional da Aldi. Preciso de um resgate! O que me diz, Derby daqui 10 min?

O garçom colocou cinco Bellinis em uma bandeja e deslizou a dose de tequila na minha direção. Passei os olhos pela boate: nenhum sinal de Richard até o momento, mas as madrinhas tinham avançado para a pista de dança.

— Vamos lá, *vamos lá* — sussurrei para meu celular, mentalizando que Parker dissesse "sim" para eu poder fugir antes que Richard chegasse.

Eu conseguia sentir os olhos do cara no bar fixos em mim e, como esperado, quando ergui a cabeça, ele estava girando o dedo em torno do copo agora vazio e sorrindo para mim.

— Levou um bolo? — ele gritou na minha direção. — Bom, eu ainda tô aqui, gatinha, toma um drinque comigo.

— Não, obrigada — respondi com firmeza.

— He, he, não fale com estranhos, não é o que diziam antigamente? — o homem falou. — Achei que todas as garotas do seu tipo só faziam isso hoje em dia, falar com estranhos no celular, não é?

Ignorando-o, bebi a tequila e peguei a bandeja de drinques. Mesmo que fosse capaz de pensar em uma resposta sucinta, decidi que preferia guardar minhas energias para alguma coisa mais útil, como sair de perto dele o mais rápido possível.

— É de outro tipo de estranho que vocês gostam, né? — ele gritou enquanto eu me afastava, equilibrando a bandeja em uma mão enquanto atualizava o Connector com a outra. Ainda nenhuma resposta de Parker, então, guardei o celular no bolso traseiro da calça.

Quando cheguei ao centro da pista de dança, ergui os olhos e vi Richard, envolto em uma jaqueta impermeável e com o rosto corado do clima congelante que fazia lá fora, atravessando a multidão para chegar até as madrinhas. Olhei por cima do ombro, me perguntando se deveria recuar até o bar, apenas para ver o executivo me observando, a língua praticamente pendurada para fora da boca.

Estaquei, ilhada. No mesmo momento, meu celular finalmente vibrou. Segurando a bandeja com uma mão, eu o peguei e deslizei o polegar pela tela para desbloqueá-la.

Parker: Foi mal, vamos ter que tentar outra hora. Ficar andando por aí não é seguro pra um cara como eu.

Embaixo, ele tinha colado um link para uma reportagem de um noticiário local com a manchete: "Polícia recomenda cautela após homem ser encontrado morto por corredores em parque".

Cliquei no link, sentindo um embrulho no estômago quando a página carregou, revelando uma fotografia. O homem de rosto bonito e gentil, de cabelo loiro-avermelhado, sorrindo em sua cerimônia de formatura parecia familiar, me lembrando muito alguém que conheci no passado.

"O corpo de Robert Hamilton foi encontrado às 6h30 da manhã por dois corredores no Sovereign Park", dizia a primeira frase.

Rob Hamilton.

Naquele instante, meus braços viraram gelatina e a bandeja de drinques caiu da minha mão, fazendo líquido laranja se espalhar pelo piso iluminado. As madrinhas ergueram os olhos, surpresas, quando as poucas pessoas que dançavam se afastaram para evitar respingos.

Rob não só parecia alguém que eu conhecia. *Era* alguém que eu conhecia. Eu tinha ido a um encontro com ele havia uma semana.

3

Fiquei parada na pista de dança, molhada e perplexa, a boate parecendo girar ao meu redor. Com as mãos trêmulas, digitei uma resposta para Parker.

Gwen: q merda é essa?

O que eu realmente queria digitar era "Mas que merda de ideia é essa de mandar links falando de um corpo suspeito encontrado num parque?", mas minhas mãos estavam tremendo demais.

Reli a reportagem. Os detalhes eram escassos, mas, com certeza, não parecia que a morte de Rob fora acidental. A polícia estava procurando qualquer um que tivesse informações, dizia ali, e parte de mim sentiu que eu deveria ligar para eles. Mas o que diabos eu diria? Que fui a um encontro fuleiro com ele na semana passada?

— Gwen! — A voz de Sarah ressoou, me tirando de meu devaneio. — O que você tá fazendo? Tá parada no meio de uma poça de espumante, mandando mensagem!

— Hã, eu preciso falar com você, agora mesmo — murmurei. — É uma emergência.

De repente, Richard apareceu atrás dela. Ele me ofereceu um sorriso constrangido enquanto deslizava um braço em torno da cintura de sua noiva.

— Ah, err, oi, Riczinho — falei, me inclinando para enxergar a pessoa atrás de Sarah e acenando para ele. — Não tinha te visto aí.

— Qual é a emergência? Essa roupa? — Richard indagou, gesticulando na minha direção.

Fiz uma careta para Sarah, que entendeu o recado.

— Richard, faz a gentileza de buscar mais drinques pra gente, tá? — ela pediu, dando tapinhas nas costas dele com o pênis de papelão que continuava segurando.

— Isso é o meu...? — ele perguntou, uma expressão de repulsa no rosto.

— Isso aí, em tamanho real — respondi, lançando um sorriso sarcástico a ele. — Uma tequila pra mim, obrigada.

Quando ele saiu a passos largos na direção do bar, puxei Sarah até o canto onde estavam empilhados nossos casacos.

— Escuta, lembra daquele cara com quem eu fui ao bar de vinhos? — perguntei baixinho.

— Não, qual foi esse?

— Você lembra, sim, o Rob, o cara da mão boba que não tinha superado a ex?

— Ah, é, o que passou a noite chorando em cima do *pinot noir* e depois tentou tirar uma casquinha, lembrei!

— Então, ele morreu.

— O quê?

— É sério — falei, mostrando a ela a reportagem no meu celular.

— Cacete. — Ela pegou o aparelho para segurá-lo com firmeza, os olhos avaliando manchete.

— Pois é, eu sei — respondi. — Coitado do cara.

Richard nos interrompeu, com uma bandeja de bebidas na mão e uma expressão confusa no rosto.

— Quem morreu? — Ele quis saber. — O que foi que você fez agora, Gwen?

— Nada! — exclamei. — Eu não fiz nada!

Sarah se inclinou para mostrar a ele a reportagem na tela do meu celular.

— Um dos ex da Gwen — ela contou.

— Ele não é meu ex! — bufei. — A gente só saiu uma vez!

— Eita — disse Richard, os olhos se estreitando enquanto analisava a matéria. — Qual era a dele? Não prestava?

Peguei a dose de tequila na bandeja, virei e me deixei afundar nos casacos. Parecia estranho pensar em Rob de novo agora que ele estava, bem... morto. Fechei os olhos e tentei ignorar os arredores, mas a batida da música vibrava por toda a pista de dança, ressoando até nos meus ossos.

— Sei lá, ele era legal, acho — falei, uma onda de tristeza me inundando.

— Ela tá sendo bondosa — Sarah disse a Richard. — Era um fracassado do caramba, como todos os caras com quem a Gwen sai. — Ela se virou para mim. — E você não falou que ele tinha ficado todo esquisito no final?

— Err, é, bom, acho que ele era um *pouquinho* estranho — concordei.

— O que ele fez? — Richard perguntou.

Olhei por cima do ombro dele, fazendo uma careta para Sarah.
— Qual é? Me conta de uma vez! — ele insistiu.
Então, eu contei.

4

O encontro com Rob

A foto de perfil de Rob exibia uma barba estilosa e um corte de cabelo elegante, ambos completamente aceitáveis. De imediato, ele me diz que é consultor financeiro de Bexhill e que tem um ótimo senso de humor, dois fatos que parecem intencionalmente contraditórios. Mas nós continuamos, trocando mensagens por alguns dias, até que ele me convida para um evento de degustação de vinhos na Grand Parade.

Pareceu um convite megapretensioso, mas aceito, porque ele tem um sorriso bonitinho e eu gosto de vinho. Além do mais, acho que já está na hora de parar de me esconder atrás da segurança do meu celular e voltar à ativa. Já fazia semanas desde que terminei com Noah, desde que minha vida inteira desmoronou, e anos desde a última vez que fui ao que as pessoas costumavam chamar de "encontro às cegas". Mas é hora de sacudir a poeira e seguir em frente.

Infelizmente, no mesmo instante em que terminei de baixar o Connector, fui bombardeada tão implacavelmente pelos já citados cem por cento doidos e mulherengos de marca maior que desliguei todas as notificações do aplicativo. Durante as primeiras semanas, só o abria em momentos de tédio extremo, ou às duas da manhã, semibêbada e morrendo de tesão. E, tá, pra ser completamente honesta, foi assim que dei match com "O Banqueiro".

Combinamos de nos encontrar às 18h30, bem na entrada do Bar de Vinhos Hudson. É claro, eu mandei uma mensagem de antemão para com a minha localização, caso o cara acabasse se revelando um maníaco da machadinha. Mas, quando chego lá, ele está esperando por mim do lado de fora do bar, parecendo muito bonitão em seu terno profissional e sem nenhuma arma sangrenta à vista.

— Gwen? — pergunta ele, e o encaro com um sorriso, mostrando que o reconheço.

— Oi — digo, dando um beijo na bochecha dele. Ele tem cheiro de colônia cara misturada com aquele aroma revigorante de ar fresco, que só para sentir em alguém que passou algum tempo ao ar livre. — Vamos entrar? — pergunto.

Estou usando uma jaqueta de couro curta por cima de um suéter marrom curto e jeans bem justos com botas de salto médio e, portanto, desesperada pelo calor do lado de dentro do lugar.

O bar está cheio de pessoas recém-saídas de escritórios, em pé ao redor de mesas individuais. Quando encontramos nosso lugar, uma mulher elegante anuncia que trarão cinco vinhos diferentes para provarmos, mas que primeiro vão nos ensinar como degustar com o nariz. Eu tento escutar, porque, até aquele momento da vida, só tinha conseguido dominar a arte de degustar vinho com a boca, mas Rob parece ávido para conversar.

— Você está bonita — ele diz, perto do meu ouvido. — Como foi seu dia?

— Ah, foi bom! — sussurro de volta. — E o seu?

— Estressante. Mas isto deve ajudar.

Ele indica com a cabeça as duas taças de vinho vindo em nossa direção. O garçom nos serve e, obedientemente, enfiamos os narizes nelas.

— Que notas estão sentindo? — a mulher pergunta. — Não se acanhem, não há respostas erradas.

— Sândalo — respondo. Não faço ideia de qual é o cheiro de sândalo, mas, quando se trata dessas coisas, a resposta é sempre sândalo.

— Ótimo! — ela exclama, um trinado na voz. — Mais alguém?

— Nossa, você é boa nisso — Rob sussurra para mim.

Conforme a noite avança, o garçom troca de tempos em tempos nossas taças vazias por taças cheias. Depois de quatro rodadas, Rob parece um pouco tonto.

— Cereja preta! — ele grita aleatoriamente, dando risadinhas abafadas.

Quando a última taça é oferecida, ele a entorna de uma vez só.

— O que eu ganho? — Ele pergunta com um sorriso para nossa anfitriã.

— Acho que não é bem uma competição — digo. — Vamos lá, acho que é melhor irmos pro bar.

Meia hora se passa e Rob está na sexta taça de vinho e se empanturrando de batatinhas sabor sal marinho, me contando o quanto recebeu no último bônus trimestral entre uma mastigada e outra.

— Há quanto tempo você trabalha no setor bancário? — pergunto.

— Tempo demais! — ele exclama, o volume de sua risada muito além da conta.

Começo a sentir que minha sina é tão inevitável quanto a daquelas batatinhas de sal marinho, mergulhando na ruína inescapável.

— Desculpe. — Ele pigarreia. — Não estou te fazendo perguntas o suficiente. Sei que é isso que eu deveria fazer, não é? Me interessar pela sua vida? Você é barista, certo?

— Bom, mais ou menos. Sou a única barista no mundo que odeia café. Mas gosto de pensar que sou mais... assim... não sei, uma empreendedora? Eu era gerente de redes sociais da Delizioso, a empresa de aperitivos, já ouviu falar? Os que vendem PetisCroc e Amendolanche? Mas, no ano passado, eu comprei um caminhão de sorvete antigo, reformei e transformei numa cafeteria móvel. O plano é levá-la a alguns festivais durante o verão — conto. — Mas, é, também sirvo café.

Parece estranho dizer "eu". A verdade é que Noah e eu compramos o caminhão juntos. Era o sonho de Noah: guardar dinheiro o suficiente para nos demitirmos dos nossos empregos chatos em horário comercial e viajar pelo país todo em nosso pequeno café-móvel. Infelizmente, só conseguimos chegar até a etapa "pedir demissão e comprar o caminhão". Mas Rob não precisa saber de todos os detalhes. Pelo menos não no Encontro Número Um.

— Legal, legal — ele responde. — Como tem sido? Já ficou rica? Imagino que não tenham muitos turistas por aqui nessa época do ano, certo?

— As coisas estão ótimas — minto. — Todo mundo além de mim ama café, né? Parece até que é viciante.

— Ah, bom, não sei se você sabe, mas, na verdade, a cafeína realmente impulsiona os níveis de dopamina, então, sim, é possível se tornar dependente dela — ele explica.

— Certo, obrigada, é bom saber — digo, assentindo.

— Bom, eu pego leve com o grãozinho do diabo. Sou um homem mais chegado a um *frappuccino*.

— E vejo que a um vinho também.

— Cereja preta! — ele grita mais uma vez, triunfante, antes de enfiar o nariz na taça com mais força do que devia, quase derramando a bebida no próprio rosto.

— Cuidado aí — digo, olhando ao redor para ver se tem alguém nos encarando.

— Graham, não esquece de tirar essa parte na edição! — ele berra para um canto vazio do bar.

— O quê? — Eu passo os olhos mais uma vez pelo lugar. — Quem é Graham?

— Ah, rá, rá, eu estava fingindo que estamos num reality show, e que as câmeras estão escondidas ali!

Meu rosto continua completamente impassível.

— Rá — ele diz, seu riso esmorecendo devagar, como um motor falhando.

Por sorte, todas as outras pessoas que estavam na degustação já foram embora, e o bar está praticamente vazio. Olho de novo para Rob e o vejo despejando os farelos das batatinhas do pacote na boca escancarada.

— Foi mal, você queria um pouco? — ele pergunta, limpando a boca na manga e voltando a focar os olhos nos meus.

— Tarde demais agora. — Sorrio.

— Você é muito simpática, aposto que seria uma namorada incrível para alguém — ele constata quando o rio de farelos finalmente seca.

— Err, obrigada. Pra ser sincera, tô solteira há pouco tempo, então, no momento, tô feliz só vendo como andam as coisas por aí.

— Ops, já estou sendo rejeitado?

— Hã, não — digo. — Só tô mantendo minhas opções em aberto.

— Bom, eu estou muito aberto a ser uma opção — ele diz, arrastando a voz.

Não consigo decifrar se foi um jogo de palavras sagaz ou se ele estava falando baboseiras embriagadas, então ofereço meu melhor sorriso ambíguo e balanço a cabeça.

— Tive bastante dificuldade em dar match com as pessoas no Connector, a princípio — ele continua. — Mas aí, bom, aí, eu descobri que...

Ele para e coloca uma mão na boca, como um mímico empolgado além da conta.

— Ooopa, foi mal! Eu não deveria te contar isso, sabe...

— Me contar o quê? — pergunto.

Ele dá uma batidinha no nariz de forma conspiratória.

— Desculpe, segredos comerciais.

— Não, vai, me conta, o que você quis dizer?

Rob começa a dizer algo, mas para subitamente no meio da frase outra vez, e seus olhos se arregalam, como se ele tivesse acabado de se lembrar que deixou o ferro de passar ligado. Seu rosto fica pálido, e ele pousa a taça na mesa pela primeira vez desde que chegamos.

— Com licença — ele murmura antes de se levantar e seguir apressado na direção do banheiro.

Quase dez minutos depois, Rob reaparece, parecendo mais pálido, porém mais estável.

— Você tá bem? — pergunto.

— Sim — ele responde, sentando-se com delicadeza. — Desculpe. Olha, para ser sincero, este é meu primeiro encontro desde que terminei com a minha namorada. Acho que eu estava um pouco nervoso, então bebi demais.

— Achei mesmo que você estava exagerando um pouco. — Sorrio para ele. — Tá tudo bem. Todos nós já passamos por isso.

— Não, isso é inaceitável, não é? — ele indaga, olhando pesarosamente para a própria taça pela metade. — Eu botei tudo a perder, não foi?

Inspiro fundo e afasto meu cabelo para trás das orelhas.

— Quanto tempo faz?

No decorrer da hora seguinte, Rob me conta sobre sua ex, que a tinha pedido em casamento com o anel que era da avó, no aniversário dela, depois de pedir a permissão do pai dela. Três meses depois, afundou metade das economias da mulher em investimentos malsucedidos, e ela o deixou e foi viajar pela América do Sul, construindo abrigos para cabritos. Quando estamos indo embora do bar, ele já está bêbado novamente, mas, para ser justa, eu também estou.

— Te acompanho até sua casa? — ele pergunta.

— Vou pegar o ônibus — digo a ele. — São só vinte minutos.

— Certo, legal, vou com você até o ponto, então — ele oferece, tropeçando no meio-fio.

Na metade do caminho até o ponto do ônibus, o celular de Rob apita, e ele o tira do bolso, a luz da tela iluminando seu rosto. Vejo seus olhos se arregalarem, e ele titubeia levemente. Equilibrando-se em um poste de luz próximo, ele cutuca a tela raivosamente. Em sua embriaguez, parece não estar conseguindo acertar o ponto certo na tela para abrir a mensagem.

— Algo errado? — pergunto.

— Só queria que esse filho da puta me deixasse em paz — ele diz, a voz hesitante.

— O que ele quer?

— Dinheiro, sempre mais dinheiro — murmura.

— É coisa do fisco? Nem me fale, eu sempre declaro no último dia, às onze e quarenta e cinco da noite, e nem um segundo mais cedo — digo.

— Não, é pior do que impostos.

Olho para Rob e vejo sua expressão ficar rígida, como se ele estivesse prestes a vomitar novamente.

— Esquece, eu tô bêbado. Falando besteira.

Caminhamos o restante do percurso em silêncio. Quando enfim chegamos à minha parada, eu olho, desalentada, para a tela que informa que tenho uma espera agonizante de seis minutos à frente.

Ficamos parados ali, constrangidos, observando gotas de chuva salpicarem o acrílico do ponto.

— Pode ir! — eu digo depois de um tempo, forçando meu melhor sorriso simpático. — Eu espero sozinha numa boa, e tá fazendo o maior frio! Vi na previsão do tempo que poderia até nevar, e você nem trouxe casaco!

— Ah, não tem problema, não estou com frio — ele garante.

— É, bom, taí a vantagem de beber três garrafas de vinho tinto. — Eu rio.

— E as duas cervejas que tomei antes de nos encontrarmos — ele acrescenta. — Um empurrãozinho alcoólico não machuca ninguém, né?

Bem quando penso que estou presa em um ciclo temporal diabólico, forçada a debater com Rob até o fim da eternidade os méritos de se fazer um esquenta, vejo o ônibus se aproximando à distância.

Me inclino para dar um beijo de despedida na bochecha dele, e suas mãos deslizam pela minha cintura; devagar, mas sem sombra de dúvidas, começam a descer até meu traseiro.

Eu me afasto imediatamente.

— Opa, calma aí, bonitão. — Coloco uma mão no peito dele e o afasto gentilmente.

— Mas eu pensei... — ele começa, parecendo decepcionado.

— Desculpe — digo, e xingo a mim mesma internamente em seguida. Por que diabos estou me desculpando? — Acho que você precisa superar a sua ex antes de sair com qualquer outra pessoa, Rob.

Porém percebo então que ele não está olhando para mim, mas, sim, por cima de meu ombro. Ao me virar, percebo que há um ônibus lotado de pessoas nos encarando.

Mesmo com o frio congelante, sinto meu rosto queimar.

— Preciso ir — aviso, dando um tapinha no ombro dele e embarcando de uma vez, antes que ele tenha a oportunidade de protestar.

Rapidamente, forço caminho até o fundo do ônibus, evitando os olhares julgadores de meus companheiros de transporte.

— Vamos parar aqui um minuto para regulação do serviço — um anúncio ressoa pelos alto-falantes do veículo.

Deus, agora não, lamento em silêncio. *Qualquer momento, menos agora.*

Uma vez abrigada nos bancos ao fundo, enfio meus fones de ouvido e coloco o volume no máximo. Me viro para ver se Rob continua esperando. Começou a chover e ele está olhando para o ônibus, o rosto inexpressivo, ficando cada vez mais molhado, mas, ao que tudo indica, ainda sem sentir frio. Então, ele puxa o celular e começa a sacudi-lo no ar, gritando. Eu tiro um dos fones para tentar ouvir o que ele diz.

— ...não preciso dela. Tenho um monte de matches! Um monte!

Rob levanta o celular até a janela do ônibus e, através dos respingos de chuva no vidro, consigo enxergar o aplicativo Connector dele, exibindo orgulhosamente um novo match.

— Viram? — ele grita para seu público cativo. — Duas vezes mais gata do que essa aí.

Rob aponta para mim, e eu encaro meu próprio colo, incapaz de me esconder enquanto o ônibus inteiro me compara com a imagem na tela do celular de Rob.

Vai, anda logo, imploro telepaticamente ao motorista.

Ouço o motor dar partida e agradeço aos deuses dos ônibus. Saímos do lugar, deixando Rob balançando o celular desesperadamente para os faróis traseiros, enquanto a chuva se transforma em flocos de neve.

Ao longo do restante do percurso, fico sentada com a cabeça apoiada na janela, o resplendor da solteirice arrancado de mim em um único encontro. Estou de volta às trincheiras, e a guerra é o inferno.

5

— E agora ele está morto? — Richard indagou. — Caramba, que horror.

— Pois é, um encontro com a Gwen, e depois encontrado morto num parque. Não sei qual parte é pior — Sarah falou.

— Para com isso — repreendi, lançando um olhar severo para ela. — Ele pareceu abalado de verdade com aquela mensagem. Quem será que era?

— Quem sabe ele não devia dinheiro pro tipo errado de gente...? — Richard sugeriu.

— E aí, quando ele não pagou, decidiram... — Minha voz foi diminuindo.

— Ou talvez a ex tenha atraído ele pra dentro do mato e se vingado? — Sarah riu.

— Não, ela tá em algum lugar do Peru, salvando cabritos ou algo assim — falei.

— Será mesmo? — Sarah questionou dramaticamente, agarrando meu celular e relendo a matéria, absorta. — Olha só, diz aqui que ele foi encontrado nos arbustos do Sovereign Park, não é perto do bar de vinhos?

Estremeci.

— Hm, é em algum lugar naquela área, acho.

— Aah, talvez ele leve todas as mulheres em encontros lá! — Sarah concluiu. — E, quando tentou avançar o sinal com uma delas, ela deu uma lição nele!

Ela sacudiu o punho, imitando o movimento de esfaqueamento de *Psicose*.

— Sarah! — repreendi. A ideia de alguém fazendo algo assim com Rob me deixava enjoada. Ele era um pouquinho otário, mas não merecia aquilo. Ninguém merecia.

— Que foi? — ela perguntou, fingindo indignação. — Qual é, Gwen? Ele era um belo de um cretino.

— Ei, ele era gente boa, só estava meio de coração partido — defendi. — De qualquer forma, não diz nada aqui sobre assassinato, talvez tenha sido um acidente.

— Mas diz que estão procurando testemunhas — Richard disse, apontando o pedido ao fim da matéria.

— Vocês acham que eu deveria ligar? — perguntei, me sentindo culpada de repente. Eu queria ajudar, é claro, mas não sabia nada sobre Rob, na verdade. Nada que seria útil para a polícia, ao menos. Xinguei a mim mesma em silêncio por não ter prestado mais atenção durante o encontro.

— Não, você não é uma testemunha, o encontro foi há um tempão — Sarah disse. — Esse escroto provavelmente só passou a mão na pessoa errada. Me parece que ele teve o que merecia.

Deixo escapar um suspiro.

— Ele parecia legal no aplicativo.

— E daí? Esses caras podem passar de superlegais para superameaçadores em um milissegundo. Eu te falei que esse aplicativo é um esgoto, e essa é a prova. Você não consegue nem sobreviver a uma despedida de solteira pela sua melhor amiga sem ficar procurando matches nesse negócio. Por que não desinstala de uma vez?

— Porque as chances de eu encontrar alguém decente na vida real são mais ou menos as mesmas de o Richard contar alguma história vagamente interessante. Nunca vai acontecer. Acho que você é a única pessoa que conseguiu nos últimos vinte anos.

— Você conheceu o Noah na vida real — Sarah contrapôs.

Senti minhas bochechas ficarem vermelhas. Aquilo doeu.

— Pois é, e olha como terminou bem — falei com sarcasmo.

Um formigamento horrivelmente familiar percorreu meu corpo, o mesmo choque elétrico que alfinetava minha pele toda vez que eu pensava naquela noite, há apenas alguns meses, quando tudo desmoronou. Ao ver a minha reação, Sarah colocou a mão em meu ombro.

— Quando você vai me contar o que aconteceu de verdade entre vocês dois? — Ela quis saber.

A pergunta me aborreceu.

— Eu já te disse umas cem vezes, nada "aconteceu". A gente só se distanciou — respondi. — Só isso.

Richard e Sarah trocaram um olhar conspiratório.

— Por quê? Ele disse alguma coisa pra vocês? — perguntei, me sentando com as costas retas de súbito.

— Não tenho notícias dele faz semanas, na verdade — Richard disse.

— Nenhum de nós tem — Sarah falou.

Passei os olhos de um para o outro antes de relaxar novamente o corpo sobre os casacos. Eu tinha um detector de papo furado muito bom. Bem, na maioria dos casos. É verdade que ele tendia a falhar quando eu virava uma dose de tequila atrás da outra.

— Por que você tá tão desesperada para encontrar alguém, aliás? — Sarah perguntou. — Não pode só aproveitar a vida de solteira por um tempinho?

— Eu tô superando — falei. — É isso que se tem que fazer depois de um término, certo?

— Superar não significa se atirar em cada mané que respira em Eastbourne, Gwen. Faz, sei lá, dois minutos que você terminou com o Noah. Você não é um tubarão. Não vai afundar e morrer se parar de se mexer.

— Na verdade, isso é uma lenda urbana — Richard começou. — Os tubarões conseguem bombear água pelas guelras e...

Sarah lançou um olhar de soslaio para ele, que voltou a bebericar a cerveja em silêncio.

— Escuta. Você precisa parar de ficar se distraindo com imbecis por um instantinho e resolver a sua vida. O caminhão, o término, tudo — ela continuou. — Aposto que nem começou a procurar outra pessoa com quem dividir o apartamento, não é? Eu vou me mudar daqui a uma semana, sabia?

Pude sentir cada músculo de meu corpo tensionar enquanto ela vistoriava meu histórico de erros e escolhas ruins. Inspirei profundamente e forcei meu melhor sorriso de dama de honra.

— O que é isso? Uma intervenção? Era pra gente estar numa despedida de solteira, não é? Não deveríamos estar cantando num karaokê ou coisa do tipo?

Desviei os olhos para a pista de dança, onde as outras madrinhas estavam, no momento, tentando replicar a coreografia de "Thriller". Pelo menos eu esperava que fosse isso que estivessem fazendo.

— Sabe de uma coisa? — Sarah disse, me ignorando. — Você não é um tubarão. Você é uma avestruz. Uma avestruz com a cabeça muito bem enfiada na areia.

— Peraí, assim você me ofende — eu falei, erguendo um dedo. — Pra começar, tubarões são muuuito mais legais que avestruzes...

— Para de brincar só um segundo, Gwen. Estamos preocupados com você — Sarah interrompeu. — Você pediu demissão, terminou com o Noah do nada, tudo isso bem quando estou indo embora. Eu sempre estou aqui se precisar, você sabe disso.

Sarah e eu jogamos *netball* durante toda a faculdade. Ela era incrível, eu era um lixo completo. Ela sempre gritava "Tô aqui se precisar!" quando eu estava com a bola — porque, quase sempre, eu precisava *mesmo*, sendo completamente incapaz de lançar em linha reta —, e a frase meio que pegou. Mas, naquele momento, eu não "precisava" de nada. Conseguiria facilmente me esquecer dos *lattes* não vendidos e dos encontros fracassados só por mais um tempinho. Tudo que precisava fazer era criar lembranças boas para a Gwen do Futuro, para apagar as lembranças velhas e ruins. Mas, para isso, eu precisaria de álcool, e não era pouco.

— Certo, em primeiro lugar — falei —, nesse exato momento, eu tô no processo de encontrar um novo namorado incrível e, em segundo lugar, a cafeteria tá indo superbem. Eu vendo bebidas quimicamente viciantes, não tem como dar errado. Agora, bora lá, vamos resgatar o que resta dessa despedida de solteira com destilados e karaokê no Brown Derby.

— Não tem máquina de karaokê no Derby — Richard disse.

— Quem falou que a gente precisa de uma máquina?

6

E, então, só Deus sabe quantas tequilas depois, eu estava de pé em uma mesa de bilhar, fazendo uma serenata para as madrinhas de "I'd do anything for love (but I won't do that)", com Sarah se juntando a mim na segunda voz. Ou, talvez, ela só estivesse gritando para eu parar, não lembro muito bem. Só o que sabia é que, quando acordei na manhã seguinte, estava disposta a vender meu rim esquerdo por um copo d'água e um ibuprofeno.

Passei os olhos semicerrados pelo borrão de notificações em meu celular, e fiquei horrorizada ao descobrir que ainda não eram nem seis da manhã. Imediatamente me virei e voltei a dormir. Quando tornei a abrir os olhos, duas horas e meia depois, não me sentia nem um pouco melhor. Enfiei o rosto no travesseiro e encarei a escuridão, tentando desesperadamente convencer meu cérebro de que ainda era noite. Um lado positivo era que, ao que tudo indicava, eu tinha bebido o suficiente para esquecer cerca de noventa e cinco por cento da despedida de solteira, incluindo a mensagem esquisita de Parker no Connector.

Quando me lembrei de que Sarah tinha ido para a casa de Richard, meu coração apertou. Não haveria ninguém para me trazer torradas na cama e esmiuçar os detalhes da noite passada (não que eu fosse conseguir me lembrar de muita coisa). Quando era adolescente, meu pai me trazia um sanduíche e uma xícara de chá sempre que eu tinha passado dos limites na noite anterior. Engraçado, são sempre esses pequenos rituais que mais fazem falta quando alguém que amamos nos deixa. Mas parecia que eu precisaria me acostumar a estar sozinha por um tempo.

Ainda deitada ali, a cabeça enfiada em plumas de ganso, me perguntando se o McDonald's consideraria me entregar nuggets de frango pela janela do quarto, a tela do meu celular acendeu.

Sarah: Tá viva?

Gwen: Por pouco. Não fiz nada de muito idiota ontem à noite, né?

Sarah: Defina "idiota".

Gwen: Qualquer coisa pior do que no Flares, no meu aniversário de 25 anos?

Sarah: Bom, dessa vez, você não vomitou na minha Marc Jacobs no caminho pra casa.

Gwen: Aquilo salvou a gente de uma taxa de limpeza de 100 libras no Uber, gata. Você devia estar me agradecendo. E para de falar em vômito, por favor. Acho que vou passar mal.

Sarah: Come alguma coisa. Tem suco de laranja fresco na geladeira, e eu deixei *bagels* na mesa da cozinha.

Gwen: Te amo horrores.

Sarah: Agora levanta e vai trabalhar. Tô aqui se precisar.

De repente, ouvi batidas bruscas na porta de entrada. Aquele era sempre um mau sinal: a campainha estava quebrada desde que nos mudamos para o apartamento, então, se tinha alguém batendo na porta, significava que a pessoa já estava com o dedo enfiado na campainha há pelo menos dois minutos e, sem sucesso, tinha recorrido a métodos mais agressivos para conseguir minha atenção.

Fechei os olhos e, com muito empenho, tentei tapar as orelhas também, mas cada batida tinha um caráter cada vez mais persuasivo; quando ouvi a décima segunda, por fim, fui convencida.

Vestindo os jeans da noite passada e meu robe, desci as escadas. Abri a porta, esperando um entregador desconcertado da Amazon enfiar a encomenda de algum vizinho em meus braços relutantes. Em vez disso, me vi cara a cara com dois homens, um deles corpulento, de bigode espesso, e um mais novo, elegantemente vestido em uma camisa e um blazer azul-marinho, erguendo um distintivo.

Através do nevoeiro de minha ressaca, quase não consegui entender o que dizia ali.

— Polícia.

7

É estranho ver um policial tão de perto, sabe? Claro, eu já tinha visto policiais na TV, ou quando estava xeretando o que acontecia do outro lado da rua, mas ver um a poucos centímetros da sua cara às 8h45 da manhã é meio esquisito. Tive a sensação imediata de que estava em apuros, embora não tivesse feito nada de errado. Bom, a não ser que fosse ilegal cantar impecavelmente os sucessos do Meat Loaf usando um taco de sinuca como guitarra imaginária.

— Gwendolyn Turner? — o cara mais velho resmungou.

— Sim — declarei na defensiva, como se ele estivesse me acusando de ser eu. E, embora eu fosse cem por cento culpada disso, tinha quase certeza de que também não era um crime.

— Podemos entrar? — o mais novo perguntou.

Me afastei da porta e os deixei passar. Em situações como aquela, nas quais se é pego completamente de surpresa, sempre achei que a melhor ideia era falar o mínimo possível. Além do mais, eu estava um pouco preocupada que a quantidade enorme de tequila ainda chapinhando em meu estômago talvez tentasse escapar a qualquer momento. Então, fiquei de boca calada e observei o policial mais velho passar por mim, entrar na sala de estar e se sentar no sofá sem pedir licença. Segui o mais novo quando ele também entrou.

Não ofereci um lugar para ele se sentar, então ele ficou de pé no meio do cômodo, desajeitado, enquanto eu fui me acomodar em uma banqueta na cozinha.

Nossa sala de estar e a cozinha eram integradas, o que era perfeito para comer cereal no balcão e assistir à TV ao mesmo tempo e, como descobri, para manter distância de policiais suspeitos dentro do seu apartamento.

Bem quando estava me perguntando quanto tempo demoraria para eu poder pedir um McMuffin duplo de linguiça e ovo e voltar para a cama, o Bigodão pigarreou:

— Meu nome é Forrester, inspetor-chefe de investigação — ele anunciou. — E este é o investigador Lyons. Gostaríamos de falar com você sobre um caso de homicídio recente.

Não sei muito bem o que eu estava esperando, mas, quando ele disse aquilo, uma pontada de medo transpassou minha ressaca, como se alguém tivesse dado um golpe com um cutelo no meu cérebro latejante e gelatinoso. Ainda assim, continuei em silêncio, o que provavelmente fez o policial pensar que eu era uma assassina ou uma maluca completa. Ou os dois.

— Na real, quase todo assassino deve ser maluco, né?

— Como é? — o inspetor Forrester murmurou, erguendo uma das sobrancelhas espessas e avermelhadas.

Percebi, de repente, que tinha falado em voz alta.

— Desculpe, não foi nada — murmurei. — Então, hm, o que este caso tem a ver comigo?

O ronco baixinho de paranoia que eu sentia na boca do estômago agora era acompanhado pela sensação de que alguém estava tocando um bongô com todo o vigor na minha testa. Era como se um péssimo maestro tivesse decidido orquestrar meu apuro atual, o que não ajudava nem um pouquinho.

— Você conhecia Robert Hamilton? — o investigador Lyons perguntou, seu tom de voz calmo, mas deliberado. Seus olhos azul-claros amenizavam o inchaço ao redor, que deixava nítido que ele não dormira o suficiente.

— Rob? Sim. Digo, eu li a respeito diss... dele, quero dizer. Eu li sobre o que aconteceu. Não conhecia ele muito bem. Não exatamente. Nós saímos uma vez.

— Quando? — Forrester indagou. O tom de voz desinteressado, quase entediado, de sua enunciação me fez pensar que ele já tivera aquele tipo de conversa muitas vezes.

— Hm, mais ou menos há uma semana, acho — respondi.

— Então vocês não eram próximos?

— Err, não — disse. — Foi só um encontro.

— As coisas não correram bem? — Forrester ergueu uma sobrancelha peluda.

— Hm, acho que não — falei, agora começando a me perguntar aonde aquela série de perguntas levaria. — Ele parecia um cara legal, só não era... não era A Pessoa Certa? Tipo isso. Entende? Talvez não entenda. Foi mal.

O investigador Lyons balançou a cabeça, como se *de fato* não entendesse, e escreveu algo em sua caderneta. Conforme o choque inicial de ter dois policiais em meu apartamento, fazendo perguntas sobre pessoas mortas começou a se assentar, percebi que ele não devia ser muito mais velho do que eu. Na verdade, quanto mais olhava, mais alguma coisa nele me parecia familiar. Me perguntei se teria dispensado seu perfil no Connector ou algo assim. Seu cabelo castanho-escuro estava aparado e, apesar de alguns salpicos grisalhos na barba por fazer, ele tinha traços joviais bonitos, que pareciam contradizer sua conduta pragmática. Forrester, por outro lado, era baixinho e corpulento, e lembrava um Super Mario ruivo.

— Nós encontramos mensagens suas no celular dele, no aplicativo Connector — Lyons disse. — E, quando falamos com os colegas de apartamento dele, nos disseram que ele tinha ficado um pouco aborrecido com o encontro de vocês.

— Como assim, aborrecido? — perguntei, minha boca de repente muito seca.

— Foi um encontro ruim, eles disseram — o inspetor Forrester resmungou, sem olhar para mim. — Parece que ele chegou em casa à beira das lágrimas.

— O quê?! — gritei. — Se alguém devia ter chorado, era eu! Pode não ter sido o melhor encontro da história, mas não tinha motivo nenhum pra *ele* chorar. Talvez ele estivesse chateado por causa da ex? Ele parecia bem arrasado com esse assunto.

— Os colegas dele disseram que você fugiu e deixou que ele voltasse pra casa andando sozinho, na chuva — ele continuou.

— Ah, pelo amor de Deus — eu exclamei. — Não foi isso que aconteceu! Ele tentou passar a mão em mim, meu ônibus chegou e eu entrei! Não é minha responsabilidade garantir que ele chegasse bem em casa.

— Está tudo bem, Gwen — o investigador Lyons disse. — Só estamos tentando confirmar os últimos passos dele.

— Como assim, "últimos passos"? Nosso encontro foi há, pelo menos, uma semana atrás.

— Como você leu, ele foi encontrado morto ontem no Sovereign Park — o inspetor Forrester começou, ainda sem emoção alguma na voz —, mas o corpo estava lá há muito mais tempo. Não foi encontrado antes porque estava coberto pela neve.

Geralmente, em Eastbourne, chuvas de granizo eram o máximo que podíamos esperar. Ou isso, ou uma geada profunda que endurecia a grama e amargava o ar. E era isso. Neve nunca durava muito e, se não se pulava da cama antes da hora do *rush*, ela já teria sido pisoteada e virado amontoados de marrom e preto quando a víamos, empurrada das ruas e jogada nas sarjetas. Mas, neste ano, flocos de neve, reais e gorduchos, tinham polvilhado toda a redondeza em um branco suave.

— Ah — soltei, de repente ciente de que era uma suspeita em potencial em uma investigação de homicídio e que estava usando um robe cor-de-rosa e chinelos felpudos que nem eram do mesmo par.

— O que coloca a data da morte dele no dia primeiro de fevereiro — o inspetor continuou na mesma voz monótona. — A noite depois do encontro.

Minhas pernas oscilaram. Não sabia se era o choque ou minha ressaca, mas, de repente, senti uma compulsão desesperadora de vomitar.

— Então, preciso lhe perguntar, srta. Turner, onde você estava naquela noite, entre às seis e às oito e meia da noite?

— Eu posso... tenho permissão de olhar o meu celular? — perguntei, procurando no bolso do robe.

— Vá em frente. — O investigador Lyons assentiu com a cabeça, e rolei a tela pelo meu calendário.

Encontro Freddie 19h30, dizia em 1º de fevereiro.

— Certo, tá, olhem — falei com alívio genuíno, erguendo a tela para mostrar a eles. — Fui encontrar um cara chamado Freddie. Fomos no Toppo, na South Street. Às 19h30.

Os dois detetives se entreolharam.

— Isso é muito útil, obrigado, Gwen — o investigador Lyons disse. — E a que horas vocês foram embora?

— Depois do jantar, tomamos um ou dois drinques e encerramos a noite — contei, encorajada por aquela aparente prova de minha inocência. — Então, por volta das nove, talvez? Eu vim de ônibus pra casa, devo ter chegado antes das dez. É só perguntar pro Freddie, ele vai confirmar pra vocês.

Cruzei os braços e aguardei minha absolvição. Ninguém disse nada por um minuto.

— Certo, bom, se isso é tudo, senhores, eu realmente preciso seguir com meu dia — falei.

Lyons me olhou com hesitação quando me coloquei em pé e apertei o cordão de meu robe em torno da cintura.

— Na verdade, tem outra questão, srta. Turner — o inspetor Forrester informou, folheando a própria caderneta. — Você leu a respeito do sr. Hamilton, mas o que ainda não foi divulgado é que outro corpo foi encontrado ontem.

Eu congelei onde estava e o encarei.

— O nome da vítima era Freddie Scott — Forrester disse, e ergueu o rosto para me olhar nos olhos, esperando uma reação.

Ele conseguiu. Vomitei no chão da cozinha.

8

— Você reconhece esse nome? — o investigador Lyons perguntou, como se o vômito no chão, de alguma forma, tivesse falhado em confirmar que, sim, eu obviamente reconhecia aquele nome.

— Me dá um segundo, vou limpar isso aqui — murmurei, a voz rouca, limpando a boca com a manga do robe e vasculhando os bolsos em busca de algum lenço velho.

— Vou pegar um pouco d'água para você — ele disse, passando por cima do vômito e ao meu lado para chegar à pia.

Eu me ajoelhei no chão, ouvindo a torneira abrir, e me perguntei o que diabos responderia, enquanto o inspetor Forrester me observava do sofá, um misto de nojo e desconfiança no rosto. Ofereci a ele um sorriso fraco. Segundos depois, o investigador Lyons me entregou um copo e eu bebi silenciosamente, esperando para ver se ele repetiria a pergunta. Ele não o fez.

— Foi só um encontro — eu declarei, por fim. — Eu nunca tinha visto ele antes, nem vi desde então.

— No entanto, isso significa, é claro — o inspetor Forrester começou —, que precisaremos confirmar seu paradeiro no dia primeiro. Obviamente, estamos impossibilitados de verificar com o sr. Scott.

— Eu... eu... eu só vim pra casa e fui dormir... — gaguejei. — Vocês podem confirmar com a minha amiga, Sarah, ela mora comigo.

— Você compreende, Gwen, que não estamos lhe acusando de nada — Lyons interrompeu, não de maneira indelicada. — É bem provável que não passe de uma coincidência o fato de você conhecer as duas vítimas. Estamos apenas seguindo todas as pistas que temos no momento.

— Certo — eu disse, conduzindo a mim mesma devagar de volta para a banqueta.

— Quando encontramos mensagens suas no Connector em ambos os celulares, vimos que fazia sentido eliminar você de quaisquer inquéritos — o investigador Lyons prosseguiu. — Não se preocupe, nós lemos todas as conversas no aplicativo. Elas não nos dão nenhum motivo para pensar que você está envolvida de alguma forma nisso.

Não sei o que era mais humilhante: estar sob suspeita de ter cometido um assassinato ou que aquele cara tivesse lido todas as minhas penosas tentativas de flerte. Bebi quase todo o restante da água em um gole.

— Julgando pelas mensagens, contudo, parece que o Freddie estava meio chateado ao final da noite — o inspetor Forrester observou. — Outro encontro ruim?

Ergui os olhos de meu copo quase vazio.

— Foi ótimo pra mim — falei, impassível.

— Acho que é melhor nos contar exatamente o que aconteceu, srta. Turner — o inspetor Forrester pediu, o bigode tremendo de leve enquanto falava.

— Tudo bem — concordei, inspirando profundamente. — Vou contar tudo.

9

O encontro com Freddie

Quase não o reconheço de cara. Não sei se é algum aplicativo de edição de imagem ou se ele tem um irmão mais novo e mais bem-apessoado, mas o Freddie da vida real é um pouquinho mais... velho do que aparenta nas fotos. Ele está ganhando entradas no cabelo, que é salpicado de cinza, no lugar do castanho-avermelhado gloriosamente cheio exibido em seu perfil do Connector. Também parece ter aplicado uma tonalidade de bronzeador artificial beirando o âmbito problemático.

— Oi, você aí! — ele me chama da mesa. Já está sentado, um guardanapo branco imaculado enfiado na camisa xadrez.

Quebrei minha regra sagrada de "nada de jantares formais no primeiro encontro", parcialmente porque: 1) estou de ressaca, 2) estou com fome, e 3) Freddie pareceu divertido e charmoso quando conversamos no aplicativo. E foi por essa razão que decidi aceitar o convite dele para irmos ao Toppo, um restaurante italiano aceitável na South Street.

— Gostaria que eu fizesse o seu pedido? — ele pergunta, ficando em pé e puxando uma cadeira para mim. — Sempre venho aqui, então sei de tudo que é bom.

— Nah, pode deixar — digo a ele. — Meus gostos são peculiares.

— Uuui, algum fetiche, é? — ele pergunta, dando uma risadinha.

— Há, foi mal, não é nada disso! — esclareço. — Só tenho um gosto por anchova.

Seu rosto se contorce em uma careta.

— Hmm, não sei, não. Vamos fazer assim, vou dar algumas sugestões e nós partimos daí.

Dez minutos mais tarde, um garçom me traz uma salada de cogumelos porcini e um bife de filé com fritas para ele.

— Você parece um pouco diferente na vida real — digo a ele, que está inspecionando cuidadosamente a carne com uma faca.

— Ah, bom, acho que preciso te contar que, na verdade, tenho quarenta e dois anos — ele informa. — Não sei por que o Connector acha que eu tenho trinta e sete, mas aquele treco idiota não me deixa trocar a idade!

— Ah, certo, acho que é só você entrar nas configurações e ajustar sua data de nasciment...

— De qualquer forma, eu, com certeza, não me sinto com quarenta e dois anos! — Freddie interrompe.

Ele faz uma pausa, como se estivesse esperando que eu diga que ele também não aparenta a idade. Em vez disso, enfio um cogumelo na boca e mastigo devagar.

— A comida aqui é ótima, não? — ele indaga, por fim.

— Ah, sim, é boa — digo, cobiçando as batatas fritas dele enquanto cutuco uma folha em meu prato. — E aí, se você só pudesse comer uma coisa pelo resto da vida, o que escolheria?

— Aah, boa pergunta — ele diz, enfiando na boca um pedaço enorme do bife ao ponto que pediu. — Bom, eu ia dizer um bom e clássico frango *bhuna* com pão *naan* duplo. Mas, para ser honesto, hoje em dia sou cerca de vinte e cinco por cento vegetariano. Então, vamos de um prato com abóbora, que tal? E quanto a você?

Ele dá uma mordida enorme na carne e me encara intensamente enquanto engole, como uma anaconda devorando um ovo cozido.

— Sempre penso que escolheria pizza. Pelo menos eu poderia escolher um sabor diferente a cada dia, né?

— Não, acho que as regras não funcionam assim — ele fala com seriedade. — Além do mais, você não me parece do tipo que come muita pizza.

Ele me olha de cima a baixo da mesma maneira que encarou o bife de 230 gramas há um instante. Não digo nada e mastigo outro cogumelo. Em seguida, Freddie passa a me contar tudo sobre o apartamento de dois quartos em Pevensey, pelo qual ele acabou de fazer uma oferta, e narra, com muitos detalhes, o roteiro de uma série de TV a qual eu já assisti. Enquanto isso, tento sorrir e parecer impressionada nos momentos certos. Quando o garçom traz o cardápio de sobremesas, Freddie dispensa e pede a conta. Apesar dos protestos dele, acabamos dividindo.

— Vamos beber alguma coisa — ele sugere.

A verdade é que minha dor de cabeça tinha diminuído até se tornar um pulsar fraco e, depois de bebericar uma única taça de vinho durante a noite toda, estou com vontade de tomar algo mais forte.

— Tá, tudo bem. Mas só um drinque, tenho que trabalhar amanhã de manhã — digo a ele, o que é tecnicamente verdade, porque 11h45 ainda é de manhã, e ninguém pode provar o contrário.

Quando Freddie fica em pé, percebo que ele está mais do que um pouco abaixo do um metro e oitenta e três que alegara ter em seu perfil no Connector (arrematando com a frase imortal: "já que, aparentemente, isso é importante?"). Não que eu ligasse de verdade (Noah tem um metro e setenta e oito bem distribuídos), mas começo a me perguntar se o Freddie que vejo à minha frente tem qualquer relação com o próprio perfil.

Freddie veste um colete térmico laranja bem chamativo e nos conduz até uma coquetelaria de aparência requintada nas redondezas. No interior, luzes baixas, um jazz suave e decoração mais suave ainda. Ele pede dois Negroni antes que eu tenha a chance de sugerir uma preferência.

Enquanto estamos esperando pelos drinques, vou ao banheiro e envio uma mensagem para Sarah.

Gwen: Fomos pra uma coquetelaria na Neil Street.

Sarah: Parece promissor?

Gwen: Sei não. Acho que ele só tá atrás de uma dona de casa novinha e obediente pro novo ninho de amor que comprou.

Sarah: Típico. Conta da coreografia da Shakira que você fez na assembleia estudantil. Ou, melhor ainda, mostra pra ele. Ele vai sair correndo.

Gwen: Já faz dez anos, não sei se lembro todos os passos.

Sarah: Vira mais umas doses e vai lembrar de tudo rapidinho.

Gwen: Mais umas garrafas, se pá.

Sarah: Tá, ideia ruim, esquece o que eu disse.

Gwen: Tarde demais, tô voltando, te amo. bjs

Ao voltar para a mesa, vejo Freddie limpando a testa com a mão, fingindo um gesto de *ufa*.

— Você ficou tanto tempo lá que achei que não ia voltar! — Ele ri.

— Ah, não se preocupe, eu nunca abandono um drinque — garanto, pegando meu Negroni e bebendo um golinho. — Só estava mandando mensagem para a minha amiga.

— Ah, contando pra ela que eu não sou um lunático, é?

— Na verdade, estava passando o endereço do bar, caso eu precise ser resgatada.

— Amigos são para essas coisas.

Quando ele diz isso, penso em Sarah e encaro as profundezas carmesim de minha bebida. As luzes fortes acima do bar refletem veias vermelhas em meu rosto.

— Vamos mudar de assunto — eu peço.

— Tá bem, então me diga, Gwen, o que uma mulher maravilhosa como você está fazendo solteira? — ele pergunta, apoiando a cabeça na mão, feito aquele meme do Willy Wonka.

— Hm, talvez eu só seja exigente? — digo. — Não sei bem o que procuro no momento. Para ser sincera, tô só aproveitando pra conhecer pessoas diferentes.

— Ah, certo — ele murmura, parecendo um pouco decepcionado.

— Acabei de terminar um namoro — explico. — Longa história, não vou ficar te enchendo o saco. E quanto a você? Gostando do Connector?

— Tem sido uma absoluta bênção, para falar a verdade — ele diz. — Sempre tive muita dificuldade para conhecer garotas capazes de equiparar meu, hm, meu entusiasmo pela vida, digamos? Mulheres da minha idade não conseguem me acompanhar! Mas, depois que me entendi com todas as dicas e os truques pra deixar meu perfil no Connector perfeito, comecei a conseguir muito mais matches.

— Espera, como assim, "truques"? — pergunto.

Ele abaixa os olhos para o drinque.

— Ah, nada — ele desconversa, o rosto agora corado. — Só aquilo de escolher as fotos certas, acho. De qualquer forma, mesmo conseguindo muito mais matches agora, parece que ainda nunca consigo passar do primeiro encontro...

— Bom, é sempre melhor ser honesto no seu perfil — digo. — A verdade sempre aparece no final.

— Todo mundo conta uma mentirinha ou outra! — ele responde. — Além do mais, se eu não tivesse feito isso, a gente teria dado match? As mulheres são bem superficiais nesses aplicativos. Tá me dizendo que você nunca contou uma mentira inofensiva na sua vida toda?

Abro minha boca para responder, para dizer a ele que não, que sou um livro aberto, mas me detenho. Porque aquilo, por si só, teria sido uma mentira inofensiva.

— Talvez seja o cabelo! — ele diz antes que eu tenha a oportunidade de formular uma resposta melhor. — Jovens feito você não suportam um carequinha!

Ele esfrega a mão atrás da cabeça, onde um pedaço está visivelmente rareando, e faz uma cara brincalhona de tristeza.

— Ah, não tá tão ruim — tento reconfortá-lo. — Podia ser pior, você podia ter feito um daqueles transplantes de cabelo horrorosos na Turquia.

— Já fiquei tentado, na verdade, mas custa quase três paus — ele diz. — E agora, com meu novo financiamento e tudo mais... além do que, no momento, estou dedicado até o talo às criptomoedas...

Por fim, a música enfadonha, a conversa sobre financiamentos e a mistura de Negroni, vinho e os malditos cogumelos em meu estômago começam a pesar sobre mim, como um cobertor denso. Então, dessa vez, quando ele insiste em pagar pelas bebidas, não me oponho. De repente, tudo que quero é ar fresco. Saindo do bar, a brisa fria me atinge como um tapa no rosto, e recupero um pouquinho do ânimo.

— Acho que o inverno chegou — comento sem um propósito.

— Veste isso aqui — Freddie diz, e arranca o colete gigantesco antes que eu consiga responder.

— Err, estou bem, obrigada. — Sorrio educadamente.

— Gwen, não seja boba. — Ele está agora balançando o treco sobre meus ombros, como um toureiro provocando o touro com sua capa.

— Não, obrigada.

— Coloca o colete — ele ordena.

— Freddie — digo —, não estou com frio.

— Mas você acabou de dizer que...

— Não falei — digo, dessa vez ríspida. — Eu disse que estou bem.

Freddie torna a vestir a peça e caminhamos em silêncio por alguns minutos. Uma vez que a novidade de estar ao ar livre e o calor do Negroni se dissipam, começo a sentir o frio. Faço meu melhor para os tremores que sinto não transparecerem.

— Ok, eu fico por aqui — declaro quando chegamos ao ponto de ônibus. Me afasto deliberadamente, colocando uns bons trinta centímetros de distância entre nós dois para nos despedirmos.

— Três — ele diz de repente, sem mais nem menos.

— O quê? — respondo.

— Dois — ele continua.

Olho para ele, confusa.

— Um...

Ao dizer "um", Freddie se aproxima e me dá um beijo inesperado na boca.

— Ah! — exclamo, um pouco desconcertada.

— Desculpe, quis dar um bom aviso prévio, só caso você não estivesse a fim. Não queremos nenhuma acusação com *hashtag* "MeToo", não é? — Ele ri, fazendo aspas imaginárias com os dedos.

Notando meu rosto inexpressivo, ele passa uma mão pelos cabelos ralos.

— Gostei muito da nossa noite. Podemos repetir um dia desses?

— Err, talvez — respondo.

— Talvez... na semana que vem? — Freddie ergue uma sobrancelha de maneira sugestiva.

Encaro meus sapatos, desejando ter um cogumelo para mastigar.

— Semana que vem vai estar um caos pra mim, na verdade — digo. — Que tal você me mandar uma mensagem, e aí vemos quando estaremos livres?

— Farei isso, sem dúvidas — ele garante, o rosto radiante.

— Tchau, então. — Sorrio e dou as costas.

— Me avise quando chegar bem em casa.

— Claro — digo, conseguindo forçar outro sorriso, um mais fraco dessa vez. — Você também.

No ônibus, levemente tonta por causa dos drinques, coloco meus fones de ouvido, relaxo o corpo sobre o tecido azul desbotado e faço uma careta para meu reflexo na janela. Fechando os olhos, aumento o volume do podcast de *true crime* em que estou viciada no momento, *Além da salvação*. Com voz suave, o narrador canadense me informa que novas evidências, que poderiam trazer uma reviravolta completa no caso, foram encontradas depois de ficarem por anos mofando no escritório de um legista nos cafundós de Calgary. Então parecia que o sujeito que todo mundo achou ser o culpado poderia não ser tão culpado assim, no fim das contas. Bom, jura, Sherlock? Nunca é o cara que vocês pensam que é.

Não leva muito tempo para me arrepender do convite para que Freddie me mande mensagens, pois, com isso, abri as comportas para um dilúvio de mensagens suplicantes antes de ter sequer chegado à porta de casa, cada uma conseguindo me fazer gostar ainda menos dele, de algum jeito.

Depois de um simples "Gostei muito da sua companhia hoje", o falatório rapidamente descamba para uma campanha por um segundo encontro o mais rápido possível. Quando admito que não acho que somos compatíveis, as tentativas de me convencer do contrário incluem os clássicos:

Freddie: Olha, você não pode negar que nos demos bem.

Freddie: Você não tem nada a perder e tudo a ganhar.

Freddie: É por causa do meu cabelo?

E, por fim:

Freddie: Posso te ligar?

Quando esses apelos são respondidos com indiferença cada vez maior, ele transfere a atenção para minhas redes sociais, distribuindo *likes* em vinte e cinco fotos antigas em meu Instagram e me seguindo no Twitter (onde não posto desde 2016, quando tuitei "todos os formatos de macarrão têm exatamente o mesmo gosto, isso é golpe", recebendo um total de incríveis três *likes*). Quando acordo na manhã seguinte, há uma única mensagem de Freddie em meu celular.

Freddie: Por favor, responda, Gwen. É uma questão de vida ou morte.

Respiro fundo e o bloqueio.

10

Tomei o último gole d'água que restava em meu copo e olhei para os detetives.

— E aquela última mensagem não te alarmou? — o inspetor Forrester perguntou.

— Não — respondi. — Homens mandam bobagens daquele tipo o tempo inteiro, geralmente só tentando fazer a gente se sentir culpada e pressionada a responder.

Forrester passou o indicador e o polegar pelo bigode e fungou alto.

— Freddie e Rob se conheciam? — o investigador Lyons indagou. — Um deles chegou a mencionar o outro?

— Não. Quer dizer, até onde sei, eles podiam ser melhores amigos, mas... — falei, minha voz falhando. — Tá dizendo que Rob e Freddie foram assassinados? Vocês não... não acham que eu tô em perigo, acham?

— Não — o investigador Lyons respondeu. — Mas é possível que chamemos você na delegacia para dar um depoimento completo. Nos ligue se lembrar de qualquer outra coisa que possa ser útil.

Ele me entregou um cartão de visitas impecável. Quando estendi a mão para pegá-lo, vi que Lyons notou que eu estava trêmula. Ele me fitou com um olhar indagador.

— Desculpe, só estou um pouco... err, em choque no momento — murmurei.

— Deu para perceber — o inspetor Forrester comentou, olhando para a bagunça que congelava velozmente no chão da cozinha.

— Você tem alguém com quem possa conversar? — O investigador Lyons quis saber.

— Sim — afirmei. — Minha amiga, com quem divido o apartamento. Ela está na casa do namorado. Digo, do noivo. Vou ficar bem, ela vai voltar mais tarde.

Como falei, eu não conhecia aqueles homens de verdade. Só nos encontramos uma vez. É só, bom, é só...

— Estranho? — ele sugeriu.

Eu o olhei e ele me encarou de volta, inexpressivo.

— É melhor eu limpar isso aqui — comentei.

— Mais uma pergunta — o inspetor Forrester disse. — Você teve encontros com mais alguém recentemente?

— O quê? Por quê?

— É só uma pergunta — Forrester falou.

— Certo — falei, colocando meu cabelo atrás das orelhas. — Bom, sim, algumas outras pessoas, nada sério. Isso é importante?

Lyons lançou um olhar de relance para Forrester.

— Não — ele afirmou.

— Certo, bom, preciso ir trabalhar, então...

— É claro. — Lyons pigarreou. — Agradecemos o seu tempo, srta. Turner.

— Não precisa nos acompanhar — Forrester dispensou, indo na direção da porta de entrada.

Lyons hesitou por um momento.

— Salve meu número no seu celular e me ligue se precisar de algo, Gwen — ele disse.

Alguma coisa me desagradava no jeito com que ele me chamava pelo primeiro nome. Eu pensava que policiais deveriam ser respeitosos, especialmente quando achavam que qualquer conexão entre você e duas pessoas mortas era pura coincidência. Bom, uma coincidência *bem provável*, foi o que ele disse, certo?

— Eu te conheço? — perguntei.

— Err, sim — ele respondeu. — Bom, mais ou menos. Eu conheço *você*. Estava quatro anos na sua frente na escola... minha irmã, Grace, estudava com você. Vocês duas eram amigas.

— Mentira! — arquejei. — Leãozinho, é você? Não acredito. Todas as minhas amigas eram apaixonadas por você! Você era daquela banda péssima que tocou na nossa formatura. Caramba, é você mesmo, né? Como anda a sua irmã? Não vejo a Grace há anos.

— Ela está bem, obrigado, mas é melhor deixarmos o apelido de lado na frente do meu superior — ele pediu, olhando de soslaio para Forrester às suas costas. — Ninguém me chama mais assim hoje em dia.

— Ah, foi mal, é o costume — falei. — Então você é policial agora? Que legal.

— Err, é, bom, às vezes. E você?

— Cafeteria móvel lá na orla. O que é uma doideira, porque, na verdade, eu não suporto café, mas...

Fui interrompida por um pigarrear alto vindo da direção do inspetor Forrester.

— Desculpe, Gwen, preciso mesmo ir — Lyons disse, voltando os olhos para seu superior, que o aguardava no degrau de entrada. — Cuide-se.

Ouvi o clique da porta se fechando e fui até a pia para pegar uma esponja e um frasco de produto de limpeza. Enquanto esfregava os azulejos do piso, tentei pensar se haveria alguma outra conexão entre Rob e Freddie. Até onde eu sabia, era possível que fossem primos, colegas de trabalho, qualquer coisa. Eastbourne era uma cidade pequena.

Deixei a esponja molhada no chão, peguei meu celular e pesquisei por "Rob Hamilton + Freddie Scott" no Google. Nada. Lyons tinha razão, a morte de Freddie ainda não tinha sido divulgada, mas as notícias sobre a de Rob começavam a pipocar em todo lugar.

Abri a geladeira, peguei o suco de laranja e me sentei no balcão, enfiando pedaços de *bagel* torrado na boca, com o rosto corado. Enquanto lambia cada restinho de manteiga na faca, encontrei no *Mail Online* um relato bem sensacionalista do que tinha acontecido com Rob. Havia muito mais detalhes do que na matéria do noticiário local, e eu o esmiucei em busca de qualquer conexão que Rob talvez tivesse com Freddie. Lyons claramente achava que existia alguma, mas eu não encontrei nada que sugerisse que os dois sequer moravam na mesma região, ou que trabalhavam no mesmo ramo, nada. O único vínculo parecia ser o fato de ambos terem saído comigo uma única vez. Mas a mesma coisa poderia se aplicar a uma centena de outras mulheres em Eastbourne. As opções aqui não eram tão amplas, para começo de conversa, e, graças ao Connector, estavam diminuindo a cada dia.

Mesmo forçando ao máximo meu cérebro de ressaca, não conseguia me lembrar de Rob ter mencionado muita coisa a respeito da vida pessoal, exceto pela ex.

Quanto a Freddie, ele não tinha parado de falar nem um minuto, mas grande parte era sobre as prestações de seu financiamento. Eu me detive. Não se deve pensar mal dos mortos. *Mortos.* A palavra cruzou minha mente como o badalo de um sino. Eu não conseguia acreditar.

Procurei por Rob no Instagram, mas a conta dele era privada, e a única coisa que consegui ver foi sua foto de perfil, a mesma que ele usava no Connector. Rosto um pouco mais magro e um pouco mais bronzeado do que na vida real, mas com o mesmo sorriso sedutor que tinha me atraído de início. O mesmo sorriso que tinha desaparecido em um instante, quando eu falei que não estava interessada. Senti uma pontada de... o quê? Tristeza? Luto? Medo? Não tinha certeza. Falei com o cara por menos de três horas, no total. Como eu deveria me sentir?

O restante das redes sociais de Rob tinha sido desativado ou deletado, provavelmente para impedir que jornalistas entrassem em contato com a família ou encontrassem fotos. Mas havia uma página em homenagem a ele no site de sua antiga faculdade. Dei uma olhadela nas mensagens de amigos da escola e primos. Uma delas me chamou a atenção:

> Ele era muito gentil, sempre preocupado com os outros. Mesmo quando me deixava maluca de raiva, era só ele dar aquele sorrisinho tímido e, por dentro, eu cedia na mesma hora. Queria poder falar pra ele que o perdoo, por tudo. Com amor, Rachel

Deve ser a ex dele, pensei. Não pude evitar pensar sobre o que Noah escreveria na página em *minha* homenagem, se algum dia eu acabasse atropelando a mim mesma com o caminhão.

Pousei o celular no balcão e o empurrei para longe de mim. O apartamento agora exalava um cheiro fraco de vômito e detergente, eu já estava atrasada para o trabalho e não havia muito sentido em ficar sentada ali esperando que o aquecedor voltasse a funcionar (Sarah tinha o programado para desligar às oito da manhã, e eu nunca descobri como mudar). Queria que ela estivesse comigo agora, em vez de enrolada feito um croissant na cama com Richard. Não só para arrumar a bosta do aquecedor, mas também para me dizer para parar de ficar emburrada, tomar banho de uma vez e ir trabalhar.

Sem Sarah para me dar carona, eu precisaria pegar minha bicicleta, que quase não era utilizada, no depósito nos fundos do prédio, então vesti um moletom e fui procurar. Quando apertei os pneus, eles me pareceram bem molengos, para meu transtorno, mas, mesmo que eu fizesse alguma ideia de onde diabos estava a bomba de ar, não estava nem um pouco a fim de ajeitá-los. Não pedalava muito desde o verão passado, quando eu e Noah fizemos um longo passeio até o penhasco Seven Sisters, em uma tarde quente e sonolenta. Na ocasião, voltamos de trem, e minhas pernas me agradeciam desde então, doloridas, mas aliviadas. Mas, opa, eu fazia aulas de *spinning* quase todas as quartas-feiras durante o almoço, então, estava confiante de que ainda era capaz de um percurso rápido cruzando a cidade até o trabalho. (Tá, tá, *algumas* quartas-feiras.)

Pedalei sem rumo, sem nenhum desejo real de chegar a meu destino, atravessando o que restava da parte antiga da cidade. Longe da avenida principal, as únicas lojas que sobravam abertas eram casas de apostas sem fachadas e vendinhas lúgubres de frango frito. As vitrines dos outros estabelecimentos estavam cobertas, com placas de ALUGA-SE coladas nas portas. O já escasso movimento de turistas que pousavam em Eastbourne tinha lentamente estacionado, e os voos baratos para Marbelha surrupiaram os últimos viajantes em busca do sol, deixando para nós os aposentados e os moradores locais. A aproximação da enxurrada de refugiados londrinos, ávidos para escapar da poluição e dos arranha-céus vazios de que já não precisavam, era a única coisa que mantinha um pouquinho de esperança acesa para os comércios locais (e a disponibilidade de solteiros em Eastbourne renovada).

Depois de um tempo, algum tipo de GPS inconsciente ativou-se, e eu me vi na frente do prédio de Noah. Apoiando a bicicleta no parquímetro, ergui os olhos para a janela do quarto dele. As cortinas estavam fechadas, mesmo já passando das nove da manhã. Sua quitinete havia sido cenário de um milhão de momentos banais, mas inesquecíveis, e de um número parecido de brigas bestas. Minhas lembranças dele eram tão entrelaçadas àquele lugar que, sempre que eu passava por ali, meus pensamentos eram puxados involuntariamente de volta àquela época, como um cachorro desobediente preso em uma corrente curta.

É claro, eu tinha deixado de segui-lo em tudo desde que terminamos. Bom, tá, só depois de uma última vasculhada bem meticulosa nas redes sociais dele. Mas não havia nada. Digo, nada que revelasse algo de interessante. Nenhum sinal de outra mulher, nenhuma *selfie* no aeroporto antes de ele fugir do país, nenhum vídeo emotivo saindo do armário. *Nada*. Para ser justa, o máximo que Noah postou enquanto estávamos juntos foi uma foto do caminhão de sorvete no dia em que o compramos: #EntrandoNumaFria #OPoderosoSorvetão (ele injustamente vetou minha sugestão, #FénoPicolé).

A memória muscular quase me levou a subir os degraus até a porta da frente azul surrada, onde tantas vezes eu já tinha apertado a campainha e esperado pelos passos de Noah descendo as escadas. Seria tão fácil apertar aquele botão agora, vê-lo aparecer na porta, como mágica, para me salvar mais uma vez.

Mas eu resisti e subi novamente na bicicleta, pedalando meio que em transe, sem pensar em coisa alguma por mais de trinta segundos, até que o frio começou a abrir caminho em meus ossos, quando enfim dei a volta e me arrastei para o trabalho.

11

Quando cheguei na orla, encontrei Charlie, meu primeiro e único funcionário, apoiado na traseira do caminhão com um *vape* pendurado na boca.

— Tá meio cedo pra isso, né? — indaguei.

— Óleo de CBD, chefe, ótima cura pra ressaca — ele disse, tirando o cigarro eletrônico da boca e o oferecendo para mim. — Parece que você tá precisando.

Fazia tanto frio que eu não sabia dizer onde terminava a fumaça e onde começava a condensação do meu hálito. O cheiro de maconha fez meu estômago embrulhar.

— Urgh, não, obrigada — falei. — Já passei mal hoje cedo.

Ele riu.

— Tá ficando velha demais pra festar, é?

Chutei-o na canela e destranquei as portas do caminhão.

— Vou abrir, então, pode ser?

— Eu ia fazer isso agora! — Charlie disse, enfiando o *vape* na cintura da calça.

— Tava só se preparando, né?

— Poxa, chefe, não é como se a gente tivesse clientes saindo pelo ladrão no momento. — Ele fez um gesto indicando as faixas vastas de praia vazia ao nosso redor.

— Bom, isso não quer dizer que não devemos nos esforçar — eu disse enquanto vestia um avental estampado com o logo do café (um Al Pacino em estilo cartum, em sua famosa pose de *Scarface*, com o olhar alucinado, mas segurando uma xícara fumegante de café em vez de um lança-granadas).

Se você gosta de café, de uma seleção boa-mas-não-ótima de confeitaria e de Wi-Fi inconstante, o Calpaccino é o seu lugar. Satisfazemos todas as suas necessidades cafeeiras do século XXI, de *ristrettos* pequenos a *macchiatos* grandes, bem como qualquer outra cafeteria em Eastbourne. Mas nós temos algo que eles não têm: mesmo depois de uma renovação superdescolada no antigo caminhão, eu insisti em manter a máquina de sorvete do Mr. Whippy. Eu e Noah pintamos as laterais de azul-claro, cobrindo os Mickey Mouses e Pikachus espalhafatosos, distorcidos e fajutos, e arrancamos os adesivos de propagandas de picolé das janelas. Nossa área à beira-mar tinha três mesas redondas brancas, decoradas com pequenos vasinhos de flores brancos e cercadas de cadeiras ripadas de madeira branca.

Depois do término, eu me tornei a gerente efetiva, em grande parte porque: a) eu era a única funcionária restante e b) fico ótima de avental. Estava livre para administrar o estabelecimento como quisesse, e escolhi administrá-lo de um jeito superdivertido, mas caótico, como um todo, aparecendo (mais ou menos) às nove da manhã e indo embora às seis da noite em pon-to. Não porque meu trabalho não me importasse, era só que jantar na hora certa e ficar bêbada com minhas amigas me importava mais.

Eu tomei *uma* decisão administrativa excelente, que foi empregar alguém para fazer três tarefas muito importantes:

› Lidar com todos os afazeres chatos, por exemplo, limpar o chão;
› Inventar apelidos engraçados para os clientes comigo;
› Ouvir todas as minhas histórias incríveis-barra-trágicas-barra-incrivelmente-trágicas de encontros.

Charlie começou logo depois do Ano-Novo. Um pupilo de Richard, ele tinha acabado de pedir demissão na empresa de TI chatérrima em que ambos trabalhavam. Quando o conheci, no Brown Derby, ele me disse que queria um emprego livre de estresse, para poder "se reconectar consigo mesmo", ou algo assim, e tive a sensação de que ele estava, em segredo, escrevendo um manual de autoajuda, estudando meditação transcendental ou algo assim. Charlie começou a trabalhar poucas semanas depois de Noah ir embora, então fomos unidos instantaneamente pela confusão mútua de não saber lidar com a caixa registradora e por não ter ninguém mais com quem ir almoçar.

E, não, na verdade eu não podia me dar ao luxo de empregar outra pessoa, especialmente nos meses de inverno, mas, para ser sincera, não conseguiria suportar nem mais um dia sozinha observando a chuva de dentro do caminhão. Alguns dias, só por diversão, eu ameaçava fazê-lo marchar de um canto ao outro da praia vestindo uma placa de sanduíche, mas, em grande parte do tempo, só pedia que ele varresse nossa área e reabastecesse os pacotinhos de adoçante.

Então, era isso: eu, Charlie e a mascote do Calpaccino, Rocco, o buldogue francês, que normalmente podia ser encontrado aninhado embaixo do caminhão e só colocava a cabeça para fora se alguém pedisse um queijo-quente. Rocco pertencia ao nosso único cliente habitual, Jamal, um membro da geração Z que se vestia com muita elegância e possuía a peculiar habilidade de fazer um cappuccino grande durar aproximadamente mil anos. Eu tinha a impressão de que ele estava mais interessado em meu Wi-Fi gratuito do que na excelente variedade de chips de batata e no atendimento ao cliente impecável.

— Desembucha, então, cadê as fofocas da noite de ontem? — Charlie perguntou. — Você tá com uma cara horrível, devo presumir que a despedida de solteira foi boa?

— Err, começa a ajeitar as coisas, pode ser? Eu ainda tô processando a coisa toda — falei, subindo para o interior do caminhão.

Para sermos justos, eu sempre contava tudo para Charlie depois de uma noitada ou de um encontro ruim, mas, naquela manhã, não fazia ideia de como começar. Então, enquanto ele dispunha as mesas pelo calçadão, me enrosquei no assento do motorista, apoiei a cabeça no vidro frio da janela e rolei a tela pelo Connector, distraída. Normalmente, àquela altura eu estaria dando duro para completar uma boa hora de deslizadas para a direita, mas, depois de tudo que aconteceu, pensar naquilo me deixava enjoada.

Abri o perfil de Parker e dei mais uma olhada nas fotos. Tinha esquecido completamente da mensagem dele na noite passada e, agora que pensava no assunto, eu queria saber por que ele teria me mandado o link sobre Rob. Será que ele sabia do encontro que tivemos, ou era só uma coincidência? E quantas coincidências precisam acontecer antes de deixarem de ser coincidências de verdade?

Era muito mais provável que Parker estivesse só sendo um otário, disse a mim mesma. E, normalmente, aquele tipo de comportamento teria rendido um bloqueio e uma denúncia instantâneos, mas alguma coisa nele me fazia hesitar. Talvez eu devesse apenas perguntar de uma vez? Digitei uma mensagem.

Gwen: Qual foi a daquele link?

Quando apertei em Enviar, fui interrompida pela extremidade de uma vassoura batendo na janela. Ergui os olhos e vi Charlie com um sorriso largo e besta no rosto. Abaixei o vidro da janela e ele espiou o lado de dentro. Com cachos castanhos que pareciam brotar do boné de beisebol, sempre enfiado em sua cabeça, e olhos grandes demais para o rosto, ele parecia quase uma caricatura de si mesmo, como aquelas de estrelas de cinema fora de moda que artistas de rua desenhavam para membros de excursões à beira-mar.

— Uuui, quem é esse? Um dos galãs com quem você saiu? — ele perguntou, a leve cadência nortenha na voz entregando sua infância em Manchester.

— Tô fazendo a contabilidade — eu disse, voltando a olhar para o celular. — Alguém aqui tem que trabalhar um pouco.

— Se esse é o seu contador, ele ficou bem mais bonito de uma hora pra outra. — Charlie indicou a tela do meu celular com a ponta da vassoura. — Qual é, chefe, você pode me contar! Sabe que eu sou que nem um guru nos assuntos do coração.

— Hmm, você geralmente só me diz pra jogar meu celular no mar e ficar chapada — falei. — Além do mais, parece que ainda não terminou de varrer.

— É, mas eu varro bem mais rápido se você me distrair com seus relatos amorosos constrangedores no processo.

Erguendo os olhos, vi que ele tinha apoiado a vassoura por cima dos ombros e estava com as mãos penduradas em cada um dos lados, como um espantalho. Ou um Jesus meio hippie.

— Tá bom, tá bom. — Suspirei dramaticamente, fechando o aplicativo e enfiando o celular no bolso. — Vou te ajudar.

Abri a porta do caminhão, joguei as pernas para fora e saltei para a calçada. Enquanto Charlie varria, limpei as mesas com um lenço antibacteriano antes de colocar uma caixinha metálica de guardanapos em cada uma delas.

— E aí, pegou ele ontem à noite, depois da despedida? — Charlie quis saber depois de aproximadamente cinco segundos.

Olhei feio para ele.

— Aaaah, aconteceu alguma coisa mesmo, não foi? — Charlie sorriu, fazendo em seguida uma mímica de algo impronunciável com o cabo da vassoura e sua boca.

— Não faça isso com propriedade da empresa, por favor — pedi, sem emoção.

— E que tal isso? — Ele virou a vassoura de ponta-cabeça e passou a ponta do cabo pela cintura da calça jeans e pelo zíper aberto, sacudindo-a de um lado para o outro.

Revirando os olhos, puxei meu celular do bolso e rapidamente tirei uma foto.

— Que tal você parar de brincadeirinhas, ou eu posto isso aqui no Twitter do Calpaccino?

— Tá bom, e que tal eu denunciar *você* pro RH?

— Infelizmente pra você — falei —, eu sou sua representante de RH, terapeuta ocupacional e gestora direta, tudo de uma vez só.

Charlie tomou posição de sentido, usando a vassoura como um rifle improvisado.

— Então, basicamente, não mexa comigo — concluí.

Ele sorriu.

— É uma ordem?

Assenti com a cabeça bruscamente, e ele fingiu bater continência e voltou a varrer. Quando abaixava a cabeça, seus cachos lambiam as sobrancelhas, ameaçando cobrir aqueles olhos castanhos enormes, e ele poderia competir pela vaga de cachorro da firma. Bom, de filhotinho da firma, quem sabe. Ele com certeza parecia estar abaixo do Rocco na hierarquia do café. Enquanto estava distraído, olhei de esguelha para a tela do celular, verificando se Parker tinha respondido. *Nada*. Geralmente, eu ficava super de boa quando levavam horas para me responder. Então por que aquele cara estava me deixando tão ansiosa?

— Ah, não vai me dizer que ele tá te dando um chá de sumiço, aí? — Charlie perguntou, ao me ver enfiar o celular de volta no bolso.

Não respondi. Para ser sincera, o termo "chá de sumiço" tinha assumido todo um novo significado depois dos acontecimentos daquela manhã.

— Sabia! — ele exclamou. — Ele te deu um perdido mesmo!

— Honestamente, não tô no clima pra isso hoje, tá? — retorqui, empurrando uma cadeira pra baixo da mesa com tanta força que derrubei o vasinho de talheres. O sorriso brincalhão de Charlie se desfez, substituído por um cenho franzido e, quando me ajoelhei para recolher os talheres, ele se abaixou ao meu lado. Peguei uma colher e ele colocou a mão sobre a minha.

— Gwen, tá tudo bem? — ele indagou de mansinho.

Ele me encarava diretamente, os cachos castanhos caindo na frente dos olhos grandes e esperançosos. Para falar a verdade, os olhos dele sempre tinham aquela aparência, de uma vaca dócil esperando que tirassem seu leite.

Suspirei, afastei a mão dele e fiquei de pé.

— A polícia apareceu em casa hoje cedo — falei de uma só vez.

— Eita! Sério? — ele exclamou, deixando a vassoura cair. — O que eles queriam?

— Lembra daquele cara com quem eu fui beber na semana passada, o Rob? Então, encontraram o corpo dele. O corpo *morto* dele. E sabe o cara com quem eu saí depois? O Freddie? Pois é, ele morreu também. Então, sim, tudo bem, eu tô de ressaca, mas também tô surtando só de leve aqui.

— Caralho, como assim, Gwen? — ele perguntou. — Dois dos seus ex tão mortos?

Fiz cara feia para ele.

— Cuidado, acho que não te ouviram lá na cidade vizinha.

Muito embora, como de costume, não houvesse clientes em potencial em um raio de cem quilômetros, não me agradava muito que Charlie divulgasse para o distrito inteiro o índice de mortalidade, em plena ascensão, das pessoas com quem saí.

— Tá, desculpa — ele falou, quase em um sussurro. — Mas como assim, mortos?

— Assim, mortos, tipo, não respirando, distintamente *não* vivos e, provavelmente, assassinados.

— Puta merda — Charlie praguejou, a voz atenuando. Ele puxou uma cadeira e fez um gesto para que eu me sentasse. — Eu sinto muito, Gwen.

— Não precisa sentir — falei, me jogando no assento. — Eu mal os conhecia.

— Então por que a polícia queria falar contigo? — Charlie perguntou.

— O Connector — respondi. — Tinha mensagens minhas nos celulares dos dois. Então acho que, talvez, só estivessem falando com todo mundo que os viu recentemente?

Deixei a pergunta no ar, esperando que ele confirmasse para mim que, sim, tudo aquilo era só parte de um procedimento policial completamente normal.

— Caramba — Charlie disse depois de um momento, a preocupação prévia comigo substituída por uma empolgação da qual achei difícil compartilhar. — Você pode acabar aparecendo num dos seus podcasts nerds de *true crime.*

— Charlie! Isso é sério! — eu guinchei, batendo no braço dele com uma colher. Para falar a verdade, aquela ideia já tinha passado pela minha cabeça. Passei muitos trajetos de ônibus me imaginando sendo gentilmente interrogada pela voz melosa do apresentador de *Além da salvação*. Gostava de imaginar que, algum dia, eu testemunharia um crime eletrizante e me convidariam para gravar um episódio e relatar os detalhes exatos para milhares de ouvintes, com um pouquinho de glamour a mais, é claro.

— Eu sei, eu sei — ele disse. — Mas, como você disse, você mal os conhecia.

— Ainda assim — respondi —, eles tinham famílias, gente que se importava com eles.

— Ué, como você sabe? Talvez eles fossem órfãos sem amigo nenhum.

— Não, o Rob me contou no encontro. Ele disse que tinha... dois irmãos, acho? — Pensei por um instante. — Na verdade, talvez três. Não lembro.

— Nossa, parece que você prestou bastante atenção, como sempre — Charlie zombou. — Ou estava só calculando quantas bebidas precisava terminar antes de poder fugir?

Cruzei os braços e fechei a cara para ele.

— Você não tem leite de aveia pra repor ou algo assim?

— Tá bom, foi mal. — Ele suspirou, erguendo as mãos. — Mas, falando sério, você tá bem, chefe?

— Estou — respondi. — É só uma coincidência esquisita, sabe?

Charlie me encarou com a boca entreaberta enquanto as engrenagens giravam no maquinário de seu cérebro, e eu esperei pacientemente que seus pensamentos abrissem caminho até a boca.

Por fim, ele se inclinou na minha direção e baixou a voz.

— Então, quem é o próximo? — ele perguntou, dramaticamente.

— Como assim, "quem é o próximo"?

— Bom, até agora, os primeiros dois caras com quem você saiu no Connector foram encontrados mortos — Charlie observou. — Então, quem você encontrou depois?

Congelei. Não tinha nem pensado naquela possibilidade.

— Espera, você acha que mais alguém vai se machucar?

— Talvez sim, talvez não — ele disse, puxando o *vape* novamente e dando uma tragada lenta.

— Caralho. — Repassei mentalmente a semana anterior. — Não sei. Quem foi depois do Freddie?

— Você não lembra? Jesus amado, Gwen, foram tantos assim? Não foi aquele que lembrava um pouquinho o Chris Hemsworth?

— Não — falei, tentando pensar. — Ele foi depois. E, só pra constar, ele não parecia *nada* com o Chris Hemsworth ao vivo.

— Hmm, certo, então foi o sujeito das mãos pequenas?

— O Josh? É, acho que foi — concordei. — Nós fomos jogar minigolfe, e ele tentou me convencer de que imigrantes estavam prestes a atracar botes no píer de Eastbourne.

— Ah, é, aquele palhaço. O que aconteceu com ele, aliás? Teve alguma notícia depois do encontro?

— Não — resmunguei, um pouco rápido demais. — Nenhuma.

Charlie me olhou e inclinou a cabeça de lado.

— Algo de ruim aconteceu naquele encontro, Gwen? Lembro que você disse que entrou no seu top 10 de piores noites de todos os tempos.

— Não — respondi, evitando o olhar dele e encarando fixamente a parte de trás da colher que segurava. — É só que eu odeio perder no minigolfe, muito mesmo.

Lembrando daquela noite, me senti enjoada. E se Charlie tivesse razão e alguém fosse atrás do Josh? E se ele já estivesse morto?

— Eu deveria ao menos ver como ele tá, certo? — perguntei.

— E o que você vai dizer? Que um psicopata tá indo atrás de todos os seus ex e ele é o próximo? Ele vai adorar.

— Não são meus ex! — esbravejei. — Eu saí uma vez com cada um desses caras, uma!

— Então, fica fora disso, Gwen — Charlie aconselhou. — Como você disse, mal conhecia eles. Deixa a polícia se preocupar com o Josh. E com todos os outros manés. Além do mais, ficar indo atrás deles só vai te fazer parecer suspeita.

— Como assim? — exclamei.

— Ué, eu só acho que, se isso fosse *mesmo* um podcast de *true crime,* você seria a principal suspeita! — Ele começou a imitar uma voz clichê de apresentador: — "*Rejeitada por todos os homens em Eastbourne, a bela Gwen Turner, de vinte e poucos anos, finalmente surtou e foi atrás de sua vingança sangrenta...*"

— Você está a umas duas frases de ser demitido — eu o alertei.

Apesar de ele estar sendo um idiota, talvez houvesse algum sentido no que Charlie dizia. Além do mais, mesmo se eu quisesse alertar Josh, não tinha nem sequer salvado o número de telefone dele e, depois de nosso encontro, o bloqueei imediatamente no aplicativo. Ainda que não tivesse feito isso, nem por um milagre um de nós voltaria a falar com o outro, não depois do que acontecera de verdade na pista de minigolfe.

— Quer dizer, você já tem problemas o bastante, né? — Charlie continuou. — Se não encontrar outra pessoa para dividir o apartamento, logo, logo vai precisar começar a dormir no caminhão. E se passarmos mais um mês vendendo um cappuccino e um queijo-quente por dia pro Jamal, você vai ter que vender isso aqui. E, aí, vai ter que dormir na praia, e não é tão divertido quanto parece no meio de fevereiro, pode acreditar.

— Caramba, valeu, Charlie. — Suspirei. — Você devia postar umas frases motivacionais dessas no Instagram, com um lindo pôr do sol ao fundo, são muito inspiradoras.

— Só tô dizendo... — ele começou.

— Xiu — falei, apontando para o calçadão. — Cliente.

Jamal avançava em nossa direção, o notebook sob um dos braços e Rocco aninhado no outro.

— Um cappuccino grande e um queijo-quente, por favor. — Ele sorriu enquanto vasculhava os bolsos, procurando dinheiro trocado.

Entrei no caminhão, liguei a máquina de café e esmurrei nossa caixa registradora arcaica, a única maneira de fazer com que a gaveta dela abrisse. Apesar de suas roupas de grife e dos óculos modernos, de armação grossa e preta (que eu suspeitava não terem lentes), Jamal sempre pagava com dinheiro físico, geralmente notas novinhas em folha e moedinhas brilhantes de uma libra e de cinquenta centavos.

— Obrigado — ele disse quando peguei as moedas com a mão em concha e as depositei individualmente nos respectivos compartimentos do caixa.

— Pra você, garoto — falei, raspando o queijo crocante da beirada da tostadeira e o colocando na palma aberta de minha mão para que Rocco lambesse com apreço. — O homem mais leal que já conheci.

Observei os dois caminharem sem pressa pela praia enquanto considerava pôr à prova a resiliência de meu estômago almoçando um sorvete Mr. Whippy.

Quando estendi a mão para alcançar a alavanca, vi meu celular se iluminar no balcão.

Nova mensagem de Parker.

Ah, *agora* ele queria conversar. Finalmente, eu podia descobrir por que ele tinha mandado aquele link idiota e relaxar. Deslizei a tela para ver a mensagem.

Parker: Já foram dois.

E juro que meu coração parou de bater.

12

"Já foram dois"? Que diabos isso significava?

Eu digitei "Já foram dois? Que diabos isso significa?", mas, então, pensando melhor, rapidamente deletei tudo, exceto pelo "?", e apertei em Enviar.

Encarei a tela, esperando pela resposta. Quando nada apareceu, li a mensagem mais uma vez, então outra, e então uma terceira vez, tentando entender se teria sido só uma correção automática esquisita, e ele, na verdade, havia querido digitar *Gwen, você é incrível e eu sinto muito por estar agindo feito um completo maluco.*

De repente, uma mensagem nova surgiu.

Parker: O quê?

O quê? O que "o quê?" deveria significar? Ele estava me zoando? Ou só estava sendo burro?

Gwen: O que você quis dizer com "já foram dois"?

Respondi, presumindo que seria a segunda opção.

Três pontinhos apareceram na tela, indicando que ele digitava algo. Os pontinhos pareceram ficar ali por uma eternidade, zombando de mim.

— Anda logo, seu filho da mãe — sussurrei, encarando a tela, tentando fisicamente forçar a mensagem a aparecer. Finalmente, ela apareceu.

Parker: Dois foras meus. Primeiro, furei com você ontem à noite, depois te mandei aquele link. Foi mal, deve ter te assustado. Mas você vai me dar mais uma chance, certo?

Uma onda de alívio inundou meu corpo. Talvez eu é que estivesse sendo burra. Toda aquela história da polícia devia estar me deixando paranoica. Ainda assim, eu não estava a fim de uma nova rodada de flertes desajeitados.

Digitei em resposta.

Gwen: Um fora e você já era, comigo é assim.

Parker: Bom, acho que mereço mais uma chance.

Parei, momentaneamente aturdida. Talvez eu estivesse interpretando mal o tom, mas aquela mensagem pareceu errada, quase ameaçadora, e eu não estava com energia para joguinhos idiotas. No entanto, quando estava prestes a fechar o aplicativo, um emoji apareceu na tela. É claro, era a bosta da carinha piscando, o emoji que eu mais detestava, o equivalente nas mensagens a gritar "só que não!" depois de uma frase. Digitei rapidamente.

Gwen: Vou pensar no seu caso.

Gwen: Mas se não quiser dar outro fora, me conta por que mandou aquele link.

E então, por via das dúvidas, e porque eu não sabia mais o que fazer, mandei um emoji sorridente. Aquele balançando as mãozinhas, só para reiterar meu tom *extremamente* descontraído e nada hostil.

Atirei meu celular no balcão e me deixei cair em uma caixa de batatinhas Kettle. Enfiando a mão entre as abas fechadas com fita, puxei um pacote. Enquanto triturava um chip vegetariano de queijo de cabra cozido e cebola caramelizada, me xinguei mentalmente por só manter em estoque salgadinhos artesanais chiques. Lá no fundo, meu coração ansiava pelo deleite doce e poeirento de um Cheetos.

Encarei meu celular, esperando que a telinha imbecil do aparelho se iluminasse novamente. Talvez Charlie tivesse razão. Eu devia deletar aquele aplicativo estúpido, atirar meu celular no mar e dar um jeito na minha vida idiota. Sim, era exatamente isso o que eu faria. Fiquei em pé e agarrei o aparelho, mas, no mesmo instante, ele começou a tocar.

Leãozinho, a tela dizia.

O choque quase me fez derrubar o celular. Deus do céu, o que é que *ele* queria? Agora eu teria que adicionar "a polícia" à lista de pessoas que ainda se davam ao trabalho de me ligar, que atualmente consistia na minha mãe e no entregador de delivery quando ele, de algum jeito, conseguiu entregar meu *pad thai* em um parque empresarial em Londres.

Meu dedo pairou sobre o símbolo verde de Aceitar, mas Charlie estava bem ali, do lado de fora, fumando seu *vape*, então deixei que tocasse e aguardei pela inevitável notificação da caixa postal. Quando ela chegou, fechei a porta do caminhão, me aninhei entre os sacos de grãos de café e liguei para o serviço da caixa postal. Segurei o celular ao lado da orelha e ouvi a mensagem abafada de Lyons.

"Gwen, err, sinto muito, srta. Turner, aqui é o investigador Lyons, de, hã, de hoje cedo. Eu queria conversar com você a respeito de um... desenvolvimento no caso de que falamos. Gostaria de saber se você pode comparecer à delegacia o mais rápido possível. Obrigado."

— Merda — sussurrei.

A palavra "desenvolvimento" parecia preocupante. "Desenvolvimento" dava a entender que algo de ruim tinha acontecido. Se tivessem encontrado o assassino — ou os assassinos —, por que eu precisaria ir à delegacia? Ou será que já teriam localizado Josh, e ele tinha contado o que realmente aconteceu no nosso encontro? Eu sabia que deveria ir até lá e contar a todos a respeito de Josh, e dos outros também. Contar a eles sobre aquelas mensagens esquisitas de Parker. Contar tudo a eles. Mas, se eu fizesse isso, será que me deixariam ir embora?

Enfiei o celular de volta no bolso e puxei um guardanapo da prateleira atrás de mim. Com a caneta do meu bloquinho de pedidos, rabisquei os nomes de todos os caras com quem tinha saído desde o término.

Rob
Freddie
Josh
Dev
Seb

Dois desses homens já estavam mortos. Arrastei a caneta, riscando os nomes deles. *Já foram dois*, eu pensei. *Foi isso que o Parker quis dizer? Os outros na lista estão em perigo?*

Parei por um instante e, então, cuidadosamente, escrevi mais um nome no fim do guardanapo. Mas, quando olhei para aquele último nome, rabiscado ali em preto e branco (ou melhor, em esferográfica azul), meu estômago revirou.

Não, eu pensei, *esse não. Não ele.*

Com muito cuidado, rasguei a parte de baixo, a parte com o sexto nome, joguei-a no lixo e enfiei o guardanapo no bolso de trás da calça.

Então, puxei meu celular e mandei uma mensagem para Lyons.

Gwen: Podemos conversar?

13

Apoiei o corpo no balcão, observando uma brisa fria soprar em frente à praia, derrubando os porta-talheres nas mesas. Havia enviado a Lyons a localização e pedido que ele viesse me encontrar e, na ausência completa de qualquer outro cliente, tudo que tinha a fazer era aguardar.

Por fim, uma silhueta familiar apareceu à distância, caminhando pelo calçadão na direção do caminhão. O observei passar devagar em meio às mesas de plástico até chegar à janela, e notei que, apesar do jeito com que mantinha a cabeça baixa, como se estivesse o tempo todo tentando resolver um jogo complicado de palavras-cruzadas, Lyons tinha um bom físico: alto e de peito largo. Quando ele se aproximou, Charlie largou a vassoura e se virou para cumprimentá-lo.

— O que vai querer, parceiro? — ele perguntou.

— Deixa ele comigo, Charlie — falei. — Esse é o Leãozinho, um velho amigo.

— Investigador Lyons — ele me corrigiu.

Quando Lyons falou isso, os olhos de Charlie se arregalaram; ele imediatamente agarrou o boné de beisebol, abaixando-o mais sobre os cachos.

— Certo, ahn, bom, vou deixar vocês à vontade, então — ele disse. — Vou tirar meu intervalo, chefe, te vejo em vinte minutos.

Com isso, ele arrancou o avental e saiu andando pela orla. Lyons o observou seguir na direção da galeria comercial; quando finalmente desapareceu de vista, ele se virou para mim.

— Então é esse é seu famoso food truck, hein? — Lyons comentou. — A Máquina do mistério?

— Máquina do mistério? Do *Scooby-Doo*? Nossa. Você tá precisando atualizar suas referências — brinquei. — Esse aqui se chama Alfredo. Eu e meu ex pretendíamos pegar a estrada com ele, passear por todos os festivais do país. Depois, talvez a Europa, no ano que vem, e depois... — Minha voz foi sumindo.

— Depois, o mundo? — Lyons perguntou.

— Bom, era esse o sonho do Noah, vender bebidas lácteas superfaturadas pra hipsters imundos por todo o planeta. Mas acho que agora cabe a mim fazer isso, assim que eu encontrar alguém com quem rachar o combustível.

Me arranquei à força do devaneio no qual não queria chafurdar.

— Então, qual é o tal "desenvolvimento"? — perguntei. — Encontraram uma conexão entre Rob e Freddie?

— Sim. Ambos estavam fazendo pagamentos bem generosos em criptomoedas para a mesma conta anônima. Estamos trabalhando com a teoria de que esses homens estavam envolvidos com crime organizado, provavelmente algo relacionado a drogas. Tem havido um fluxo de tráfico entre a classe alta de Eastbourne.

— Ah, certo — falei. — Então não tem nada a ver comigo?

— Não, não achamos que você tenha alguma conexão com o caso, Gwen — ele atalhou. — Estamos em uma cidade pequena. Rob e Freddie provavelmente saíram com várias das mesmas mulheres.

Senti uma onda de alívio. Então, me lembrei do guardanapo em meu bolso traseiro.

— Ei, que tal você sentar um pouquinho e eu te faço um café? — Indiquei as cadeiras espalhadas pelo calçadão.

— Já tomei café, obrigado.

— Chá, então? — ofereci. — Chocolate quente? Espera aí, não vai me dizer que você é chegado num sorvetinho do Mr. Whippy, investigador Lyons.

— Err, chá está ótimo — ele disse, puxando uma cadeira em uma das mesas.

— Boa escolha — falei. — Me dá um minuto.

Ele se sentou. Levei um copo descartável com chá e um pacote de chips de batata.

— Então — comecei. — Você não podia ter me contado desse "desenvolvimento" por telefone?

— Err, bom, esse tipo de coisa é sempre melhor ser dito pessoalmente, se é que você... ahn... se é que você me entende — ele gaguejou.

Inclinei a cabeça e estreitei os olhos enquanto o encarava.

— Tá, bom, se você vai ficar aparecendo por aqui, eu deveria saber seu nome de verdade. Seu primeiro nome, quero dizer, a não ser que queira que eu continue te chamando de Leãozinho.

— Aubrey — ele falou.

— Aubrey? — repeti.

— É, Aubrey.

— Desculpa, por um momento, achei que você tinha dito Aubrey.

— É isso mesmo. Aubrey é meu nome.

— Ahhh, hm, não vou cair nessa, foi mal.

Ele me olhou, inexpressivo.

— Esse é o seu nome de verdade? — perguntei. — Desculpa, eu achei que você estava brincando. Não foi à toa que a gente te deu um apelido.

— Investigadores criminais não são muito de fazer piadas — ele disse.

— Percebi — respondi. — Meu tiro saiu pela culatra.

— Com o perdão do trocadilho? — Ele ergueu uma sobrancelha.

— Nunca peço perdão por um trocadilho — afirmei a ele. — Isso é algo que você precisa saber sobre mim, se quiser que a gente se dê bem.

Lyons estreitou os olhos.

— Já parou pra pensar que esse monte de piadinhas que você faz é só um mecanismo de defesa? — ele perguntou.

— Pode ser que sim. — Assenti. — Ou, talvez, eu só seja naturalmente engraçadíssima.

Lyons não disse nada, mas soprou o chá enquanto eu me sentava de frente para ele.

— E então, o que rolou? — indaguei. — Na escola, você sempre foi o irmão mais velho responsável, agora, de repente, virou o quê? Um Sherlock litorâneo?

— Já faz um bom tempo desde a época da escola.

— Nem me fale. Você tá tão... — Fui baixando a voz.

— O quê?

— Mais velho.

— Nós dois estamos mais velhos, Gwen.

— É, mas você é, sei lá, um adulto de verdade. Como foi que acabou fazendo... — balancei a mão, indicando-o — ... isso tudo?

— Na verdade, me mudei para Londres depois da faculdade, comecei a formação pedagógica, estava tudo certo para me tornar professor de inglês. E foi o que fiz, por um tempinho. Mas então, err, conheci minha esposa e, bom, as coisas mudaram.

A palavra "esposa" pareceu pairar no ar por um momento, como uma gaivota inoportuna.

— Faz cerca de dezoito meses que me inscrevi no Programa Nacional de Investigadores — ele continuou. — Sabe? O programa de extensão da graduação? Quando terminei o curso, me mandaram pra cá. Tendo trabalhado em alguns casos, talvez eu consiga uma chance na Metropolitana de Londres.

— Fico feliz em saber que temos uma equipe de elite no caso — falei. — Então esse é, tipo, seu primeiro caso de homicídio?

— Não — ele respondeu, na defensiva. — O segundo. Eles não soltam a gente por aí sem mais nem menos. Tem muito esforço e treinamento envolvidos. A ideia do programa é encorajar mais universitários a se juntarem à corporação. Não que muita gente queira ser policial hoje em dia.

— Então estão deixando professores do colegial investigarem homicídios agora? — perguntei. — Não consigo imaginar o sr. McHallis perseguindo serial killers.

— Quem é sr. McHallis? — Ele quis saber.

— Nosso antigo professor de matemática! — falei. — Lembra? Hálito podre, gosto pra veludo pior ainda. Acho que ele não seria muito útil pra vocês.

— Ah, sim, o sr. McHalitose — Lyons disse, um sorriso fraco se abrindo em seu rosto. — Sei não, talvez ele desse um bom detetive, o cara parecia ter um sexto sentido quando o assunto era a gente matando aula.

Ele estendeu a mão para o pacote de chips e colocou um na língua, temeroso.

— Eles não tão batizados com rícino, não se preocupa — tranquilizei-o. — Apesar de que um assassinato à base de batatinhas Kettle daria um ótimo episódio do *Além da salvação*...

Lyons me encarou e engoliu. Peguei uma batata do pacote e a atirei na boca, só para provar que eram inofensivas.

— Escuta, vocês têm *certeza* de que essas mortes não têm relação com o meu, ahn... meu histórico de encontros? — perguntei.

— Eu já te disse, Gwen, é só uma coincidência, você não deve...

Antes que ele pudesse terminar, puxei o guardanapo do meu bolso traseiro e o espalmei na mesa.

— Olha isso aqui — falei. — Esses são os caras que eu conheci no Connector. Exatamente nessa ordem. Rob, Freddie, Josh, Dev, Seb. Os primeiros dois estão mortos. Ainda acha que é só uma coincidência?

Lyons desamassou o papel sobre a mesa até que os nomes estivessem legíveis.

— Você não podia ter imprimido isso? — ele perguntou.

— Não, porque ninguém imprime nada desde 2007, sr. Investigador — zombei, olhando-o como se ele tivesse sugerido que eu cinzelasse os nomes no desfiladeiro de Beachy Head. — Além do mais, minha letra é bem bonita. Mas deixando isso de lado, vocês precisam encontrar esses caras e garantir a segurança deles.

Lyons pegou o guardanapo e o analisou, estreitando os olhos.

— E você saiu com *todos* esses homens só nas últimas semanas?

— Hã, sim, eu saí, sr. Meritíssimo — falei. — E daí?

— O que aconteceu aqui? — Lyons perguntou, apontando a extremidade do guardanapo, de onde eu tinha arrancado um pedaço.

— Deixei cair um moca — menti rapidamente.

Lyons me olhou, intrigado, abriu a boca para dizer alguma coisa, mas então pareceu mudar de ideia.

— Os nomes restantes aqui, Josh, Dev e Seb, você tem os números deles?

— Bom... não, eu não costumo trocar contatos, a não ser que a gente vá ter um segundo encontro.

— Você saiu para encontrar estranhos aleatórios sem nem pegar o telefone deles?

— Ué, eu não queria ninguém brotando no meu WhatsApp à uma da manhã mandando trocentos emojis de berinjela! Não eram estranhos completamente aleatórios, aliás, eu fiz minha avaliação de riscos antes. Stalkeei eles nas redes sociais. E a Sarah sempre insiste que eu mande prints dos perfis pra ela.

— Certo. — Lyons suspirou. — E imagino que nenhum desses encontros foi bom o bastante para que houvesse um segundo?

Dei de ombros.

— Não — falei. — Abrindo o jogo aqui, eu sou bem exigente.

— Posso ver os perfis deles no Connector?

— Err, eu os bloqueei — informei, em tom de pedido de desculpas.

— Ah, essa história está ficando cada vez melhor. — Lyons levou as mãos ao rosto.

— Caramba, eles eram péssimos, com basicamente nada que prestasse! — exclamei. — Sinto muito por não ter previsto que seriam perseguidos por um serial killer.

— Não vamos tirar conclusões precipitadas. — Lyons bebeu o chá. — Você sabe quantos serial killers *de verdade* existiram na Inglaterra na última década?

Ele fez uma pausa, para criar impacto.

— Um.

— Isso não quer dizer que já estaria na hora de aparecer outro? — perguntei.

Lyons parou na metade de um gole para refletir sobre a questão, como se fosse algo que não tinha ocorrido a ele.

— Eu sei uma ou outra coisinha sobre serial killers, sabia? Escutei, literalmente, centenas de horas de *Além da salvação*.

— O que é esse tal de *Além da salvação*, afinal? — Lyons arqueou uma sobrancelha.

Suspirei.

— É um podcast. Imagino que já tenha ouvido falar disso, certo? Poxa, você é um homem de trinta e poucos anos, não é? Fico surpresa por você não ter o seu próprio podcast.

— Entendo — Lyons disse. — E você acha que ouvir um podcast te habilita a brincar de detetive, é?

— Bom, *tecnicamente*, você só trabalhou em um caso a mais do que eu. Esse outro caso sequer foi resolvido, aliás?

— Isso não é relevante — Lyons rebateu, com firmeza. — Vamos focar neste caso por ora, está bem? — Ele pegou o guardanapo e o examinou mais uma vez. — Tem alguém que você aborreceu recentemente? Alguma pessoa que possa querer te ferir?

— Não! — exclamei. — Sou quase completamente cem por cento inofensiva. Me viro do avesso pra agradar os outros. Não tenho um único inimigo sequer. Bom, exceto se contarmos a Kelly Sanchez, mas eu não a vejo desde a formatura do sexto ano.

— Kelly Sanchez? Eu me lembro dela. Não foi a menina em quem você deu um soco na boca, depois que ela beijou o seu par?

— Um tapa — corrigi. — Eu dei um *tapa* nela. Depois que ela jogou uma taça de vinho na minha cabeça.

— Espera, ela jogou uma taça na sua cabeça?

— Bom, é, uma taça de plástico.

— Jesus amado, isso já deve fazer mais de dez anos — ele falou.

— E, ainda assim, euzinha só envelheci cinco.

Lyons sacudiu a cabeça.

— Vamos tentar focar, Gwen. Parece que as únicas pessoas que você aborreceu são os homens rejeitados neste guardanapo. A não ser que... e quanto ao ex que você mencionou?

Um sobressalto percorreu meu corpo, parecido com aquela sensação quando se percebe ter deixado o passaporte em casa a meio caminho do aeroporto.

— Nem pensar, ele não tem nada a ver com isso — falei, defensivamente. — Não tenho notícias dele desde que terminamos.

— Foi amigável?

— O término? Incrivelmente amigável.

— É mesmo? — Lyons perguntou, arqueando uma sobrancelha. — Estou com a sensação de que talvez haja alguns assuntos inacabados nesse ponto.

— Seu treinamento de investigador tá vindo bem a calhar, não é? Certo, tá bom. Não foi bem uma grande maravilha para todos os envolvidos — eu disse. — Mas nenhum término é, não é verdade? O Noah é um cara do bem. Quando digo que ele não está envolvido em nada disso, pode acreditar em mim. No momento, eu só tô tentando esquecer ele, me distanciar um pouco e, bom, seguir em frente com a minha vida.

— Bom, se vale de algo, eu sinto muito, Gwen. Sei que separações podem ser difíceis.

— Parece que você tá falando por experiência própria? — arrisquei.

Lyons deu outro gole no chá.

— Não sou o assunto aqui. E ainda não estou convencido de que você seja o assunto, tampouco. A questão é o que houve com Rob e Freddie, e a prioridade é garantir que ninguém mais se machuque.

Vi os olhos dele oscilarem para um lado por uma fração de segundo. Eu entendia de linguagem corporal o bastante para saber que aquilo significava que ele estava relembrando alguma coisa. Me perguntei se seria uma memória boa ou ruim. Estudei seu rosto, procurando mais pistas, e notei que o passar dos anos, de alguma forma, tinham conferido a ele uma ligeira similaridade ao Tom Hardy. Podia não ter o jeitão rebelde e as tatuagens, mas definitivamente havia alguma dor por trás daqueles olhos.

— Tá bom, então, você vai, né? Atrás dos nomes nesse guardanapo? — perguntei.

— Ainda acho que é muito improvável que qualquer uma dessas mortes tenha qualquer relação *direta* com você ou com seus namorados.

— Não são meus...

— Só caras com quem você saiu, eu sei — Lyons completou. — Bom, permita-me lhe tranquilizar: o fato de você, por acaso, ter saído com duas vítimas desconexas é, mais do que provavelmente, apenas uma coincidência.

— É, e pra sermos justos, eu já saí com vários caras que *não foram* assassinados.

Lyons hesitou por um momento antes de pegar o copo e levá-lo à boca. Quando o ergueu e entornou o líquido, pude ver um maxilar bem definido sob sua barba áspera por fazer.

— Bom saber — ele disse.

Não queria contar a Lyons, mas, na verdade, eu não tinha o melhor dos históricos quando o assunto eram homens. Quando eu era criança, meus pais sempre me pareceram tão unidos, tão sólidos e, bom, tão sensatos. Então, no meu último ano na faculdade, de repente, perdemos meu pai. Um infarto fulminante. Veio do nada, e foi como se tivessem soltado uma bola de demolição em nossas vidas. Durante um tempo, eu deixei tudo de lado: a faculdade, os garotos, o meu sono. Foi só graças a Sarah que consegui superar. Mas, depois daquilo, todo o conceito de um relacionamento sério passou a me parecer idiota. Se alguém que você amava podia simplesmente ser levado em um piscar de olhos, qual era o sentido? Portanto, muito embora fosse verdade o fato de eu não ter muitos ex-mortos, tampouco tinha muitos deles vivos.

Lyons inspirou profundamente, mandou um gole de chá garganta abaixo e afastou a cadeira.

— Certo, preciso voltar para a delegacia — ele disse, ficando em pé.

— Espera, é isso, então? — falei. — Eu só fico aqui e espero?

— Uns nomes em um guardanapo não são muita informação, mas eu vou falar com Forrester e ver o que podemos fazer, tudo bem? Só tenha paciência e nos deixe fazer nosso trabalho. Até mais, Gwen.

Ele começou a se afastar na direção na cidade.

— Mas quanto tempo vai levar? — eu exclamei às costas dele. — Eu não posso ficar fazendo parte de uma investigação de homicídio, tenho meu comércio pra cuidar, um casamento em três dias, no qual sou a dama de honra...

Lyons parou por um instante e se virou para me olhar.

— Preciso ir — ele repetiu. — Eu ligo se qualquer outro desenvolvimento acontecer.

— Espera — chamei, procurando meu celular no bolso. — Tem essas...

Tirei o aparelho para mostrar a ele as mensagens de Parker, quando algo, de repente, me deteve. Me senti idiota. O que é que eu diria? Sarah estava certa. Eu não tinha nada além de mais uma mensagem esquisita de um cara esquisito. Lyons simplesmente pensaria que eu tinha escutado podcasts de true crime demais.

— O quê? — ele perguntou.

— Nada — respondi. — É só que, err, você não terminou o seu chá.

— É mesmo. — Ele pegou o copo de papelão da mesa e ergueu a mão para se despedir.

Eu o observei se afastar, levando nas mãos o copo meio cheio de chá e a minha vida; por algum motivo, não me sentia megaconfiante de que um ex-professor de inglês convertido em policial e o amigo bigodudo dele chegariam muito longe. Fiquei sentada à mesa, assistindo ao guardanapo desprezado dançar ao vento. Apoiei meu celular em cima dele para impedir que fosse levado para a areia e, ao examinar os nomes mais uma vez, um arrepio percorreu meu corpo. Seria possível que eles estivessem mesmo em perigo? Lyons parecia achar que não, mas e se ele estivesse errado?

De repente, uma notificação do Connector fez meu celular acender, me arrancando com um solavanco de meus devaneios. Minha boca secou quando li a mensagem.

Parker: Pronta para o terceiro?

Engoli em seco, os últimos resquícios de saliva gelada gotejando pela minha garganta enquanto eu agarrava o guardanapo e o enfiava de volta no bolso traseiro.

Dessa vez, eu não responderia com um emoji cordial. Não sabia se Parker era só mais um cara exaustivo e carente de atenção ou se era algo pior, mas já estava farta daqueles joguinhos. Então, mesmo não querendo nunca mais ver Josh na vida, se a polícia não se daria ao trabalho de localizá-lo, talvez eu precisasse fazer aquilo por conta própria.

Só havia um problema: eu não tinha absolutamente nenhuma ideia de onde encontrá-lo.

14

Bom, como qualquer pessoa sensata, eu cumpro minha cota de investigação pré-encontro. Sarah sempre me dizia que eu deveria, no mínimo, fazer uma pesquisa superficial no Google sobre os caras do Connector antes de sair com eles, só por segurança. E ela tinha razão. Infelizmente, quando eu tinha digitado "Josh Little" na ferramenta de pesquisa, tudo que descobri foi que Josh compartilhava seu nome com um jogador de beisebol da grande liga de São Francisco. E embora eu tivesse ficado muito impressionada com o fato daquele Josh Little ter aparentemente marcado quarenta e quatro *home runs* na última temporada, e com o cavanhaque bem desenhado dele, essas informações não me eram muito úteis no momento.

Rabisquei um bilhete de "volto já" para Charlie, soltei minha bicicleta da traseira do caminhão e saí pedalando na direção do minigolfe Festa na Floresta, o cenário de meu encontro desastroso com Josh. Imaginei que, se ele tinha agendado nossa sessão pela internet, eles teriam pelo menos um endereço de e-mail registrado. Construído como uma atração infantil há cerca de dez anos, o Festa na Floresta havia sido recentemente remodelado e virado uma espécie de *point* hipster, onde adultos crescidos pareciam achar divertidíssimo acertar bolinhas minúsculas em buraquinhos minúsculos em um campo cheio de animais de plástico gigantes.

Quando cheguei, fui até o balcão na entrada e dei uma batidinha no vidro.

— Oi — falei, tentando chamar a atenção do funcionário adolescente do lado de dentro, que estava curvado diante de um notebook.

Ele não tirou os olhos da tela. Espiando através do vidro, eu conseguia ver que o garoto estava no meio de uma partida de pôquer online. Dei mais uma pancadinha na vitrine.

— Ei — chamei, mais alto dessa vez.

Com um suspiro, o garoto ergueu o rosto para me encarar. Apesar do corte de cabelo terrível, na minha opinião, e dos pelos faciais ainda mais questionáveis do que os de Josh Little (o do beisebol), ele tinha olhos gentis e parecia confortável vestindo uma jaqueta acolchoada volumosa.

— Quatro e cinquenta — ele murmurou, abrindo a divisória de vidro para que eu pudesse pagar. — Os tacos ficam ali. — Ele indicou com um gesto um contêiner de metal cheio de tacos de golfe.

— Não, eu não quero jogar, obrigada. Preciso da sua ajuda. Meu amigo Josh Little fez um agendamento aqui. Você pode pesquisar os dados dele no seu computador aí?

— Nós não fazemos esse tipo de coisa, sinto muito — ele respondeu.

— Ah, sério? Você não abriria uma exceçãozinha pra mim, err... — passei os olhos pela jaqueta dele, procurando algum tipo de identificação, em vão — ... amigão?

— Stephen — ele disse com indiferença.

— Tá bom, olha, Stephen, a verdade é que eu e o Josh tivemos um primeiro encontro incrível aqui e, aí, eu perdi meu celular! Então, só preciso do número dele, pra poder dizer o quanto eu gostei do encontro. Ele deve estar achando que tô dando um perdido nele. E eu, assim, gostei muito, muito dele, sabe? Você não ia querer empatar o caminho do amor verdadeiro, ia?

Dei a ele meu melhor sorriso brincalhão de Sandra Bullock.

— Espera, vocês vieram juntos aqui na semana passada? Acho que eu ouvi falar. Não foi você que...

— Não — interrompi. — Não fui eu. Nós tivemos um encontro *ótimo*. É por isso que eu preciso do número dele, ou do endereço de e-mail, qualquer coisa. Por favor. Preciso muito entrar em contato com ele. Você deve ter toda a informação do agendamento guardada em algum lugar aí.

— É melhor eu chamar o gerente — ele avisou.

— Não, não, espera um pouco. Me escuta, Stephen. Eu sou dona do caminhão de café que fica ali no calçadão — falei. — Te dou chocolate quente de graça por uma semana se você me ajudar com isso.

Ele pausou por um momento.

— Com aqueles marshmallowzinhos em cima?

— Hmm, sim, claro, com os marshmallows. Só procura logo "Josh Little" no seu computador aí pra mim, pode ser?

Stephen começou a digitar no notebook à sua frente.

— Certo, encontrei. Tem um endereço de e-mail e um número de contato — ele disse, virando a tela do computador na minha direção.

Quando puxei meu celular e comecei a copiar as informações, Stephen observou, desconfiado, o unicórnio brilhante e sorridente na parte de trás de meu celular surrado.

— Eu uso ironicamente — expliquei a ele.

— Você não disse que perdeu seu celular?

— Isso, eu perdi. Derrubei na banheira. Aí, comprei um novo.

— Não parece novo — ele constatou.

— O celular é novo, a capinha é velha.

Stephen estreitou os olhos e balançou a cabeça. Ele se esticou e virou a tela do notebook para longe de mim.

— Ei! O que tá fazendo? — exclamei. — Eu ainda não terminei.

— Sinto muito, acho que eu devia mesmo chamar o gerente — ele falou, pegando o próprio celular.

— Espera, espera, a gente quer mesmo envolver o gerente nisso, Stephen? — perguntei. — Ele deve estar bem ocupado, não é? Com certeza, ele não tem tempo pra ficar ouvindo que um funcionário menor de idade tá usando o computador da empresa pra jogos de azar, certo?

Stephen se remexeu na cadeira e lançou um olhar culpado para o computador.

— Olha, é o seguinte — continuei. — Já que você gosta de uma aposta, vamos fazer um trato.

— Prossiga — ele disse, os dentes apertados.

— Tá, se eu acertar em uma tacada só o buraco do crocodilo — falei, apontando para o campo —, você me passa o número. Se eu errar, você ganha chocolate quente por um mês. Com os marshmallows. E mais um muffin.

Stephen pensou na oferta por um segundo.

— Você não consegue acertar — ele declarou, me olhando de cima a baixo. — Ninguém consegue. É o buraco mais difícil do campo.

Precisei reunir todas as minhas forças para não dizer a ele que aquilo era um minigolfe à beira-mar cheio de macacos disformes, não os campos de St. Andrews. Mas mordi o lábio e forcei um sorriso. O buraco consistia em um crocodilo de plástico verde gigantesco, cuja boca se abria e se fechava. Para conseguir acertar em uma tacada, era preciso fazer a bola atravessar o campo e cruzar a boca ainda aberta e, então, ela percorreria o trajeto por todo o rabo do crocodilo e cairia no buraco.

— Bom, então, você não tem nada a perder — falei, esticando a mão pela janelinha do balcão.

— Que seja — ele concordou, pegando minha mão e apertando-a com firmeza. — Vá em frente.

— Ótimo. — Peguei um taco e fui até o buraco. Alguns metros à minha frente, as presas do imenso crocodilo de plástico abriram-se lentamente e, com um estalido alto, voltaram a se fechar. Coloquei minha bola no ponto branco que marcava o início e observei cuidadosamente a boca do crocodilo se abrir e se fechar com força mais uma vez. Então, fechei os olhos.

— Não tenho o dia todo — Stephen exclamou do balcão.

Ignorei-o e contei lentamente até três antes de bater de leve na bola, mandando-a na direção da boca do crocodilo. Havia cronometrado perfeitamente. A bola chegou às presas assim que elas se abriram e passou rolando por entre os dentes brancos reluzentes, entrando na besta.

— É isso aí! — eu gritei. Mas, então, observei horrorizada a bolinha bater em alguma coisa e rolar de volta até os meus pés. — O quê? — exclamei. — Impossível! Tem algo errado com o crocodilo.

— Foi mal — Stephen disse. — Você perdeu.

— Não vou aceitar isso — falei, marchando pelo campo de grama sintética até alcançar o crocodilo. Cutuquei o interior da boca com meu minitaco. Conseguia sentir algo bloqueando o caminho.

— Tem alguma coisa ali dentro. Eu exijo outra rodada! — falei, me agachando para investigar. Espiei o interior da boca do crocodilo, tentando enxergar o que seria.

Quando cutuquei o espaço entre as presas com o taco mais uma vez, algo caiu para fora.

Sufoquei um grito.

Era uma mão.

15

Uma hora mais tarde, eu estava sentada em uma cadeira de escritório giratória, com um cobertor ao redor dos ombros, bebericando chá morno de uma caneca trincada, com a estampa do minigolfe Festa na Floresta, enquanto o investigador Lyons me encarava, uma expressão furiosa no rosto. Policiais e equipes forenses aglomeravam-se por todo o campo, estirando fita amarela em torno do crocodilo e fotografando tudo.

— Me diga mais uma vez — o investigador Lyons disse lentamente —, por que você decidiu vir até aqui?

— Eu estava tentando ajudar — falei em voz baixa.

— Eu te falei para ter paciência enquanto nós lidávamos com a situação.

— Você chama isso de "lidar com a situação"? — sibilei, apontando para o saco contendo um cadáver que estava sendo rebocado até a grama.

Vários policiais se viraram para olhar para nós.

— Gwen, ouça... — Lyons começou.

Eu ergui uma mão para interrompê-lo. A última coisa de que precisava era um sermão. Quando fechava os olhos, tudo que conseguia ver era a mão de Josh, coberta de respingos de sangue vermelho-escuro. O único cadáver que eu já tinha visto antes era o de meu pai, deitado imóvel em uma cama de hospital, o que não havia sido muito assustador. Mas os dedos de Josh, rígidos e curvos, pareciam-se com os de uma boneca quebrada e ensanguentada.

— Quem quer que tenha feito isso queria obviamente que o corpo fosse encontrado, Gwen — ele disse, dessa vez com mais suavidade.

Me ocorreu que Lyons provavelmente era bastante acostumado a assassinatos. Ele devia pensar nisso o tempo todo; bom, pelo menos durante o expediente. Eu não fazia ideia, na verdade, de qual seria o horário de trabalho de um calouro no departamento de homicídios.

— Queriam que eu o encontrasse? — perguntei, minha voz começando a oscilar.

Lyons sacudiu a cabeça.

— Qualquer um poderia ter encontrado. Agora, quero que você se concentre, isso é importante — ele pediu. — Você viu alguma outra pessoa no campo quando entrou? Qualquer coisa suspeita?

— Só o cara do balcão na entrada. Ninguém mais.

— Certo. Nós vamos conversar com todos que trabalham aqui e checar as câmeras de vigilância — Lyons disse. — Alguém deve ter visto alguma coisa.

Assenti com a cabeça e bebi meu chá. Lyons se ajoelhou ao meu lado.

— O fato de você estar na cena do crime não passa exatamente a melhor das impressões — ele observou em voz baixa, para que os outros policiais não pudessem escutar.

— Como assim? Eu estive no trabalho a manhã toda, o corpo estava dentro da porra do crocodilo, como eu poderia ter...? — Minha voz esmoreceu.

Senti lágrimas se acumulando em meus olhos. Com tudo que acontecera, só naquele momento me dei conta de que aquelas circunstâncias poderiam me fazer parecer um tiquinho, hmm... culpada.

— Ainda estamos averiguando exatamente onde e quando ele foi morto — Lyons disse, discretamente.

— O sangue ainda estava esguichando dele! — exclamei.

Os policiais voltaram a olhar para nós.

— É possível que o corpo tenha sido escondido em outro lugar previamente, e o assassino o tenha colocado no campo em algum momento da noite passada — Lyons falou.

— Ah, certo, então você tá dizendo que eu arrastei um cadáver sangrando até um campo de minigolfe no meio da noite e, aí, apareci aqui hoje cedo pra poder encontrá-lo? É isso que você pensa, *investigador*? Acho que você devia pedir um reembolso daquele programa de treinamento.

— Gwen, acalme-se, o que estou tentando explicar é...

— Não se dê ao trabalho — falei, ficando em pé. — Eu preciso ir pra casa.

Eu estava tremendo, à beira das lágrimas, mas não queria que ele visse aquilo. Eu precisava me afastar daquele lugar horrível e ir para casa, encontrar Sarah.

— Sente-se, ainda não acabou — Lyons ordenou. — Esta é uma investigação de grande porte. Temos uma equipe em Lewes trabalhando dia e noite nisto agora. A Metropolitana quer se envolver. Precisamos estar cientes da sua localização o tempo todo.

— Por quê? Pra terem certeza de que eu não vou assassinar mais ninguém? — vociferei.

Agora, *definitivamente,* todos os outros policiais estavam encarando a gente.

— Está tudo bem — Lyons disse com gentileza, pronunciando cada palavra cuidadosamente. — Ninguém está te acusando de nada. Só precisamos garantir que você esteja bem.

— Certo, estarei em casa, acho que vocês sabem onde fica, certo? — eu falei, e engoli o resto de meu chá com insolência.

— Eu sinto muito, Gwen, muito mesmo — ele falou. — Mas vamos precisar que você venha até a delegacia para repassar algumas questões.

Olhei para ele, tentando compreender se aquilo era só um excelente pós-atendimento policial ou algum tipo de voz de prisão sorrateira.

— Eu preciso?

— Creio que seria melhor se você concordasse — uma voz atrás dele falou.

Ergui os olhos e, vendo o inspetor Forrester e sua cara de *pug* surgir atrás de Lyons, ameaçadoramente, senti um aperto no coração.

16

Não sei se você já precisou ir a uma delegacia. Fica a dica: descobri que não é nada legal. Imagino que uma visita dessas nunca aconteceria por uma razão positiva, mas sempre pensei que seria, pelo menos, um pouquinho emocionante. Não é. Na verdade, a Delegacia de Polícia de Eastbourne era tão mundana como qualquer outro ambiente de trabalho, nada a ver com aquelas séries policiais maneiras, com policiais correndo pra lá e pra cá, gritando um para o outro e molhando donuts em café puro de vez em quando. Estava mais para um consultório médico, repleto de pessoas de aparência tristonha, encolhidas em cadeiras de plástico, e uma recepcionista entediada, que anotou meus dados e me disse para aguardar.

Depois de quinze minutos, ela chamou meu nome e fui conduzida por portas de segurança até outro cômodo horrivelmente comum, com uma pequena tela de TV pendurada na parede. Um gravador repousava sobre uma mesa, ameaçador. Me sentei em mais uma cadeira de plástico e alguém pouco memorável me trouxe chá em um copinho de isopor. Passado um minuto inteiro, o inspetor Forrester entrou, trazendo consigo um notebook e seguido por Lyons, que se sentou de frente para mim. Ele conseguiu me oferecer um meio sorriso constrangido antes de apertar um botão na máquina sobre a mesa e recitar o horário e a data, em um tom de voz frio e oficial.

— Vamos apenas repassar a cronologia dos acontecimentos para a gravação, srta. Turner — ele falou. — Não se preocupe, é só para termos um registro de tudo.

Dei de ombros.

— Você se lembra do inspetor Forrester — Lyons continuou, indicando o homem à sua esquerda com um movimento da caneta. — É requerido de mim lhe informar que este depoimento está sendo gravado e que você tem o direito de ir embora a qualquer momento.

O inspetor Forrester me encarava, inexpressivo, como se eu fosse apenas mais uma mala que não pertencia a ele na esteira rolante do aeroporto.

— Certo, oi — falei e, então, me aproximando do gravador: — Pode me chamar de Gwen, a propósito.

— Obrigado, Gwen — Lyons falou.

Percebendo que estava trêmula, agarrei o copo de chá com força. O calor que passava através do isopor alfinetava meus dedos, mas a dor era uma boa distração.

— Vamos te fazer algumas perguntas a respeito do que aconteceu com Josh Little.

— Espera, eu não devia estar com um advogado ou algo assim?

— Você tem direito a um advogado, se assim desejar — Forrester informou, sem emoção alguma na voz.

— Está tudo bem, Gwen — o investigador Lyons disse. — Não estamos te acusando de nada, e você não está sob custódia. Apenas precisamos determinar sua localização em alguns momentos, para podermos te eliminar de quaisquer inquéritos.

Eu já tinha ouvido aquilo antes. Na TV, era o que os policiais sempre diziam para a pessoa que achavam ser culpada.

Suspirei.

— Eu não sei nada sobre o Josh, de verdade. Tive um encontro com ele, foi legal, nós bebemos um pouco. Fim da história.

— Quando? — Forrester perguntou.

— Hã, na sexta passada, acho? Às oito, mais ou menos.

Forrester se inclinou na minha direção e falou devagar.

— E aonde vocês foram?

— No minigolfe Festa na Floresta — falei.

Os olhos de Lyons foram rapidamente até seu chefe, que deu a ele um aceno de cabeça quase imperceptível.

— Quem ganhou o jogo? — Lyons perguntou.

— Não me lembro.

— Não lembra? — Forrester repetiu. — Achei que tinha sido um bom encontro?

— Eu disse que foi legal — falei.

— A que horário vocês foram embora?

— Em torno das nove. Não me lembro exatamente.

— Nove horas é cedo — Forrester comentou.

— A gente não se entendeu muito bem.

— Não se deram bem? — Forrester indagou, erguendo uma sobrancelha.

Merda. Por que diabos eu fui dizer isso?

— Digo, olha, não éramos compatíveis, então, eu dei uma desculpa e fui embora.

Tá, aquela talvez não fosse a verdade inteira, completa, *absoluta*. Mas não era a hora para pensar nisso. Naquele momento, eu estava no modo controle de danos.

— E aonde você foi em seguida? — Lyons perguntou.

— Peguei um ônibus e fui pra casa. Minha amiga, Sarah, ela mora comigo, perguntem a ela. Ela pode confirmar. Ficamos acordadas assistindo TV.

— O que vocês assistiram?

— *The real housewives of Beverly Hills*. A gente sempre assiste a esse programa.

Forrester rabiscou em seu bloco amarelo pautado.

— Você tá escrevendo *isso*? Tá escrevendo *The real housewives of Beverly Hills*? — perguntei. — Por que tá escrevendo isso?

— Josh entrou em contato com você depois? — ele perguntou, me ignorando.

Hesitei. Agarrei meu copo com ainda mais força e bebi um gole, tomando muito cuidado para não derramar tudo em mim mesma, e tentei escolher as palavras seguintes com a mesma cautela.

— Hm, sim, acho que ele me mandou uma mensagem para agradecer o encontro, ou alguma coisa assim.

— A que horário? — Lyons questionou.

— Não tenho certeza.

— Você poderia verificar?

— Bom, eu o bloqueei no aplicativo. E, depois que se bloqueia, o Connector não permite desbloquear — expliquei. — Então, não, não consigo verificar.

— Você o bloqueou? — Forrester disse, arqueando aquela maldita sobrancelha tão alto que pensei que ela sairia voando de sua cabeça.

Ele rabiscou mais um pouco no bloco à frente.

— Sim — falei. — Como eu disse, não éramos compatíveis.

— E você pode nos dizer por que voltou hoje ao campo de golfe? — Forrester quis saber.

— Eu já falei, estava preocupada com o Josh, preocupada que alguém pudesse machucar ele.

— Você consegue imaginar alguma razão pela qual alguém poderia querer machucar Josh? — Lyons perguntou.

— Não consigo imaginar nenhuma razão pela qual qualquer um poderia querer machucar qualquer outra pessoa. — Minha voz soava cada vez mais estridente. — Não é algo que me ocorreria em momento algum da vida, porque, escuta só essa: Eu. Não. Sou. Uma. Assassina.

Houve um silêncio curto.

— Gostaríamos que desse uma olhada nisso — Forrester disse. Ele clicou no *touchpad* em seu computador e uma captura de tela apareceu na TV. — São mensagens que encontramos no celular de Josh, o qual recuperamos na cena do crime.

A imagem na tela mostrava minha conversa com Josh no Connector. Diretamente à minha frente, estava minha última mensagem para ele. Conforme a li, meu estômago deu saltos como se estivesse treinando para a final de ginástica das próximas Olimpíadas.

Josh: Você quebrou minha mão, vagabunda maluca

Gwen: Se eu te vir de novo, vão ser suas bolas. Morra e vá pro inferno.

Olhei para a tela, assimilando minhas próprias palavras.

— Tem algo que você queira me contar? — Lyons falou.

Tentei me recompor.

— Bom, em primeiro lugar, eu não sou maluca, fico ofendida. E, em segundo lugar, eu dei um tapa *de leve* nele, e se ele achou que doeu, não faz a menor ideia de como é ser agredido de verdade por mim.

Houve outro silêncio.

— Gwen, gostaria de fazer uma pausa? — Lyons perguntou.

Eu me inclinei novamente na direção do gravador.

— Sim, desculpa, podemos cortar isso da gravação, por favor?

— Não é assim que funciona — Lyons falou, gentilmente. — Aqui é uma delegacia, não um tribunal, e só o juiz pode dizer isso...

— Tá certo, eu entendi. Eu sei que parece ruim, mas eu, eu... — gaguejei. — Tudo bem, eu bati nele, mas ele mereceu.

Dessa vez, ambos os policiais rabiscaram apressadamente em suas cadernetas.

— Espera, olha, só... parem de escrever! Não é o que parece.

— Acho melhor você nos contar o que aconteceu — Lyons disse, pousando a caneta e me olhando nos olhos. — Agora mesmo.

17

O encontro com Josh

Estou no bar, quer beber alguma coisa?, a mensagem dizia.

Sim, é claro que quero beber alguma coisa. Acabei de ficar completamente ensopada enquanto me perdia tentando encontrar esse lugar idiota, apesar do gorila de plástico de mais de dois metros pendurado na entrada. Quero uma bebida imensa neste exato momento.

Sarah acabou de me lembrar que vai se mudar no fim do mês, depois que voltar de sua lua de mel em Vancouver e, para mim, seria impossível pagar o aluguel inteiro sozinha.

É claro, eu sabia há eras que isso aconteceria e não fui além das tentativas mais superficiais de encontrar uma nova pessoa com quem dividir o apartamento. Mas tive outras coisas muito mais importantes para fazer, por exemplo, pesquisar no Google "gatos entendem quando miamos para eles?" ou "qual a idade do ovo mais antigo do mundo?".

Então, dá para dizer que meu estado de espírito atual não é dos mais românticos, mas, para ser honesta, o minigolfe Festa na Floresta não consta entre as atrações mais românticas de Eastbourne. Claro, imagino que tenha o potencial de ser um lugar divertido para um encontro, se alguém estiver num dia particularmente irônico, de muito bom humor, ou com roupas secas. Querido leitor, nenhum dos três é o meu caso.

Mas é o caso das muitas pessoas que enchem o minigolfe Festa na Floresta nesta noite e, depois que abro caminho por elas à base de empurrões, localizo um homem que parece, hmm, pelo menos oitenta por cento com Josh.

— Josh? — pergunto, enfiando a cabeça no campo de visão dele e dando um pequeno aceno.

— Gwen! — ele exclama, um sorriso largo aparecendo em seu rosto, consideravelmente menos corado e molhado que o meu. — Desculpe, acabaram de me servir.

Ele indica uma caneca de cerveja na bandeja à sua frente.

— Ah, certo, tudo bem, sem problema — digo, imediatamente tentando chamar a atenção da garçonete, que está escapulindo para o outro lado do bar.

Me dá essa cerveja agora, por favor!, meu cérebro grita. Mas minha boca diz:

— Peço uma pra mim, não se preocupe.

O perfil de Josh no aplicativo havia me informado que ele tem trinta e quatro anos e trabalha com recrutamento. Seu cabelo é aparado rente à cabeça, sua pele é levemente brilhosa e ele tem as sobrancelhas grossas e franzidas de um irmão Gallagher. Hoje, está usando uma camisa verde-escura que parece novinha em folha, tênis esportivos elegantes e calça jeans bem justas. Respiro fundo e me recomponho. Preciso relaxar e me divertir, e não descontar minhas frustrações no coitado do Josh, que está sequinho, com sua caneca de cerveja linda e enorme.

Por fim, consigo pedir uma garrafa de Corona e nós atravessamos a multidão até chegar ao campo de minigolfe.

— E aí, como foi seu dia? — pergunto, oferecendo a ele um dos pequenos tacos. — Em uma escala de um a dez?

— Err, cinco, eu acho — ele diz. — Fico sentado na frente do computador o dia inteiro, então é meio que a mesma coisa todos os dias, pra ser honesto.

— Há quanto tempo você tá, ahn, recrutando gente? — questiono. — É isso, né? Recrutamento?

— Caramba, acho que já faz mais de dez anos — ele responde. — Comecei logo que saí da faculdade, na verdade. Não é muito emocionante, mas até que paga bem, e a gente ganha desconto na academia.

Coloco minha bola de golfe laranja fluorescente no marco no início do primeiro buraco. O objetivo parece ser fazê-la atravessar a boca de um enorme crocodilo, o que, se feito corretamente, faria a bola percorrer toda a cauda dele e, então, cair perfeitamente dentro do buraco.

Lanço minha bola na direção do crocodilo, mas ela quica na mandíbula dele exatamente quando o bicho fecha a boca, e rola de volta até mim, parando praticamente no ponto em que havia começado.

— Esse lugar é legal — arrisco, observando minha bola desacelerar aos meus pés. — Boa escolha.

— Pois é, meu escritório é logo ali, virando a esquina, então é bem prático pra mim — ele explica.

— Ah, certo. Pra mim fica bem longe, na verdade. Moro do outro lado da cidade.

— A gente vem aqui depois do expediente de sexta-feira, às vezes — ele continua. — O negócio fica bem doido!

— Ah, é? Doido no nível de dançar nas mesas e dar uns beijos na gerente de contabilidade? — pergunto.

— Ah, quem me dera — ele responde. Então, dá um gole na cerveja, deixando uma meia-lua de espuma em seu lábio superior, e sorri para mim.

Olho para a caneca quase cheia de Josh e suspiro internamente. Apesar da dianteira de pelo menos dez minutos em relação a mim, parece que ele quase não tocou na bebida até agora. Espero para saber se ele vai me perguntar do meu dia, ou do meu trabalho, ou pelo menos qual é meu sabor preferido de pizza. Mas ele não pergunta, então continuamos a beber em silêncio. Começo a pensar que aquela pode vir a ser uma noite bem longa.

Josh pega o taco para sua jogada contra o crocodilo sorridente, o qual acabou de disparar até o quarto lugar em minha lista de maiores arqui-inimigos de todos os tempos. Ele espera até que a boca do crocodilo se feche, faz uma pausa e, então, lança a bola diretamente através das presas. A bola percorre a cauda, surge na outra extremidade e cai diretamente no buraco.

— Em uma tacada só! — ele se gaba.

— Espera aí, como você fez isso? — pergunto.

— Tem um truque — Josh conta. — É tudo questão de sincronia. Já joguei nesse buraco umas cem vezes, e dá pra conseguir acertar em uma tacada sempre. É só esperar o crocodilo fechar a boca, contar até três e bater na bola.

Cem vezes? Quantas mulheres ele já teria trazido aqui?, eu me pergunto.

— Então é assim que você impressiona todas com quem sai? — brinco.

— Opa, não sai contando o segredo pra todo mundo, hein? — ele diz.

— Vou levar comigo para o túmulo — garanto a ele.

Seguimos para o buraco seguinte, que envolve lançar a bola em meio às pernas de uma tarântula gigantesca, e colocamos nossas bebidas na mesinha ao lado do pino.

— Nesse aqui, você só tem que fazer a bola quicar na perna de trás dela, ali… — Ele começa, alinhando a tacada.

— Você sempre morou em Eastbourne? — interrompo antes que ele possa continuar o tutorial.

— Sempre — ele diz. — Meus pais são daqui, e meus avós também. Mas, hoje em dia, eu odiaria crescer nessa área.

— Por quê?

— Há imigrantes demais por aqui agora.

Analiso o rosto de Josh cuidadosamente, procurando quaisquer microexpressões que possam indicar que seria apenas uma piada incoveniente. Não sei o que dizer, então, não digo nada, o que se prova um erro: ele interpreta meu silêncio como um sinal para continuar:

— Costumava ser uma região muito boa até cinco anos atrás, mais ou menos — ele diz. — Mas um monte de refugiados começou a se assentar no conjunto habitacional que fica aqui perto e, aí, depois disso, foi tudo ladeira abaixo.

— Isso parece, err, um pouco racista, Josh — falo.

— Não, não é isso — ele responde, pousando o taco. — Não tô dizendo que só tem gente ruim. A gente tá com um no trabalho atualmente. Um velhote esquisitinho. Só acho que é um erro permitir estrangeiros demais no país, principalmente se eles não podem contribuir.

— Como assim, "não podem contribuir"? — pergunto. — Eles arranjam empregos e pagam impostos.

— É, eles arranjam empregos mesmo, os nossos empregos.

— Não imaginei que você era um *bot* do Twitter na vida real — provoco, tentando forçar uma risada.

— Não precisa ser sarcástica. — Ele parece um pouco irritado. — Só estou dizendo que precisamos proteger nossas fronteiras.

— Proteger nossas fronteiras? — Solto uma risada pelo nariz. — Essas pessoas não estão invadindo. Elas precisam da nossa ajuda.

— A gente tem que tomar conta do nosso próprio povo em primeiro lugar. Britânicos que moram em habitações sociais minúsculas, em propriedades caindo aos pedaços. Britânicos passando apuros para sobreviver à base de bolsas do governo e doação de comida. Não é todo mundo que pôde crescer em um geminado legal de classe média, com três quartos, pais legais e uma escola legal — ele diz. — É o seu caso, né? Acertei?

Para a minha irritação, não estava muito longe da verdade. Antes de papai morrer, praticamente tudo em minha infância tinha sido "legal". Um quarto só para mim. Duas irmãs mais velhas superprotetoras. Um gato (tá, ele não durou muito, mas foi um acidente). Pais casados e felizes que desfrutavam do tipo de romance amável e suburbano reservado à última geração a casar cedo e continuar juntos pelo bem dos filhos. Por mais grata que eu fosse a eles por terem oferecido uma vida familiar estável daquelas, não nego que me perguntava, ocasionalmente, se eles não morriam de tédio às vezes. Mas nada daquilo significa que eu não me importe com pessoas que tiveram uma infância menos privilegiada do que a minha.

— Engraçado você pressupor que sabe tudo a meu respeito — eu atalho —, mesmo sem ter me feito uma única pergunta a noite toda.

— Ah, lá vamos nós. Não vai me dizer que você é uma daquelas mulheres.

— "Daquelas mulheres"? — pergunto, furiosa. — O que diabos você quer dizer com isso?

— O que quero dizer — ele começa, inspirando profundamente, como se já tivesse precisado explicar aquilo mil vezes — é que, para toda mulher que eu conheci no Connector, é sempre a mesma coisa, todas vocês são iguais: esnobes, privilegiadas e cheias de opiniões, consertando o mundo enquanto o papai paga o aluguel.

Aquelas palavras me atingiram com tudo, abrindo uma antiga ferida.

— Desembolsei uma boa grana por esses matches, e vocês todas acham que são boas demais pra gente como eu. Eu devia pedir meu dinheiro de volta — ele murmura.

— Do que você tá falando? O aplicativo é de graça — digo a ele.

Ele bufa.

— É, claro. De graça pra você, talvez. Aposto que você consegue quantos matches quiser, sem problema nenhum. Nem todo mundo tem essa sorte.

Sinto o calor atravessar meu cardigã úmido, todo o sangue em meu corpo indo até minhas bochechas.

— Só achei que a gente podia ter um papo legal e jogar uma rodada de golfe, em vez de você me dar um sermão sobre a minha vida — falo. — Olha só, vamos voltar a jogar bolinhas nos animais de plástico, tá bom? Digo, você se deu ao trabalho de planejar uma noite tão glamourosa pra gente, eu odiaria que não aproveitássemos ao máximo.

— Lá vamos nós de novo — ele diz, a voz quase inaudível, mas intencionalmente alta o bastante para que eu escute. — Senhorita Melhor que Todo Mundo.

— Como é que é? — esbravejo.

Estou prestes a ser despejada, meu comércio está por um fio, e esse otário está me dizendo que eu sou a Kendall Jenner de Eastbourne.

— Se acalma — Josh pede. — Só estamos conversando, como você queria, não é? É gente feito você que torna tão difícil pra caras como eu conseguir um encontro nessa cidade.

— Isso é o que você chama de conversa? — pergunto. — Porque, até onde eu sei, conversas geralmente envolvem duas pessoas.

Respiro fundo. Estou realmente prestes a perder a cabeça e correndo o risco de dar a ele toda a evidência necessária para que conte aos amigos que sou uma mulher emotiva que não consegue aguentar um debate um pouco mais intenso.

— Sinto muito, Josh — digo, calmamente. — Tive um dia bem longo e bem ruim, e acho que não estou no clima pra isso. Vou embora. Obrigada pela bebida.

Então, me lembro.

— Ah, é mesmo, você não pegou bebida nenhuma pra mim. Tenha uma boa noite.

Ergo a caneca de cerveja dele, entorno tudo que resta dela em minha boca e me viro para ir embora.

— Ei, espera aí — ele chama. — Não seja idiota, a gente acabou de chegar.

Não respondo. Esse cara é maluco? Ele acabou de apagar os últimos dez minutos da memória? Começo a andar.

— Vou para casa — aviso, asperamente.

— Caramba, mas como esses hormônios te afetam — ele resmunga, colocando uma mão na minha cintura. — A gente nem terminou esse buraco. Não é à toa que você não tem namorado.

— Tira a mão de mim — peço, dessa vez em voz alta. O estabelecimento fica em silêncio, rostos atônitos se voltando em nossa direção.

— Jen, vamos sentar e discutir isso direito — ele diz, como se estivesse falando com uma criança. — Se você discorda de mim, tudo bem, mas vamos pelo menos conversar como adultos, em vez de ficar dando chilique.

— É Gwen — corrijo. — E não.

— Para com esse escândalo. Você tá me fazendo passar vergonha — ele sibila.

Antes que eu me dê conta, sinto a mão dele em meu punho, me segurando — não com muita força, mas com firmeza o bastante para fazer um ímpeto ardente de adrenalina atravessar meu corpo. É como se os dedos dele queimassem minha pele. Eu giro o corpo, afastando-o.

Talvez seja porque acabei de entornar boa parte de uma caneca de cerveja clara excessivamente forte, ou talvez seja porque estou cansada, com frio e de saco cheio pra caralho, mas, naquele momento, sinto algo se partir dentro de mim.

— Eu disse pra tirar a mão de mim! — Ergo o taco de golfe acima da cabeça e o baixo com força. Vejo a boca dele se abrir de medo quando o taco colide com seu antebraço com um baque surdo.

— Caralho! — ele grita.

Eu me viro e saio sem olhar para trás. Cada gota ajuda a me acalmar e, quando chego ao ponto de ônibus, meus batimentos cardíacos já estão quase voltando ao normal. Previsivelmente, antes de eu sequer chegar à porta de casa, ele já me mandou uma mensagem.

Josh: Você quebrou minha mão, vagabunda maluca

Eu o informo exatamente de onde ele vai sangrar em seguida se me mandar qualquer outra mensagem, o bloqueio e vou dormir.

18

Os dois detetives se entreolharam. Eu não sabia o que dizer, mas não dizer nada me fazia parecer bem culpada. E eu sabia, com toda certeza, que não queria vomitar mais uma vez.

— Eu sei o que parece... — comecei.

— O que parece é que ele te levou para beber e, como agradecimento, você o agrediu com um taco de golfe — Forrester afirmou.

Naquele momento, detestei de todo coração o rosto amassado, raivoso e mal-amado do inspetor Forrester. Quis dizer que não, Josh *não* me levou para beber nada, e que não era *meu* trabalho garantir que ele se sentisse melhor consigo mesmo, nem minha responsabilidade educá-lo.

Felizmente, eu não disse nada daquilo em voz alta.

— É, foi basicamente isso — foi o que eu disse por fim.

Forrester escreveu aquilo em sua cadernetinha boba.

— Olha, ele estava agindo feito um otário ressentido, só isso. Eu perdi a cabeça e... — comecei. — Não foi nada, entende? Só uma pancadinha leve.

— Falaremos com os funcionários para confirmar isso — Forrester disse.

— Eles vão confirmar que ele é um merdinha, com certeza — resmunguei.

— Era — Forrester corrigiu. — *Era* um "merdinha".

— É mesmo — falei, me lembrando de repente. — Era.

Deixei meu corpo cair na cadeira, derrotada. Josh era um escroto, mas não merecia acabar morto dentro de um crocodilo de plástico. Ninguém merecia aquilo.

— Então — Lyons arriscou —, existe mais alguém, além de Josh, que poderia guardar algum rancor de você?

Pensei por um instante.

— Tem um cara com quem eu dei match no Connector, o Parker. Ele tem me mandado mensagens esquisitas. Ele sabe alguma coisa desses assassinatos.

— O que te faz pensar isso? — Forrester perguntou.

— Ele me disse umas coisas bem bizarras.

— Entendo — Forrester disse. — Que tipo de coisa "bizarra"?

— Bom, ele sabia do que aconteceu com o Rob... — Minha voz foi sumindo.

— Ele sabia? A que você se refere?

— Ele me mandou o link da notícia — falei. — Sabe? Sobre o corpo no parque.

— Certo, então ele leu sobre a morte de Rob Hamilton na internet depois do ocorrido — Forrester constatou. — Ela foi amplamente noticiada, srta. Turner. Não é exatamente algo "bizarro".

— Mas o Parker não *sabia* que eu tinha saído com ele — insisti. — Vocês não entendem? Por que ele me mandaria aquilo?

— Outros homens já te mandaram mensagens estranhas nesse aplicativo?

— Bom, sim, claro, uma vez um cara me perguntou se eu podia depilar as costas dele, mas...

Forrester pigarreou, cobrindo a boca com o punho.

— Quero dizer mensagens ameaçadoras, srta. Turner.

— Bom, sim, na verdade, eu recebo um monte de merda passivo-agressiva e não-tão-passiva assim, basicamente todos os dias — falei a ele. — Caras exigindo encontros, ou ficando putos se eu ousar parar de conversar com eles. Também tem aqueles bem agradáveis, que me dizem que tenho cara de piranha nas minhas fotos de perfil.

O rosto de Forrester corou.

— Pois bem — ele murmurou —, então, mensagens estranhas não são fora do comum.

— Mas eu tô dizendo, tem algo diferente com esse cara, o Parker. Algo ruim. Se só puderem...

— E com quantos homens exatamente você tem conversado nesse aplicativo? Muitos? — Forrester interrompeu.

— Hm, bom, depende de como você define "muitos" — eu rebati fazendo aspas imaginárias com os dedos. — Digamos que "alguns".

— Vamos precisar dos nomes completos e números de contato deles, por favor — Forrester disse.

— Não é bem assim que a coisa funcion... — comecei.

Pude ver o sangue subindo para o rosto de Forrester conforme o homem ficava cada vez mais impaciente comigo. Lyons virou o rosto para o colega.

— Acredito que o que a srta. Turner quer dizer é que o aplicativo não fornece a ela esse tipo de informação — ele explicou.

Forrester bufou.

— Certo, bom, só aqueles com quem você se encontrou pessoalmente, então.

— Só tiveram alguns depois do Josh... os que estão na lista que eu mostrei ao investigador Lyons, Dev e Sebastian — falei. — Mas, bem, nós também não, hm, nos despedimos de forma muito amigável.

— O que isso quer dizer? — Forrester vociferou.

— Eu acabei bloqueando eles também. — Dei de ombros. — Sinto muito.

Forrester inspirou profundamente, como se estivesse engolindo a exasperação de uma vida inteira.

— Achamos que seria melhor examinarmos seu celular — Forrester informou. — Havia diversas mensagens ameaçadoras nos celulares de Rob e Freddie, vindas do mesmo número desconhecido.

— Espera, vocês acham que sou *eu* que estou ameaçando eles?

— Sabemos que você ameaçou Josh Little — Forrester lembrou.

— Pode ser que outra pessoa tenha algo contra esses homens — Lyons disse. — Você tem algum ex-namorado que possa estar insatisfeito por você estar saindo com outros?

— Só o meu ex, Noah, Noah Coulter, acho — falei. — Mas ele não é capaz de nada desse tipo.

— Tem certeza disso? — Forrester perguntou.

— É claro! — exclamei. — Se o conhecessem, vocês entenderiam. Ele é... bom, ele é meio que incrível, de verdade.

— Ele entrou em contato com você recentemente? — Lyons perguntou.

— Não — falei, uma nota de pesar em minha voz. — Não o vejo nem tenho notícias dele há semanas. Por quê? Vocês vão falar com ele? Ele não tem nada a ver com isso.

— É só parte de nossos inquéritos, srta. Turner — Lyons disse.

— Então ele não tem nenhum motivo para estar com raiva de você? — Forrester perguntou.

— Não — menti. — De qualquer jeito, ele nem sequer sabe dos meus encontros. E provavelmente nem liga pra isso.

— Eu falei com seu ex-gerente na Delizioso — Forrester contou.

— Você fez o quê? — exclamei. — Por quê?

— Só estamos colocando os pingos nos is, Gwen — Lyons explicou.

Vasculhar os assuntos pessoais de uma mulher inocente não me parecia exatamente burocracia policial padrão, mas mordi o lábio e deixei que continuassem.

— Ele me disse que você pediu demissão logo depois de receber uma bela promoção — Forrester prosseguiu.

— Sim, eu falei pra vocês, eu e meu ex íamos começar um negócio juntos.

— Seu chefe disse que a promoção era bem significativa, que você estava dando duro por ela há meses, até mesmo fazendo campanha.

— Sim — concordei. — E daí?

— Só parece um comportamento fora do comum — ele disse, adotando um tom de voz infantil, como se estivesse intencionalmente se fazendo de bobo, tentando me atrair para uma armadilha. — Se esforçar tanto por uma promoção e, então, recusá-la e dar um pé na bunda do seu namorado.

— Eu nunca disse que dei um pé na bunda dele — retruquei.

— Então ele é que deu um pé na sua? — Forrester questionou.

— Por que isso importa, pra começar? — Eu quis saber, minha voz ficando mais alta. — Tem gente sendo assassinada e você quer saber as fofoquinhas do meu relacionamento?

A sala ficou em silêncio por um momento.

— Só responda às perguntas, srta. Turner, se possível — Forrester solicitou com calma. — Devo lhe dizer, tentei fazer uma visita a Noah Coulter hoje de manhã, e não tinha ninguém em casa. Você sabe se ele saiu da cidade por algum motivo?

— Eu te disse — falei em voz baixa — que não tenho notícias dele desde que terminamos. Talvez ele tenha ido visitar a mãe. Ela andava doente.

Mais um silêncio se estendeu enquanto Forrester rabiscava aquela informação em seu caderno.

— Então, hm, quem mais saberia dos detalhes dos seus encontros? — Lyons perguntou, por fim. — Talvez alguém que se preocupe com você, queira te proteger?

— Bom, tem o Charlie. Eu geralmente faço um relatório completo no trabalho no dia seguinte aos encontros.

— Charlie?

— Charlie Edwards. Ele trabalha comigo no caminhão de café na orla.

— E ele também está nesse aplicativo, o Connector? — Lyons perguntou.

— Ah, Deus do céu, não. O Charlie nem chega perto de aplicativos de namoro. Acho que a única coisa com que ele conta pra arranjar namoradas é pensamento positivo. Provavelmente é por isso que continua solteiro.

— Entendo. Já aconteceu algo entre vocês dois? — Lyons olhou diretamente para mim, e eu percebi que seus olhos não eram exatamente azuis, no fim das contas. Sob aquela luz, eram quase cinza.

— Não — falei. — Somos só amigos. Ele é bonitinho, acho, e engraçado e, bom, é um cara legal e tudo mais, mas é um cabeça de vento.

Os dois policiais se entreolharam.

— Seu celular, se não se importar, srta. Turner — Forrester pediu.

— Sério? Isso não é uma violação das leis de proteção de dados ou algo assim?

— Algum motivo para não querer que vejamos seu celular, srta. Turner? — Forrester me fitou com outro de seus olhares glaciais.

— Tá bem. — Puxei o aparelho do bolso e o deslizei pela mesa. — A senha é um-dois-três-quatro.

Os dois trocaram um olhar rápido, e eu comecei a desejar ter trocado aquela capinha idiota rosa fluorescente, com a imagem do unicórnio sorridente.

— Mais alguém teve acesso a ele? — Forrester perguntou, pegando o celular com dois dedos, como se fosse algo com que seu cachorro tivesse acabado de sujar a calçada, e o deixando cair em um saquinho de plástico transparente com fecho.

— Não — falei. — Sou a única que sabe minha senha. Bom, o Noah, ele sabe também. Mas, como eu disse, não o vejo há meses.

— A sua senha é um-dois-três-quatro, srta. Turner, não é exatamente um cofre de segurança máxima de um banco. — Forrester deu uma batidinha no saco plástico com sua caneta.

— E quanto à amiga que divide o apartamento com você? Familiares? Colegas de trabalho? — Lyons perguntou. — Eles poderiam ter usado seu celular?

— Não — respondi. — Ah, bom, eu deixo o Charlie usá-lo pra atualizar o Twitter do Calpaccino. E, às vezes, empresto pro Jamal, nosso freguês, pra fazer chamada de vídeo com a mãe, porque ele não tem smartphone, pelo que falou. Mas é só. Ah, e eu o esqueci no bar no Ano-Novo por duas noites, porque deixei cair entre as almofadas do sofá.

— Certo — Forrester disse, deixando a caneta cair na mesa e se reclinando para trás com um suspiro.

Olhei o cômodo ao meu redor, podendo dizer com toda a confiança que era o pior cômodo onde já tivera o desprazer de estar. Tinta da cor creme se soltava das paredes vazias, e o tique-taque de um relógio solitário atrás de Lyons foi o único som que se ouviu por alguns momentos.

— Escutem, vocês estão perdendo tempo — falei, por fim. — Eu tô dizendo, vocês precisam encontrar o Parker. Provavelmente é ele que tá ameaçando esses caras.

Forrester deu uma tossida alta por trás do bigode denso.

— Vamos investigar isso, srta. Turner — Forrester garantiu. — Mas, no momento, você precisa ser paciente e nos deixar fazer nosso trabalho.

— Sem problemas por mim. — Já tinha visto cadáveres o bastante para um dia. — Posso ir agora, então?

— Sim, mas vamos pedir que não saia da cidade — Forrester falou.

— Espera, isso quer dizer que eu sou uma suspeita? — perguntei.

Forrester tossiu mais uma vez. Lyons se remexeu na cadeira.

— Não, você é alguém relevante para o caso — Lyons falou. — Só significa que precisamos te eliminar de nossos inquéritos.

Pude sentir a bile em meu estômago subindo outra vez.

— Podem me eliminar agora mesmo — eu disse a eles, me colocando em pé. — Isso não tem nada a ver comigo.

Nenhum deles disse nada. Quando comecei a ir na direção da porta, Forrester murmurou para o gravador algo a respeito de finalizar o depoimento. Lyons se levantou.

— Eu te acompanho até a saída — ele disse.

Eu o ignorei e passei pela mesa da recepção, saí da delegacia pelas portas giratórias e encontrei o frio do ar livre, o engolindo como se tivessem me segurado à força embaixo d'água por muito tempo.

19

Já do lado de fora, desci a escada de concreto da delegacia, minha mão deslizando no gradil frio. Parei por um segundo no último degrau para me recompor. Tudo o que queria era ligar para minha mãe e contar tudo pra ela. Mas não sabia nem por onde começaria.

— Gwen — uma voz soou atrás de mim, interrompendo meu momento de recuperação. Me virei para ver o investigador Lyons.

— Nem pensar — falei e comecei a me afastar.

— Espera só um momento — ele pediu. — Olha, sei que foi duro lá dentro, mas só estamos garantindo que temos todas as informações. Vai ficar tudo bem.

— Sério? Essa é sua opinião profissional?

Eu não acreditava muito nele, graças à sensação de que meu coração estava prestes a escapar do peito, tamanha era a força com que batia.

— Sim — ele afirmou, olhando para mim sem piscar. — Sim, é minha opinião profissional. Prometo a você, de um jeito ou de outro, nós vamos esclarecer esse negócio.

Negócio. Achei que era um jeito estranho de se referir a algo que estava se tornando rapidamente um massacre da população de homens solteiros de Eastbourne, mas tudo bem. Me sentei em um degrau e encarei meus tênis.

— Eu sei que parece loucura agora — ele continuou —, mas eu estou do seu lado. Me deixa te dar uma carona até sua casa. Foi um dia e tanto.

Ele indicou um carro à paisana estacionado ao lado da delegacia.

— Não, eu vou andando — falei. — Fica, tipo, dez minutos daqui.

— Certeza? Parece que vai chover. — Lyons observou as nuvens com os olhos estreitos, como se o céu tivesse proposto a ele uma charada complicada.

— Nem. Não. Sem chance, definitivamente não vai chover — respondi, me forçando a endireitar o corpo. — Vou a pé.

— Você não mudou nada, não é? — Lyons constatou, balançando a cabeça. Ele foi até o carro, abriu a porta e parou. — Você pode me ligar. Digo, err, se lembrar de qualquer coisa que possa ajudar.

— É, se me devolverem meu celular algum dia. — Ergui os ombros e comecei a me arrastar na direção do apartamento, atordoada. Quando pingos de chuva começaram a salpicar meu rosto, xinguei em silêncio Lyons e seu belo Ford Fiesta sequinho. Mas marchei em frente, tentando assimilar as últimas três horas.

Quando finalmente virei na rua de casa, vi Sarah passando pela porta da frente, puxando uma mala de rodinhas.

— Oi! — ela cumprimentou, animada. — Eu estava preocupada que a gente fosse se desencontrar! Por onde você andou? Te liguei várias vezes.

— Oiê — falei, baixando os olhos para meus tênis, agora molhados.

— Gwen? Você tá bem? — Sarah soltou a alça da mala e se apressou até mim. Assim que ela me alcançou, eu a agarrei em um abraço repentino e a apertei com força.

— Você tá com uma cara péssima — ela disse, me afastando para me analisar da cabeça aos pés. — O que aconteceu?

— Obrigada! — Tentei sorrir. — Eu, hã, estava na delegacia. Eles acham que a morte do Rob não foi um acidente.

— Puta merda, o quê? — Ela arfou. — Aquele molengão? Por que a polícia tá questionando você sobre isso?

— Eles só queriam saber o que aconteceu no nosso encontro, qual a última vez que eu falei com ele, sabe? Esse tipo de coisa.

Voltei a olhar para meus pés. Estar mentindo para ela me fazia sentir mal, mas qual era a alternativa? Contar que tinha encontrado um cadáver em um crocodilo de plástico e que eu era agora a maior suspeita em uma investigação de assassinato?

Aquilo, *sem dúvidas*, estragaria as comemorações do casamento. Ela provavelmente cancelaria a coisa toda, e eu não deixaria, de jeito nenhum, que isso acontecesse. Mas, depois que tudo tivesse acabado, jurei a mim mesma que contaria tudo a ela.

— Caralho, Gwen — Sarah disse. — Espero que tenha dito que o sujeito era um inútil completo, e que você nunca mais queria ver a cara dele.

— É, isso mesmo, foi exatamente o que eu disse, Sar. E, pelo jeito, a polícia *ama* quando você conta o quanto odiava a vítima.

Ela fez uma careta para mim.

— E essa mala, aliás? Aonde você vai? — perguntei.

— Minha mãe e eu vamos ao spa, lembra? Ela insistiu pra fazermos um dia de paparicos pré-casamento. — Sarah revirou os olhos ao pensar em passar horas presa e pelada em uma sauna com a mãe.

— Ah, é, claro, eu tinha esquecido completamente — murmurei. Meu coração apertou um pouquinho. Tinha esperado que pudéssemos passar a noite juntas, bebendo vinho barato com alguma comédia romântica brega qualquer a que eu já tivesse assistido umas cem vezes.

— O Richard foi para Brighton passar umas noites com os colegas de alpinismo. Falei para ele se comportar.

— Acho que não tem como arranjar muita encrenca jogando *Catan* — comentei, tentando dar um sorriso.

Sarah estreitou os olhos e tocou meu braço.

— Gwen, você tá bem? Geralmente, quando fica fazendo uma piada ruim atrás da outra, significa que tá tentando fingir que tá tudo bem.

— Só tô exausta — falei.

— Quer que eu cancele? A gente pode comprar uma garrafa de vinho barato e só ficar conversando, se quiser.

— Não — declinei com firmeza. — Não, não, não. Você precisa de uns paparicos, pelo amor de Deus, olha só o seu estado.

Ela riu.

— Tá bom, se você diz.

— Sim, não se preocupe. Pra ser sincera, tudo que quero é comer um Pop-Tart na banheira e ir direto pra cama — falei. — Ah, olha só, *esse* sim é um tratamento que deveriam oferecer no spa.

Sarah não sorriu.

— Você sabe que eu posso adiar o casamento, não sabe? — Ela me encarou. — Nunca se deixa uma irmã para trás, certo? Você é mais importante pra mim do que um vestidão bobo e uma festa.

— Sério? Você faria isso?

— Não, é claro que não. — Ela sorriu. — Paguei um adiantamento de três paus no bufê. Mas estou preocupada com você, Gwendolyn. Você passou por muita coisa nos últimos tempos.

— Tá tudo bem. Eu tô *bem*, de verdade — menti. — A polícia já terminou os assuntos comigo, já acabou. Mal posso esperar pela semana que vem, vai ser tudo perfeito.

O casamento seria uma ocasião luxuosa, como era de se esperar, graças à habilidade de Sarah de organizar cada detalhe. Ela tinha reservado (com palpites ínfimos da parte de Richard) uma linda igreja reformada do século XVIII na Ilha de Eastleigh, a cerca de vinte e quatro quilômetros da costa, para o Dia dos Namorados. Tínhamos ido juntas até lá para dar uma olhada depois do Ano-Novo, e a construção parecia saída diretamente do filme *Rebecca, a mulher inesquecível*, ou, como Richard comentou, "o covil maligno de um vilão do James Bond".

Sarah me encarou com firmeza mais uma vez, como se estivesse tentando decifrar se eu estava dizendo a verdade e, no caso de não estar, tentando calcular se valeria a pena discutir comigo.

— Me ligue se precisar de qualquer coisa, qualquer coisa mesmo, tá? Ou você podia até se juntar a nós. Só vou estar a quarenta e cinco minutos de distância. Não vai ser problema nenhum uma hora a menos de sermão da minha mãe a respeito do meu peso enquanto uma velhinha grega faz massagem em mim com toda a força.

Como eu poderia dizer a ela que não tinha permissão de sair da cidade e que nem sequer estava com meu celular? Não importa o que se diga de Sarah, ela era duas vezes a amiga que eu jamais seria. Com meu pai, com Noah, ela sempre esteve ali para juntar meus caquinhos quando meu mundo se despedaçou. Mas, dessa vez, eu não deixaria meus problemas estragarem a felicidade dela.

— Vou sentir muito a sua falta quando você for embora, sabia? — deixei escapar.

Sarah me olhou intrigada mais uma vez.

— Agora eu sei que tem algo errado! — Ela sorriu. — Não seja tão melosa, Gwendolyn, eu vou estar aqui pertinho. E você tá ocupada demais com seus encontros, de qualquer forma. Não vai nem notar minha ausência.

— É, eu sei, mas... — Hesitei. — Você tem certeza, certeza mesmo, de que o Richard é a Pessoa Certa de verdade?

A expressão de Sarah se fechou por um instante.

— Pela milionésima vez, é claro que tenho certeza. Ele é o amor da minha vida. Eu sei que é difícil ouvir isso, depois de tudo que aconteceu com o Noah, mas...

— Não é isso, eu tô bem — eu respondi rapidamente. — É só que...

Parei de falar, e ficamos as duas em silêncio na rua por um momento. Abri a boca para dizer alguma outra coisa, mas, na mesma hora, a chuva caiu com tudo.

— Olha isso, vou ficar ensopada — falei, virando a palma da mão para cima e deixando gotas pesadas de chuva respingarem ali. — Vai.

Ela agarrou a mala e a jogou no banco traseiro do carro, me abraçou e foi para o banco do motorista. Antes de fechar a porta, ela se virou para mim enquanto colocava o cinto de segurança.

— Tô aqui se precisar, lembra? — ela perguntou.

— Digo o mesmo — falei. — Se divirta. Não se esqueça de pegar todos os sabonetes da Molton Brown, estamos quase sem.

— Gwen, quando eu for embora, você vai ter que furtar seus próprios produtos de higiene, sabia? — Sarah disse ao bater a porta do carro.

Mostrei a língua para ela enquanto o carro se afastava, então entrei e desmoronei em minha cama no andar de cima. Depois de dez minutos deitada com os olhos fechados, ouvindo a chuva açoitar as janelas, desisti de tentar entender o que tinha acontecido nas últimas quarenta e oito horas.

Tirei o guardanapo do meu bolso e o desamassei sobre o edredom. Peguei meu batom da mesinha de cabeceira, e um arrepio gelado percorreu meu corpo quando tracei uma linha vermelha grossa sobre o nome de Josh. Três homens mortos, todos tendo saído comigo mais ou menos na última semana. Sem dúvidas precisava haver uma outra conexão, certo? Digo, além de todos eles serem uns escrotos.

Encarei os nomes novamente.

Rob. Freddie. Josh. Dev. Seb.

E, é claro, havia o nome que eu tinha rasgado no final do guardanapo. Sim, todos eles eram trastes completos, mas nenhum merecia morrer.

Deixei a banheira enchendo e vasculhei o apartamento, procurando quaisquer lanchinhos esquecidos. Não tendo encontrado nenhum Pop-Tart, enchi um prato com queijo quase fora da validade, metade de um *bagel* e o último restinho de picles Branston, e coloquei cuidadosamente o pé em meio às bolhas. Fui tomada pela decepção. A temperatura da água não passava de morna, mas eu estava determinada agora, e baixei o restante do meu corpo na banheira. Sentada ali, insatisfeita, não conseguia parar de pensar em Parker e no porquê de alguém desejar fazer aquilo. Girei a torneira de água quente, com o dedão, esperançosa, e deixei o pé embaixo dela, esperando que a água esquentasse. Só ficou cada vez mais fria.

Depois de uns bons minutos sentada na água tépida, levando à boca os resquícios dos picles, me levantei e me enrolei em uma toalha. Enquanto me secava, observei a chuva implacável pela janela do meu quarto. Sob a luz dos postes, pouco adiante na rua, eu podia ver um carro estacionado em frente à casa da sra. Bradshaw. O que era estranho, porque ela sempre deixava a casa vazia no inverno ao debandar até Benalmádena para o Natal. Limpei o vapor na janela e apertei o rosto contra o vidro. Com muito esforço, consegui distinguir uma silhueta sentada no banco do motorista.

Alguém estava me observando.

20

— Aquele filho da puta — resmunguei, vestindo meu robe.

Saí pisando duro em meio à chuva torrencial e, quando cheguei até aquele Ford Fiesta azul, bati repetidamente os nós dos dedos na janela do motorista. Levou uns bons trinta segundos para o investigador Lyons acordar com um sobressalto. Quando o fez, ele ergueu os olhos e encontrou meu rosto molhado e furioso, parcialmente oculto pelo capuz felpudo e encharcado do robe. Uma miscelânea de emoções surgiu em seu rosto: primeiro, confusão; depois, compreensão; por fim, aceitação. Relutante, ele abriu o vidro da janela.

— Err, Gwen, escuta... — ele murmurou.

— É sua primeira vez de sentinela, por acaso? — perguntei.

— Isso não é um...

— Nem começa — eu o interrompi. — Não sou idiota. Você tá me vigiando?

— Não, não é bem isso, eu diria que é mais tentando *proteger* você — ele falou.

— A-hã, e como exatamente se faz isso com os olhos fechados?

Lyons passou uma mão pelo rosto.

— Foi um dia longo.

— Então vai pra casa, *Leãozinho* — mandei. — Isso é parte das regras? Você pode ficar me seguindo por aí? Não tô nem aí se sou uma suspeita, isso não tá certo.

— Você não é uma suspeita... — ele começou.

A essa altura, meu robe estava pesado com a chuva fria. Apoiei o corpo na porta do carro e olhei para Lyons.

— É, é, eu sei, não sou suspeita, sou "relevante para o caso". Bom, deixa eu te contar, pra alguém assim chamada, eu não sou tão relevante, de verdade. Vai pra casa ficar com a sua esposa.

— Eu não sou casado — ele disse. — Não mais.

— Bom, então vai pra casa e bate uma punheta — grunhi. Com isso, me virei e voltei para o apartamento com extrema dignidade, meu robe cor-de-rosa se arrastando em poças às minhas costas.

— Gwen, espere — ele gritou.

Cheguei à entrada e bati a porta atrás de mim.

Me sentei no sofá, furiosa, e fui mandar uma mensagem para Sarah, antes de me lembrar que não estava com a porcaria do meu celular. Sem celular, sem lanchinhos e, agora, com um sofá cada vez mais molhado. Subi as escadas e esfreguei uma toalha com força na cabeça, como se fosse capaz de apagar os pensamentos ali dentro.

Por que a polícia está me vigiando? Eles acham mesmo que eu sou capaz disso tudo? Ou eles acham que eu posso estar em perigo?

Naquele instante, ouvi o som de uma batida na porta. Eu sabia quem era e não tinha intenção alguma de atender. Mas, depois de três minutos de barulheira, cedi, desci e, abrindo a porta, vi Lyons na soleira, parecendo mais molhado do que eu.

— Vocês não ganham um guarda-chuva da polícia junto do uniforme?

— Estou tocando a campainha há um bom tempo — ele disse, ignorando minha pergunta.

— Tá quebrada — avisei. — Que nem o seu código de ética.

Lyons me encarou, mais molhado a cada segundo.

— Olha, eu só vim te devolver seu celular.

— E aí? — perguntei. — Encontrou provas de que eu sou uma serial killer sedenta por sangue?

— Eu sei que você não mandou aquelas mensagens ameaçadoras, Gwen, mas alguém mandou.

— É o Parker, eu falei pra vocês.

Lyons apertou a ponte do nariz.

— Parker. — Ele suspirou. — Quem quer que esse Parker seja, não existe nenhum indício de que ele tenha algo a ver com os homicídios, exceto por ter lido as notícias a respeito. Mais do que provavelmente, ele é só outro maluco na internet.

Olhei para Lyons, ali em pé, o cabelo achatado pelo aguaceiro e uma expressão de culpa no rosto, e não pude evitar sentir um pouquinho de pena. Diga o que quiser, mas *ele,* pelo menos, não era mais um maluco na internet.

— Se quer mesmo confirmar que não sou uma assassina, entra aí, que tal? Faz um reconhecimento. É assim que vocês falam, né?

Me afastei para o lado e fiz um gesto indicando que entrasse.

— Toma. — Ofereci a toalha úmida dos meus ombros e a estendi para ele. Ele a aceitou, embora encarando-a como se eu tivesse acabado de entregar a carcaça putrefata de um furão, e entrou.

— Obrigado — ele falou, esfregando a toalha na cabeça com cautela.

— Acredito que conheça minha sala de estar — comentei enquanto Lyons pendurava a jaqueta encharcada no cabideiro e atravessava o cômodo frontal.

Ele observou os arredores com uma expressão desconfiada. Notei que sua camisa branca estava levemente úmida e algumas partes estavam coladas em seu corpo, deixando a pele visível.

— Sente-se — falei, dando um tapinha no sofá. — Apesar de que o seu carro deve ser mais confortável que essa velharia.

Se aquele sofá pudesse falar, quantas histórias ele diria... Tudo bem, grande parte seriam histórias de pizzas pedidas no delivery e drinques improvisados derramados, mas também algumas ocasiões emocionantes de verdade. Então, me lembrei de que Richard e Sarah provavelmente tinham transado naquele sofá mais de uma vez, e a ideia me obrigou a fazer uma careta.

— Então, vai me dizer o que diabos tá acontecendo, Aubrey? — perguntei. — Achei que eu não era uma suspeita. Você acha mesmo que vou pular numa balsa pra França e fugir ou algo assim? Aquele bundão do Forrester tá pensando de verdade que eu tenho algo a ver com essa história, não é?

— Ele acha que tem algo que você não está nos contando — Lyons respondeu.

Olhei para os meus pés.

— Tem algo que não esteja nos contando, Gwen?

— É por isso que você tá rondando a minha casa, me vigiando? Porque acha que eu tô mentindo pra vocês?

— Eu não estava te vigiando — ele repetiu. — Queria ter certeza de que você estava em segurança.

— Será que *você* tá em segurança? Essa é a questão.

Lyons franziu o cenho para mim, enxugou os pingos de chuva restantes da testa e me devolveu a toalha.

— É melhor eu voltar para o carro.

Olhei para o rosto tristonho dele e balancei a cabeça.

— Nah, tá tudo certo. Deixa eu te contar, Grace e eu revirávamos as gavetas do seu quarto o tempo todo quando você não estava em casa. Já sei todos os seus segredos. E um pouco de companhia me cairia bem, pra ser sincera.

Fui buscar o último pacote de Cheetos de emergência na cozinha e deixei a embalagem aberta na mesa de centro. Lyons olhou desconfiado para os salgadinhos antes de puxar meu celular do bolso.

— Bela capinha, a propósito — ele comentou.

— Eu sempre falo pras pessoas que é irônico. Então, hã, você revistou todas as conversas no meu perfil no Connector? — perguntei, timidamente.

— Sim — Lyons respondeu, a voz neutra. — Tinha, hm... um bocado delas aí.

Senti minhas bochechas corarem.

— Os caras do guardanapo — falei —, eu conheci todos eles no Connector. Vocês não podem pedir os dados de contato deles pra galera que criou o aplicativo?

— A sede deles é em Amsterdã — Lyons contou. — Fizemos a solicitação, mas estão enrolando. Tem muita burocracia de proteção de dados para resolver.

Me deixei cair ao lado dele no sofá.

— Você acha que eu estou em perigo de verdade?

— Bom, se você tiver razão, quem quer que esteja fazendo isso está matando os homens com quem você saiu, na mesma ordem em que você os encontrou. Então, quem está em perigo imediato é o Dev.

— Mas o que acontece quando ele alcançar o fim da lista? — perguntei.

Lyons pegou um salgadinho e o mastigou devagar.

— Não vai chegar a esse ponto. Temos uma pista sobre o Dev, Forrester provavelmente está com ele nesse exato momento.

Senti uma onda de alívio.

— E quanto ao Seb?

— Está se mostrando um pouco mais complicado de localizar — Lyons disse. — Teria sido mais fácil, acredito, se você não o tivesse bloqueado. Não pode tentar dar match de novo no Connector com ele? Não é possível que existam tantos perfis aí.

— Hm, não — falei. — Não é assim que funciona. Uma vez bloqueado, fica bloqueado de vez. E tem literalmente *milhares* de pessoas no aplicativo, Aubrey.

Ele suspirou.

— Sério?

— Honestamente, você não faz ideia de como é difícil a vida da mulher solteira nesses aplicativos. É trabalhoso pra cacete. Você tem que dedicar seu tempo, conversar baboseiras com centenas de idiotas, na vã esperança de que um deles possa ter um pouquinho mais personalidade que uma batata cozida.

Abri o Connector e mostrei a tela a ele.

— É isso aqui que eu tenho que enfrentar — falei, passando por alguns caras aleatórios. — Toma, dá uma olhada.

Lyons pegou o celular e começou a cutucar a tela, percorrendo perfis com o dedo indicador, como se tivesse acabado de descobrir telas táteis.

— Caramba, Aubrey, você nunca foi solteiro mesmo, né?

— Eu já fui solteiro — Lyons disse. — *Estou* solteiro agora mesmo. Só nunca usei essas coisas na vida. Você tem razão, tem perfis demais aqui. Como é que se escolhe alguém?

— Desacelera antes que você se machuque — brinquei, pegando meu celular de volta. — Tá, olha, vou te mostrar. — Me endireitei, virei na direção dele e joguei meu cabelo na frente do rosto. — Sim ou não?

— O quê?

— Meu nome é Jenny. Gosto de sair, ir em bares e ao cinema, mas também gosto de manhãs preguiçosas de domingo, lendo jornal. Escolha, sim ou não.

— Não — ele disse.

Passei a palma da mão pelo rosto, puxando o cabelo para trás, e fiz uma nova expressão.

— Meu nome é Denise. Gosto de lasanha e não gosto de segundas-feiras. Sim ou não?

— Esse não é o Garfield? — ele perguntou.

— Quem é Garfield?

— Gwen, você sabe quem é Garfield. — Ele suspirou. — O gato laranja enorme!

— Um gato laranja enorme que gosta de lasanha? — instiguei. — Acho que você inventou isso. Tá, última vez.

Passei a mão por meu rosto mais uma vez e fiz um beicinho.

— Meu nome é Gwen — falei. — Gosto de pizza e de resolver assassinatos misteriosos. Sim ou não?

Lyons sorriu.

— Hmm, existe a opção "talvez"?

— Não! — Eu o empurrei, fingindo indignação.

— Tá bom, vou pensar no assunto — ele falou. — Mas, falando sério, conhecer outra pessoa é mesmo descarado a esse nível hoje em dia?

— Com certeza. Um cara já me mandou uma foto do pau com um filtro sépia, como se fosse alguma coisa da era vitoriana.

Lyons pareceu levemente enojado.

— Ah, mas nem sempre é ruim. — Dei de ombros. — Posso beber, paquerar caras bonitinhos e nunca mais falar com eles depois. Sem compromisso, sem promessas, sem ciúme, sem discussões, sem visitar sogros. Eu posso passar meus feriados na cama, assim como deveria ser. É o crime perfeito!

— Mas você não quer alguma coisa séria, algum dia? — Lyons indagou. — Casamento e tudo mais?

— Não parece que isso funcionou muito bem pra você — observei.

Lyons, de repente, pareceu achar a embalagem de Cheetos muito interessante.

— E o Dev? — ele perguntou, mudando de assunto. — Era um cara legal?

— Era — falei em voz baixa. — Acho que sim, pelo menos por um tempinho.

— Ei, não se preocupe, nós vamos encontrá-lo — Lyons me tranquilizou, vendo minha testa franzida. — Do que vocês conversaram no encontro? Qualquer coisa que você nos contar pode ajudar a acelerar a busca.

— Não sei — falei. — As besteiras de sempre: de signos, do tempo, do transporte público.

Lyons me olhou, incrédulo.

— O cabelo dele era bem bonito, eu lembro disso — contei. — E ele é de touro. Acho.

— Signos? É disso que as pessoas falam em encontros hoje em dia?

Me esforcei para pensar.

— Tá, tá, espera, fica quieto um instante, me deixa focar — pedi. — Eu precisei beber bastante pra aguentar a maioria desses encontros, pra ser sincera. Ficou tudo meio misturado na minha cabeça. Em grande parte do tempo, os caras ficavam me explicando o universo cinematográfico da Marvel nos mínimos detalhes, ou me menosprezando e me insultando ao mesmo tempo enquanto eu...

Parei, dando por mim. Me lembrei das linhas grossas dividindo ao meio os nomes de Rob, Freddie e Josh no meu guardanapo.

— Acho que, na verdade, eu não sabia nada a respeito de nenhum deles — falei, me dando conta de que era verdade. Muita conversa fiada inútil, mas nada real.

Lyons inspirou profundamente.

— Só comece do começo.

21

O encontro com Dev

Normalmente, eu jamais deslizaria para a direita um perfil como o de Dev: um link para seu Insta na biografia. Uma foto onde ele claramente tinha desfocado o rosto da ex. Sem camisa em sessenta e seis por cento das outras fotos e cercado de mulheres nos outros trinta e quatro por cento. Mas, tenho que admitir, ele é bem bonito, com um sorriso convencido que diz: *Eu sou confiante, charmoso, muito provavelmente incrível na cama e um completo filho da puta, tudo ao mesmo tempo.* Mas não tem como ele ser tão ruim quanto os três últimos caras. E, afinal, quem sabe? Talvez ele esteja escondendo uma personalidade sensacional debaixo daquele abdômen durinho.

Então, quando ele me manda uma jogada inicial ligeiramente divertida (Vem sempre aqui?), eu respondo e, depois de alguns dias de vai e vem, tenho a sensação de que, apesar de todas as evidências contrárias, Dev talvez detenha a aclamada trinca tão rara nos homens de Eastbourne: engraçado, bonito e não um completo imbecil.

Por fim, Dev pergunta se eu gostaria de sair num encontro.

Dev: Que tal boliche hoje à noite?

Gwen: Sim! Parece ótimo. Adoro boliche.

Olha, não conta pra ninguém, mas, na verdade, eu odeio boliche. Contudo, para a sorte de Dev, estou disposta a me sacrificar pelo time e passar vergonha por uma hora. Chegando em casa naquela noite depois do trabalho, tudo que preciso fazer é tomar um banho, encontrar uma roupa adequada e praticar minha melhor expressão de “me conta mais dessa sua ideia de podcast, por favor”.

Gritando "oi" para Sarah e Richard ao correr para o andar de cima, me ponho a puxar algumas opções do guarda-roupas, mirando naquele meio-termo perfeito entre "não tô nem aí" e "forçando muito a barra". Tendo escolhido um macaquinho jeans, que decido ser tanto prático como bonitinho, me sento de pernas cruzadas em frente ao espelho de corpo inteiro no corredor para fazer minha maquiagem enquanto beberico uma tequila com tônica e mastigo uma torrada (claro, fazer um esquenta é importante, mas forrar meu estômago também).

Em seguida, armada de um pente de dentes largos e meu modelador de cachos, passo cinco minutos puxando minha teimosa juba loira para todos os lados. Derrotada, encaro o leão raivoso no espelho (um leão raivoso que, temos que reconhecer, arrasou no olho esfumado com delineado). Está ficando tarde, então, no desespero, reúno tudo nas duas mãos, puxo para trás em um rabo de cavalo bagunçado e me dou por satisfeita.

De saída, me apresento para Sarah, que me avalia como aceitável. É difícil me comparar com minha amiga, às vezes, porque ela sempre parece ter inventado alguma espécie de filtro mágico do TikTok para a vida real (e *eu*, em grande parte do tempo, pareço um ratinho loiro que acabou de se arrastar pra fora da cama). Parece um desperdício enorme que ela e Richard estejam permanentemente acoplados ao sofá nos últimos tempos.

— Então essa é a Noite Especial de vocês? — pergunto, indicando os detritos de caixinhas de delivery de comida tailandesa pela metade e taças de vinho recém-enchidas banhando-se no brilho da tela da TV.

— Qual o problema? — Sarah indaga, sem tirar os olhos da tela. — Estamos vivendo na era de ouro da televisão!

— A-hã, bom, vão poder divertir seus netos com histórias da quinta temporada de *Narcos,* imagino eu — debocho.

— Na verdade, a segunda temporada é a melhor — Richard intervém.

— Bom saber — digo ao seguir na direção da porta. — Não me esperem.

— Pode deixar — Richard diz. — Acho que, depois desse episódio, vou estar quase no ponto pra ir dormir.

Sarah revira os olhos e beija a bochecha de Richard, enquanto eu finjo colocar uma arma na cabeça e explodir meu cérebro. A parte mais emocionante de uma noite comum na vida de Richard é o *tudum* que prenuncia mais uma noite de Netflix. Sempre pensei que é possível avaliar uma pessoa pelo fato de ela gostar ou não de surpresas. E Richard odeia surpresas.

— Falando em ser morta horrivelmente... — Sarah começa. — Não esqueça de me mandar a sua localização quando chegar lá, só pra eu saber onde mandar a polícia, caso ele seja um psicopata.

— Opa, talvez um psicopata seja o acompanhante perfeito pro casamento — falo. — Imagina a cara da sua mãe quando ele começar a furar todo mundo com a faca do bolo.

— Gwen, isso não é engraçad... — Richard me repreende.

— Estou revogando oficialmente esse seu acompanhante! Já te falei, não quero um otário aleatório no casamento só porque você ficou sem tempo e precisou trazer um corretor de imóveis — Sarah diz.

— O que você tem contra otários aleatórios? Tenho até alguns amigos que são — digo, olhando de relance para Richard.

— Ei, espera um pouc... — Richard tenta outra vez.

— Foi mal, preciso ir! — digo, abrindo a porta da frente. — Te amo!

Com isso, saio para o ar fresco, sentindo frio na barriga. Quando chego ao boliche badalado do shopping do Hampden Park (todas as pistas iluminadas com luzes néon, mesas no estilo de lanchonetes norte-americanas e músicas de rock dos velhos tempos), fico feliz ao ver Dev usando uma camiseta branca passada a ferro, jeans pretos justos e sapatos estilo brogue.

Em pessoa, ele é tão bonito quanto nas fotos, com cílios pretos densos circundando olhos grandes e profundos, quase da cor de ouro escuro.

— Você tá linda — ele elogia, me dando um beijinho na bochecha quando faço minha entrada em grande estilo.

— Você também — digo. — Parece que saiu diretamente dos anos cinquenta.

— Bom, as opções pra nós, homens, são bem limitadas — ele diz. — Basicamente calça jeans e, aí, basta escolher entre uma camisa e uma camiseta.

— Ah, é? E por que eu não ganhei a opção da camisa? Não sou sofisticada o bastante pra você?

Certa vez, entreouvi uma cliente dizendo que, se um cara aparecia em um encontro usando camiseta, ela sabia que dividiriam a conta. Mas, pessoalmente, gosto de homens de camiseta.

— Eu queria exibir meus bíceps. — Ele sorri.

Olho de soslaio para os braços dele. Tenho que admitir que, de fato, existe certa definição ali.

— O que achou dos meus sapatos? — Ele aponta para os pés.

— Honestamente, não dou a mínima pros seus sapatos, Dev.

— Achei que a primeira coisa que as mulheres olhavam eram os sapatos do cara.

— Não tem nada mais chato do que sapatos masculinos.

É verdade. Se eu vi um brogue de couro curtido, vi um milhão deles. Não, dois milhões, na verdade, porque sempre existem dois dos malditos. Quando o assunto é sapatos, contanto que não sejam feitos de plástico e que eu não consiga enxergar pés através deles, estou satisfeita.

— Quer beber algo? — ele oferece.

— Quero — respondo. — Tequila e soda, por favor, com um pouco de limão, se tiverem.

Ficamos em pé no bar e trocamos a conversinha habitual a respeito de nossos dias. Digo a ele que passei a manhã toda limpando o apartamento e, por isso, minhas mãos já estão enfraquecidas.

— Portanto, minha proeza com boliche não estará nos padrões de excelência habituais — digo a ele.

— Isso é bom, porque eu detesto perder.

— Ah, não se preocupe, mesmo com a mão fraca, ainda vou te dar uma surra — eu falo, afagando o braço dele.

— Ah, acredito que não. — Ele sorri para mim. — Eu sempre venho aqui em primeiros encontros, minha mira tá ficando bem boa.

— É mesmo? E aonde você vai em segundos encontros?

— Nunca cheguei a esse ponto — ele conta. — Ainda.

Eu já sei que aquele cara vai me deixar louca, mas não tenho certeza se vai ser no bom ou no mau sentido.

— Tá, vamos fazer uma aposta — ele diz. — Quem perder compra pra quem ganhar o drinque que ele quiser do bar.

— Ele ou ela — ressalto.

— Nah. Acho que é "ele" mesmo.

Trocamos nossos sapatos por modelos de boliche que não são bem do tamanho certo e levamos nossas bebidas até as pistas. Para minha admiração, Dev havia agendado a reserva com antecedência e até pedido que nos trouxessem milk-shakes e batatas fritas.

Enquanto jogo bolas nas canaletas da pista e fritas na minha boca com o mesmo nível de avidez, ele me conta de seu emprego em uma agência de publicidade.

— É uma empresa bem pequena, se chama Idempestade Mídia.

— Idempestade. Tipo uma tempestade?

— Hmm, é, mas em vez de água, é uma tempestade de ideias incríveis. — Ele ri. — Tá, olha, eu basicamente crio slogans pra vender pasta de dente e comida de cachorro.

— Ah, você é tipo o Don Draper de Eastbourne, então? — pergunto.

— Isso aí — ele concorda. — Mas sem o alcoolismo e a misoginia.

Eu rio exatamente enquanto jogo uma bola e, ao menos uma vez, ela oscila até o centro da pista, derrubando a maioria dos pinos.

— Viu? Falei que eu ia ganhar de você — digo, tentando esconder minha surpresa.

A franja escura de Dev cai por cima dos olhos de um jeito muito fofo enquanto ele analisa o placar na tela acima de nossa pista.

— Hmm, acho que matemática também não é seu ponto forte — ele observa, puxando o cabelo para trás e estreitando os olhos. — Pelo que vejo, tá quarenta e seis a noventa e nove.

Jogo uma batata frita nele. Atirar comida em garotos sempre me parece uma boa tática de flerte.

— Não se preocupa, mais dois *strikes* e talvez você me alcance — ele diz.

Lanço outra bola na pista. Ela se desloca para a esquerda e cai na canaleta com um *clanc* desanimador.

— Pelo visto, aquela foi minha única chance — digo, erguendo os ombros.

— Ah, é? E eu, ganho quantas chances? — ele pergunta, sorrindo.

— A gente ainda tá falando de boliche?

Dev joga uma batata na boca e ergue uma bola. Com um movimento elegante, ele a lança habilmente no pino do centro, fazendo todos se estatelarem. Em seguida, pisca para mim de um jeito irritante.

Molho uma batata frita no meu milk-shake de morango e a como.

— Que nojo! — ele atalha.

— Eu chamo isso de "dar férias pra batata" — digo a ele.

— Eu chamo de nojento pra caramba.

— Mas também sexy pra caramba? — pergunto.

Depois de ele me destruir no boliche, somos expulsos de nossa pista por um funcionário consternado e seguimos para o bar. Por sorte, o lugar tem uma seleção limitada de bebidas de luxo, então Dev se contenta com uma dose dupla de uísque barato como prêmio.

— Então, como tem sido a experiência do Connector pra você? — pergunto.

— Terrível, em grande parte. — Ele ri. — Na verdade, você é a primeira pessoa com quem eu saio que parece realmente normal.

— Não sei bem se isso é um elogio.

— Certo, bom, sua habilidade no boliche não é normal, se isso ajuda. — Ele sorri. — Mas o resto de você parece muito bom.

— Teve vários encontros ruins, então, é? — pergunto, bebendo inocentemente da minha garrafa de cerveja.

— O Connector é uma loucura, se você souber como usar direito — ele diz. — Mas acredito que a lei das probabilidades dita que, saindo em vários encontros, é inevitável acabar encontrando alguns maus elementos. Uma mulher pediu uma garrafa de champanhe e nem sequer dividiu a conta no fim do jantar. Outra tentou enfiar a mão na minha calça na frente do bar inteiro.

— Como assim, "souber usar o Connector direito"? — pergunto.

Eu não sabia que existia uma maneira de "usar o Connector direito". Mas, até o momento, tinha conseguido escolher uma série de trastes de marca maior, então talvez estivesse usando o aplicativo da forma errada o tempo todo.

— Digamos apenas que precisei de um leve ajuste fino no meu perfil pra ele ficar perfeito — Dev diz, os olhos se estreitando, como se estivesse calculando se pode confiar em mim. — Enfim, e quanto a você, já teve muitos encontros?

— Um ou dois — respondo. — Eu estava namorando até pouco tempo atrás.

— O que houve?

— Acho que eu surtei.

— Surtou? — ele pergunta.

— Err, é. Digo, a gente ia viajar o país juntos, desistir dos nossos empregos, a coisa toda. Foi ideia dele, era o sonho dele, mas nunca foi o meu. Eu queria fazer aquilo por ele, sabe? No fim, foi simplesmente demais pra mim. Eu não consegui levar adiante.

A verdade é mais complicada do que aquilo. Quando a mãe de Noah ficou doente, ele mudou. Não de uma maneira ruim, é só que, antes daquilo, ele sempre tinha sido a metade sensata da relação, o que me dava um alvará para ser a idiota, tomando decisões precipitadas e pulando de cabeça em tudo, sem pensar duas vezes. Noah foi encontrar esse conceito inédito de "a vida é muito curta" bem quando eu estava começando a... não sei, me estabilizar um pouquinho?

— Lembrete: não pedir a Gwen em casamento no primeiro encontro — Dev brinca. — Então, recém-solteira e voltando a se aventurar no mundo dos encontros românticos?

— Da última vez que eu estive solteira, as pessoas só usavam aplicativos de relacionamento para arranjar uma transa casual — falei. — Agora, parece que todo mundo encontra os futuros maridos por lá.

Ele sorri.

— Ah, então isso não é apenas uma ficada?

Fico vermelha e, de repente, me vejo achando o rótulo da minha garrafa muito interessante.

— Depende de como você se sair — digo, me levantando. — Me dá um minutinho.

No banheiro, depois de conferir minha maquiagem e xingar meu cabelo idiota, envio uma mensagem para Sarah.

Gwen: Acabei de dar uma surra nele no boliche, e agora tô bebendo o drinque da vitória. Ele é bem legal, na real!

Sarah: Ele com certeza te deixou ganhar. Cuidado. Não deixa ele tirar proveito de você.

Gwen: Sossega, ele é gostoso demais pra ser psicopata.

Sarah: Espera, você não tá planejando trazer ele pra casa hoje, né, sua depravada?

Gwen: Não se você e o Richard ainda tiverem no sofá cercados de embalagens de delivery.

Sarah responde com um emoji revirando os olhos (o favorito dela).

Rapidamente, dispenso os quatro alertas do Connector exigindo atenção em minha tela e enfio o celular de volta no bolso. Quando volto a me sentar à mesa, vejo que Dev pediu outra rodada. Já estou mais do que um pouquinho embriagada, mas, pela primeira vez em eras, me sinto atraída por alguém, e sinto que posso baixar a guarda. É estranho, mas parece um pouco uma traição. Como se eu estivesse dando o primeiro passo para deixar Noah para trás. Parte disso me assusta um pouco, e outra parte me empolga.

— Saúde — falo, erguendo minha garrafa e a fazendo tinir contra o copo de uísque dele. — E aí, há quanto tempo você tá solteiro?

— Quem falou que tô solteiro? — Ele ri. — Talvez eu tenha um harém de namoradas em casa, quem sabe?

— Então você tá me dizendo que é um Don Draper poliamoroso e campeão de boliche? Eu tirei mesmo a sorte grande.

— Vamos jogar um jogo — ele sugere.

— Mais um? — pergunto. — Não sei se tô a fim de ser destruída mais uma vez hoje.

— Ah, é mesmo...? — ele começa, erguendo uma sobrancelha.

— Pode parar. — Eu sorrio, erguendo um dedo. — Já tá mais do que bom desse assunto. Me diz, qual o jogo?

— Deixa eu ver se consigo adivinhar o seu signo.

— Não me diga que você acredita nessas porcarias? — eu debocho.

— Não, mas acho que sou mais ou menos seis por cento sensitivo, então vamos tentar, que tal? — ele indaga. — Você, Gwen, é uma geminiana clássica.

— Errou. Rá!

— Câncer, então.

— Deu sorte no chute — digo. — Mas eu queria não ser. Odeio meu signo. Pra começar, se chama "câncer", algo que absolutamente ninguém quer e, em segundo lugar, é um caranguejo tosco! Quem ia querer ser um caranguejo?

Dev puxa o celular e começa a digitar algo no Google.

— Tá, vamos ver se você é uma canceriana típica — ele diz, passando os olhos pela tela. — Hmm, diz aqui que você deve ser generosa, empática e inovadora.

— Isso é verdade mesmo! — digo. — Espera, e as coisas ruins? O que diz?

— Bom, de acordo com o ZodiacoDesvendado.com, você é extremamente reservada, tem medo de ficar sozinha e pavor de levar a sério qualquer coisa que seja.

— Que amáveis — digo. Mas, para ser justa, esses caras do Zodíaco Desvendado meio que acertaram em cheio. — Hmm, talvez exista alguma verdade nesse negócio, no fim das contas.

— Interessante você dizer isso — Dev começa. —, porque, na verdade, eu estava lendo as características de gêmeos. Então, parece que eu tinha razão, pra começar...

Queria ainda ter as batatas fritas, pra poder jogar outra nele. Mas, do jeito que ele é, provavelmente a pegaria com a boca.

— Tá bom, qual é o seu signo, então? — questiono.

— Peraí, deixa eu conferir — ele diz, digitando no celular. — Qual signo é mais compatível sexualmente com câncer...

— Acho que a gente não precisa do ZodiacoDesvendado.com pra saber disso — falo. — É aquela constelação pouco conhecida no hemisfério sul, a do Safado.

Dev ri e vira o restante do uísque garganta abaixo antes de pousar os olhos castanhos enormes em mim.

— Que tal irmos? — ele sugere.

Quando estamos saindo, lado a lado, ele pega minha mão, de repente, e me puxa para um canto escuro, ao lado da saída de emergência. Agora escondidos da multidão, ele coloca a mão na minha cintura. Eu o empurro contra a parede e ele me beija. Eu devolvo o beijo, com mais força.

— Desculpa pelo desvio. Não pude me conter.

— Adoro um desvio. Vamos dar o fora daqui — respondo.

— Aqui — ele diz, abrindo a porta corta-fogo atrás de si, e nós entramos sorrateiramente no shopping, o barulho de bolas se estatelando contra pinos diminuindo às nossas costas.

Corremos até as escadas rolantes, rindo como adolescentes matando aula. Ele para no degrau à minha frente de forma que seu rosto fica nivelado com o meu, seus olhos diretamente nos meus, e nossas bocas se alinham perfeitamente. Pelo jeito, este aqui tem um metro e oitenta e cinco de verdade. Sinto o calor de seu corpo quando ele se aproxima, até nossos lábios estarem tão próximos que só seria necessário um empurrão de alguém passando e estaríamos nos beijando novamente. Na verdade, eu não fico esperando que isso aconteça. Deslizo meus dedos pelos passadores de cinto da calça dele e o puxo para mim, eliminando a lacuna entre nós.

Ainda estamos nos beijando quando as escadas nos deixam no estacionamento. Do lado de fora, onde o ar está frio e fresco, ele me pressiona contra a parede. Sinto suas mãos se aproximando dos botões de meu macaquinho. Ele leva os lábios até meu pescoço e, com gentileza, abre o primeiro botão. Quando o sinto deslizar a mão para dentro, por cima de meu sutiã, fico mais impressionada do que surpresa.

— Vamos pra algum lugar mais quentinho — sugiro, abrindo o aplicativo do Uber no meu celular.

— Sua casa? — ele pergunta.

— Poderia ser, mas minha colega e o noivo estão lá — respondo. — E quanto a sua?

Um instante de hesitação.

— Me dá um segundo — ele pede, dando uma olhada no celular. — Tá, beleza, meu colega está fora hoje. Podemos ir pra lá.

Eu o entrego meu celular e ele digita o endereço. Quando o Uber chega, o motorista precisa buzinar para interromper nossos beijos, e nós nos afastamos o bastante para entrarmos pela porta traseira.

Mal consegui puxar meu cinto de segurança quando Dev começa a deslizar uma mão pela minha coxa.

— Você vai acabar com a minha avaliação de 4,5 — digo, olhando de relance para o motorista pelo espelho retrovisor.

— Pelo contrário. — Ele sorri, se esticando para me beijar mais uma vez. — Acho que é isso que falta pra você conseguir essa meia estrela a mais.

Nesse instante, o toque de uma ligação soa e quebra o clima. Dev se afasta e procura o celular infrator em seu bolso. Quando faz menção de recusar a chamada, ele para. Vejo seus olhos cintilarem na escuridão quando registram o nome na tela. Ele clica o botão vermelho e deixa o celular cair no banco. Momentos depois, a tela se ilumina de novo, com uma mensagem. O rosto de Dev se contorce com algo que parece ser medo.

— Eu sinto muito mesmo, rolou um imprevisto. Não vou poder... sabe? Podemos remarcar pra outra hora?

— Espera, o quê? — digo. — Tá tudo bem?

— Tá, err, é meu, é só o meu, hã, meu colega de apartamento — ele murmura. — Vou precisar voltar, desculpa.

— Achei que ele não estava lá?

Dev não diz nada; apenas fica olhando pela janela. A atmosfera no carro muda em um instante: passou de uma sauna para uma piscina de mergulho. Flagro os olhos do motorista no espelho novamente e posso jurar que ele está sentindo o mesmo.

— Você poderia fazer uma parada a mais? — pergunto a ele, fechando os botões da minha roupa, o ritmo de meu coração despencando.

— Desculpe, só posso fazer o desembarque no endereço que você colocou no aplicativo — ele responde.

— Tá, tudo bem, err, não se preocupe, vou descer no próximo semáforo.

O Uber estaciona no meio-fio, e eu solto o cinto de segurança.

— Gwen, espera — Dev chama, se inclinando para me dar um beijo na boca. — Eu gostei muito da nossa noite.

— Eu também — digo, saindo para o frio do lado de fora. E por muito pouco não é verdade.

Ao começar a me arrastar de volta para meu apartamento, envio uma mensagem para Dev:

Ei, me avisa se tá tudo bem

Mas, após completar a caminhada de vinte e cinco minutos, vejo que não recebi nada em resposta.

É só depois que chego em casa e me deixo cair dramaticamente na cama que noto que ainda estou com os sapatos de boliche.

22

— E ele nunca mais falou com você? — Lyons perguntou depois que eu terminei a história.

— Eu tentei mandar mensagens pra ele, mas o aplicativo não deixou. Ele deve ter me bloqueado — falei.

— Ele deu um chá de sumiço em você? É assim que funciona?

— Não! Não *necessariamente*. Ele parecia aterrorizado quando recebeu aquela mensagem no Uber, como se estivesse em apuros de verdade. Igualzinho ao que aconteceu com Rob. E se alguém estivesse o ameaçando? E se foi o Parker que mandou aquela mensagem? E se o motivo pra ele nunca mais ter falado comigo é porque ele tá... morto?

Eu não conseguia esconder o pânico em minha voz.

— Gwen, está tudo bem. Dev não está morto — Lyons disse, colocando a mão em meu ombro. — O inspetor Forrester e nossa equipe provavelmente estão na casa dele agora mesmo.

— "Provavelmente" não é o bastante! Eu alertei vocês sobre o Josh, e olha o que aconteceu. Vocês precisam encontrar o Dev, agora mesmo. Porque, caso não tenham notado... — digo, enfatizando as palavras para garantir que ele entenderia de verdade — ... Tem. Gente. Morrendo.

— Estou bem ciente disso, *srta. Turner* — ele retruca, um sinal de irritação na voz. — Garanto a você, estamos trabalhando dia e noite nisso, e manteremos você informada dos desenvolvimentos.

— Dia e noite, é? Pois é, eu bem que notei.

— Gwen, aquilo não... — Lyons foi interrompido pelo próprio celular tocando. Ele me lançou um olhar severo ao atender à ligação e se afastou para a cozinha.

Eu o observei do sofá, devorando os últimos Cheetos enquanto me esforçava ao máximo para ouvir.

— E então? — perguntei quando ele voltou para a sala de estar.

— Era o Forrester — Lyons respondeu. — Não são boas notícias. Ao que tudo indica, Dev não voltou para casa. Eu preciso ir.

— Espera, ele sumiu? — Olhei o horário em meu celular: eram quase duas da manhã.

— Forrester falou com a esposa de Dev. Ela não o vê desde que ele deu uma saída rápida para beber com um amigo no começo da noite, e ele não está atendendo ligações nem respondendo mensagens.

— Desculpa, a o quê dele?

— A esposa dele — Lyons repetiu.

23

Dev era casado: aquilo fazia perfeito sentido agora. Não houve "emergência" alguma. Ele não tinha recebido nenhuma mensagem sinistra do Parker ou de qualquer outra pessoa. Foi a esposa dele que enviou uma mensagem durante o nosso encontro. Mas, se ninguém o estava ameaçando, então onde diabos ele estava?

Lyons foi embora depois da ligação de Forrester, e eu, por fim, caí no sono. Na manhã seguinte, acordei muito mais cedo do que o necessário e tentei desesperadamente voltar a dormir. Quando não tive sucesso, me enrolei no edredom, um casulo improvisado, e fechei os olhos. Esperava que, talvez, quando os abrisse, tudo aquilo teria acabado, e então eu surgiria como uma linda borboleta. Quando me entediei, enfiei uma mão hesitante para fora dos cobertores e peguei meu celular da mesa de cabeceira. Cutuquei a tela para ver se havia alguma nova mensagem. Nada.

Em vez de passar o dia na cama, alternando sem parar entre encarar o teto e o celular, me arrastei para fora do apartamento, peguei a bicicleta e pedalei para o trabalho. Quando Charlie me viu me aproximando do caminhão, enfiou o cigarro eletrônico às pressas no bolso.

— Tô abrindo agorinha, chefe — ele disse.

— Deixa isso pra lá — respondi. — Me dá um trago disso. Você não vai acreditar no que aconteceu.

Nós nos sentamos, apoiando as costas no caminhão, e assistimos ao sol terminar de nascer sobre a praia. Charlie pegou alguns sanduíches não vendidos do dia anterior enquanto eu contava a ele tudo o que tinha acontecido.

— Um cadáver? — Charlie arfou. — Isso já é demais, Gwen.

— Bom, tecnicamente, eu só vi uma *mão morta*, não um corpo inteiro morto — respondi.

— Ainda assim, é muita loucura.

— E, pra piorar, agora o Dev tá desaparecido — desabafei. — Isso é horrível, é tudo minha culpa, e eu não faço ideia do que fazer agora.

— E você acha que esse tal de Parker tem algo a ver com isso?

O nome me fez estremecer. Puxei meu celular e conferi o Connector mais uma vez. Ainda nada.

— Eu sinceramente não sei mais o que pensar. — Suspirei, arrancando os pepinos de um sanduíche empapado de salpicão que tinha ficado mofando a noite toda sobre o balcão. Havia cometido a idiotice de deixar Charlie escolher primeiro, e acho que ele tinha algum prazer perverso em me forçar a comer lanches cheios de pepino (oficialmente o vegetal mais sem graça do mundo). — Os policiais não acreditam nisso. Acham que é só alguma venda de drogas que acabou mal, mas eu juro pra você, tem alguma coisa errada com o Parker. De alguma forma, ele tá envolvido nisso tudo.

— Vamos dar uma olhada nesse possível serial killer, então — Charlie falou.

Entreguei meu celular para ele, que analisou as fotos do perfil de Parker.

— O cara parece normal pra caramba, Gwen.

— É, bom, é assim com todo homem, quando se reduz eles a figurinhas! — rebati. — Mas ele tem jeito de assassino? Essa é a pergunta de um zilhão de dólares.

— Bom, estatisticamente, se você insistir em "curtir" cada mané de Eastbourne, vai acabar dando em cima de um psicopata em algum momento.

Charlie era solteiro desde que eu o conheci, e não parecia muito interessado em mudar isso. Sempre dizia que estava esperando que a pessoa certa *o encontrasse*, e, mesmo que levasse meses ou décadas, aconteceria quando ambos estivessem prontos. Eu achava aquilo uma imensa baboseira de zodíaco.

— Isso não ajuda em nada no momento, Charlie — atalhei, atirando fatias molengas de pepino no concreto frio do calçadão.

— Tem uma lixeira bem ali! — Charlie me repreendeu, me observando errar uma gaivota confusa por pouco.

— Relaxa, Greta, é biodegradável — falei para ele.

Ele revirou os olhos e voltou a olhar meu celular. A gaivota começou a bicar o pepino, desconfiada, como se fosse uma iguaria estranha vinda de uma terra estrangeira, que ela se sentia na obrigação de provar.

— O que a Sarah acha disso tudo? — Charlie perguntou.

— Não falei pra ela.

— Você não falou pra sua melhor amiga que é a suspeita número um em uma investigação de assassinato?

— O casamento, gênio — falei. — É daqui a poucos dias. Não posso estragar o dia dela, não importa o que aconteça.

— Ah, é, o casal mais glamuoroso de Eastbourne, finalmente juntando as escovas de dente no casamento do século — Charlie resmungou.

— Own, você *ainda* não superou não ter sido convidado? — Afaguei a cabeleira desgrenhada dele.

— O Richard foi meu mentor! — Charlie reclamou. — Ele me ensinou tudo que eu sei sobre Java.

— É, até você fazer as malas pra dominar o mundo em um caminhão de sorvete comigo. E, agora, vai perder o discurso épico do Richard, contando como ele conquistou a Sarah com uma apresentação de PowerPoint em um centro de convenções em Milton Keynes.

Charlie soltou uma risada pelo nariz.

— Eles não se encontraram em uma conferência de trabalho — ele dedurou. — O Richard me disse uma vez, e a Sarah o fez jurar segredo, que eles se conheceram no Connector.

— O quê?! — guinchei. — A Sarah nunca me falou isso! Ela ficava sempre tão orgulhosa de eles terem se conhecido na vida real, que nem verdadeiros *boomers* à moda antiga.

— Nã-não, nunca aconteceu — Charlie falou. — A Sarah só queria que as pessoas pensassem isso. Acho que o primeiro encontro deles foi no Five Guys, a hamburgueria na avenida principal.

Aquilo me magoou um pouco. Na verdade, mais do que só um pouco. Sarah geralmente me contava *tudo*.

— Caramba. Tô em choque. Digo, claro, o Richard deve amar um Bacon Cheese Dog maroto, mas a Sarah... em um aplicativo de namoro? Ela tá sempre me dizendo pra deletar esse negócio.

— Ah, você conhece a Sarah, a vida inteira dela é um conto de fadas. Preferiria morrer a admitir que conheceu o amor da vida dela em uma hamburgueria. Ela vai jurar cegamente que trombou no Príncipe Encantado em uma floresta mágica ou algo assim.

— Acho que não tem muitas florestas mágicas pegando a estrada A26 — falei. — Mas, é, você tem razão, o Five Guys é completamente atípico pra Sarah.

— E ela tem razão a respeito do Connector — Charlie acrescentou. — Nada de bom sai daí, chefe. Esse tal de Parker pode ser literalmente *qualquer* pessoa. A gente devia fazer uma pesquisa reversa de imagens com as fotos de perfil dele e descobrir quem o cara *realmente* é.

Estremeci de novo. Não queria admitir, mas a ideia de ficar cara a cara com Parker me amedrontava.

— Isso é uma tarefa pra polícia — falei, rapidamente. — Mas talvez eu devesse tentar encontrar o Dev.

— Sair procurando os seus ex não deu muito certo da última vez, deu? — ele perguntou.

— Pela última vez, não são meus ex...

— Enfim, se alguém merece morrer, é esse cara. Canalha traidor.

— Charlie! — gritei. — Em primeiro lugar, não, ele não merece e, em segundo lugar, e quanto à esposa dele? Se ele não tivesse saído comigo, nunca teria acabado envolvido em nada disso.

— Bom, quem sabe ele não devesse ter ficado de gracinha com outras mulheres, então — Charlie declarou. — Além do mais, você acabou de falar que os policiais acham que é tudo algum esquema de drogas que acabou mal.

— O que quer que seja, não posso ficar de braços cruzados, servindo cappuccinos enquanto ele tá por aí, Deus sabe onde...

— Olha ao seu redor, chefe, a gente não tá servindo nada pra ninguém.

Naquele instante, um vento frio soprou pela orla, derrubando os porta-talheres nas mesas. Estremeci. Dev talvez estivesse em perigo *agora mesmo*. Eu não podia simplesmente deixar que ele terminasse como Josh, podia? A polícia parecia mais preocupada com a possibilidade de eu fugir da cidade, ou com algum misterioso cartel de tráfico de mulherengos de Eastbourne à beira-mar, do que em encontrar Dev e Seb. Era minha culpa que Parker estivesse no encalço deles. Eu não podia simplesmente ficar esperando que eles morressem.

Peguei meu celular para ligar para Lyons, mas havia uma notificação do Connector piscando para mim.

Nova mensagem de Parker.

Deslizei o polegar por cima dela e a mensagem surgiu.

Parker: Vai me ignorar agora? Eu já te pedi desculpas. Você precisa mesmo que eu prove o quanto estou arrependido?

Um tipo de bile amarga subiu por minha garganta, uma mistura de medo e raiva queimando dentro de mim. Parker sabia alguma coisa sobre aquilo tudo, eu tinha certeza. Não podia simplesmente ficar sentada esperando.

— Toma conta do café pra mim por umas horinhas, tá bem? — pedi.

— Aonde vai? — ele perguntou. — Você não faz ideia de onde esse tal de Dev está.

— O endereço dele ainda vai estar no meu Uber. Posso começar por lá. Falar com a esposa dele.

— Ah, ela vai *amar* te ver — Charlie falou.

— Eu preciso fazer alguma coisa — falei, me erguendo e soltando minha bicicleta. — A polícia falou que o Dev foi beber com um amigo ontem à noite. E se esse tal amigo era o Parker? Eu posso mostrar pra esposa do Dev a foto de perfil dele, talvez ela o reconheça.

Equilibrando o celular no guidão, atravessei o centro da cidade pedalando, até chegar ao lado legal e levemente mais requintado de Eastbourne. A estátua do Duque de Devonshire dividia as duas partes da cidade, com as regiões mais bonitas a oeste e o restante — eu inclusa —, a leste. Por fim, fui parar em frente a uma bela casa geminada em Holywell. Fui até a porta de entrada e toquei a campainha várias vezes.

Nenhuma resposta.

Abri a caixa de correio na porta e tentei espiar o lado de dentro.

— Olá? — gritei. Mesmo que a esposa estivesse em casa, eu não fazia ideia do que diabos diria a ela.

Olhei para baixo e reparei que o capacho dizia "Ladrões: as coisas dos meus vizinhos são melhores", em letras multicoloridas estampadas. Revirando os olhos, me afastei e ergui o olhar para a casa. Dev morava aqui? Eu estava esperando um apartamento sofisticado em algum lugar, mas essa casa me lembrava um pouco a dos meus pais: uma casa de adultos de verdade, com videiras subindo pela alvenaria, uma entrada coberta de cascalhos no chão e tudo mais.

Depois de bater à porta e tocar a campainha de novo, espiei pela janela da sala de estar, me esforçando para enxergar além das cortinas parcialmente fechadas, na escuridão do cômodo frontal. Não parecia haver ninguém em casa. Considerei brevemente ligar para um chaveiro, mas, se o cadáver de Dev estivesse caído no corredor, bom, seria algo realmente difícil de se explicar.

Finalmente, ouvi passos se aproximando e a porta da frente se abriu para mostrar uma mulher muito grávida.

— Posso ajudar? — ela perguntou, uma mão pousada sobre a barriga.

Não consegui responder de imediato, já que meu queixo tinha caído até mais ou menos a altura dos joelhos. Dev não estava apenas traindo a esposa, ele estava traindo a esposa em estágio avançado de gravidez.

— Hm, oi — falei, por fim. — Você é a esposa do Dev?

Ela era linda, com todos os clichês que se comenta de uma mulher grávida: pele brilhando, cabelo exuberante e um olhar cauteloso que dizia: *Eu te mato se você se meter entre mim e minha família.*

— Por quê? — ela instigou, a voz se erguendo um oitavo. — Você o viu?

— Ah, não, desculpe — falei. — Então, hm, você não me conhece, mas eu sou, bom, sou uma amiga do Dev, do trabalho. E tô procurando por ele, e eu, err, achei que talvez ele tivesse saído com um colega nosso.

Tirei meu celular e mostrei a foto de Parker.

— Você trabalha com o Dev? — ela perguntou.

— É, isso mesmo, na... — Parei, meu cérebro tentando às pressas se lembrar onde Dev tinha dito que trabalhava. — Na agência de publicidade! Sou eu que escrevo tudo na lousa gigante quando a gente faz os *brainstorms*. Basicamente, sou responsável pelas canetas marcadoras. É uma função bem importante, na verda...

A esposa de Dev não esperou que eu terminasse antes de pegar o celular de minha mão e examinar a imagem.

— Nunca vi esse homem. Quem é ele? — Ela quis saber.

— Err, Parker — falei. — Esse nome significa algo pra você? Ele falou com quem ia sair?

— Desculpe, como é mesmo o seu nome?

— Gwen — me apresentei. — Meu nome é Gwen. Fico muito feliz em te conhecer.

Baixei os olhos para a barriga saliente dela e vinte mil alfinetadas de culpa me espetaram, como se eu estivesse sendo submetida à pior sessão de acupuntura do mundo.

— Ele não falou com quem ia sair — ela respondeu. — Mas, da última vez que foi beber com um amigo, ele voltou completamente bêbado, usando isso aqui.

Ela apontou a sapateira ao lado da porta. Ali, junto de vários pares de brogues marrons lustrados e alguns tênis esportivos femininos, estava um par de sapatos de boliche.

24

Dez minutos depois, eu estava pedalando na direção do shopping, tão rápido quanto minhas pernas permitiam. Não eram nem nove da manhã, então não havia nada aberto, e eu deixei minha bicicleta no estacionamento vazio.

É claro que Dev não tinha ido beber com um "amigo": tinha ido a um encontro.

Ele me dissera que sempre levava as mulheres com quem saía à pista de boliche e, se isso fosse verdade, eu poderia encontrá-lo lá.

Subi as escadas rolantes e cruzei a entrada principal do shopping, apenas para encontrar a porta do boliche escancarada. Enfiando a cabeça do lado de dentro, tateei em busca de interruptores perto da porta. Quando o saguão de entrada piscou e se iluminou, fui atingida pelo cheiro de desinfetante misturado com o de sapatos de boliche suados.

— Olá? — gritei, minha voz ecoando pela fibra de vidro lustrada das pistas.

Era estranho ver o estabelecimento completamente vazio, e tive a sensação aguda de estar em um lugar em que não deveria.

Enfiei o rosto no guarda-volumes, que com uma coleção aleatória de casacos esquecidos e uma bela bolsa de mão de meados dos anos 2000, trazia uma distinta semelhança com meu próprio guarda-roupas. Passei pelo bar onde Dev e eu tínhamos nos embebedado e passei uma mão pela madeira compensada. Não parecia que tanto tempo tinha se passado desde que estávamos sentados ali, falando bobagens a respeito de horóscopo.

De repente, ouvi um barulho alto vindo da direção dos banheiros. Parecia algo caindo.

— Dev? — gritei, minha voz trêmula. — É você?

Olhei ao meu redor, procurando por qualquer coisa que pudesse usar como arma, mas minhas escolhas estavam restritas a uma garrafa de vodca pela metade ou uma bola de boliche que eu mal conseguia levantar. Então, fui até o banheiro masculino e encostei a orelha na porta.

Nada.

Engolindo a saliva gelada que se acumulava em minha boca, empurrei a porta devagar com meu ombro, abrindo-a. As luzes ligaram automaticamente, não revelando nada além de um mictório encardido e uma fileira de três cabines. Abri com um chute a porta da primeira, depois a segunda, e espiei o lado de dentro. Quando cheguei à última, empurrei a porta com o pé, cuidadosamente.

Olhando para dentro, ofeguei.

— Jesus Cristo — falei.

Sentado no vaso sanitário, as pernas amarradas com uma abraçadeira plástica e as mãos atrás das costas, estava Dev.

Uma mordaça de tecido estava amarrada com força em sua boca, e o cabelo estava úmido e emaranhado de suor. Ele parecia inconsciente.

— Dev, você tá bem?

Havia um corte em sua têmpora direita, e ele sangrava intensamente.

— Dev! — Agarrei o rosto dele com as duas mãos. — Acorda!

As pálpebras dele se abriram, trêmulas; ele olhou diretamente para mim.

— Você tá bem? — perguntei.

Ele resmungou de maneira incompreensível em resposta, mas imaginei que provavelmente era um "não".

— Vem, vamos dar o fora daqui — falei.

Notei que havia algo colado no peito dele. Me inclinei para a frente e a descolei. Era uma imagem granulada em preto e branco mostrando um ultrassom de um bebê minúsculo. Senti como se tivesse levado um soco no estômago.

— Dev, essa imagem é sua? É o seu bebê?

Ele balbuciou através da mordaça, tentando falar.

— O quê? — perguntei, me aproximando mais. — Não consigo te entender, me deixa...

De repente, vi seus olhos se arregalarem e ele começou a grunhir freneticamente.

— Me dá um segundo! — pedi. — Fica parado, pra eu poder tentar...

Tirei a mordaça da boca dele.

— Sai de perto de mim! — ele vociferou.

— Do que você tá falando?

— Você vai me matar porque eu traí minha esposa? Você é maluca! — As palavras atropelavam umas às outras.

— Eu não vou fazer nada! — exclamei. — Só fica parado e eu vou te soltar.

Enquanto eu mexia com as abraçadeiras, ouvi o barulho de uma porta rangendo atrás de mim. Congelei.

— Só me deixa ir embora, por favor, eu nunca...

— Cala a boca um pouquinho, tá? Acho que tem alguém aqui.

— Socorro! — Dev começou a gritar.

— Puta que pariu, Dev, eu tô tentando te ajudar! Quem quer que tenha feito isso com você talvez ainda esteja aqui! Só fica quieto, por favor.

Coloquei a mordaça de volta na boca dele, e ele começou a resmungar de novo. O esforço pareceu tê-lo exaurido e, depois de um momento, sua cabeça caiu contra o peito. Havia perdido a consciência de novo.

Fiquei em pé e enfiei a cabeça para fora da cabine. O banheiro parecia vazio: talvez eu só tivesse imaginado o barulho? Mas quem quer que tivesse feito aquilo a Dev claramente não tinha terminado o trabalho, então era lógico pensar que pudesse ainda estar por perto. Fui até as pias, tirei meu celular e rolei a tela até chegar ao número de Lyons. Quando estava prestes a apertar o botão de Ligar, as luzes se apagaram. O banheiro ficou escuro como breu.

Naquele instante, meu celular se iluminou com uma mensagem do Connector.

Parker: Que surpresa te ver aqui.

Girei na escuridão, um pico gelado de adrenalina atravessando meu corpo.

— Cadê você? — gritei, minha voz falhando.

De repente, senti alguém me agarrar por trás. Um braço forte apertava minha garganta, me segurando com tanta força que eu não conseguia me virar. Algo afiado cutucou minhas costas.

— Por que você tá fazendo isso? — vociferei.

Eu podia sentir o hálito frio dele em minhas orelhas. Tentei torcer o corpo, mas a ferramenta afiada, o que quer que fosse, me cutucou com mais força. Senti algo perfurar o tecido de minha camisa, e metal gelado tocou minha pele. Lentamente, Parker me virou até estarmos de frente para a janela retangular nos fundos do banheiro. Apertei os olhos com força para enxergar o rosto dele no reflexo do vidro, mas minha cabeça escondia a dele, e uma máscara facial cobria sua boca e seu nariz.

— O que você quer? — perguntei, a voz baixa. Jurava que conseguia ouvir o estrondo de meu coração reverberando nas paredes revestidas de azulejo.

Em vez de responder, ele aproximou o rosto do meu, e através da máscara, senti seus lábios em minha bochecha.

A fúria ferveu dentro de mim, ofuscando meu medo. Inspirei profundamente e pisei com força com meu calcanhar no pé dele. Quando a dor o fez sobressaltar, seu aperto afrouxou com o choque, e eu dei um salto e me afastei. Me virei para olhar para meu agressor. Ele estava vestido de preto, com um capuz abaixado para ocultar os olhos. Na escuridão, eu não conseguia ver o bastante para calcular se o reconhecia.

— Se isso é por minha causa, solte ele — arfei, torcendo para que ele não visse o quanto minhas mãos tremiam.

Ele balançou a faca na direção da cabine, onde Dev ainda estava inconsciente no vaso. Estendendo-se para dentro, puxou-o para fora e o atirou nos azulejos do chão. A silhueta se ajoelhou ao lado do corpo inconsciente de Dev e posicionou a faca contra a garganta dele.

Lá no fundo, eu quis fugir. Mas pensei na esposa de Dev. Pensei no bebê, pequeno, encolhido, granulado e preto e branco naquela imagem.

— A esposa dele, ela não merece isso — falei.

A figura encapuzada colocou a mão no bolso e tirou um celular; usando o polegar, começou a digitar. Segundos mais tarde, meu celular vibrou com a mensagem dele. Hesitante, baixei os olhos para a tela.

Parker: Ela merece esse filho da puta?

Ergui os olhos para vê-lo apontando a faca para a têmpora de Dev.

— Ele fez algo ruim — comecei. —, mas uma coisa ruim não faz dele uma pessoa má. Só solta ele, Parker.

A mão que segurava a faca vacilou de leve.

— Eu sinto muito que a gente nunca tenha conseguido se encontrar pra tomar aquele drinque — continuei. — Mas talvez possamos conversar agora, sabe? Nos conhecer um pouco melhor?

Ergui as mãos e, com cuidado, me aproximei mais um passo.

— Que tal me explicar por que tá fazendo isso? — sugeri, suavemente.

Em vez de responder, ele digitou outra mensagem. Quando a li, minhas mãos começaram a tremer.

Parker: Mais um passo e ele morre, cadela.

Engoli em seco e tentei arrastar meus tênis para a frente, só um centímetro.

Quando fiz isso, Parker apertou a lâmina na garganta de Dev. Borrões de sangue surgiram de seu pescoço como gotas de suor vermelho.

— Tá bom, tá bom — concordei, congelando. — Mas qual é o seu objetivo nisso tudo? Estamos no banheiro de uma pista de boliche. Eu tô na frente da única porta de saída. Então, o que você vai fazer agora?

Ele grunhiu baixo e apertou a faca com mais força na garganta de Dev. Eu precisava distraí-lo, do contrário, Dev não sairia vivo daquele banheiro.

— Espera, para, para — implorei. — Talvez você não se importe com o Dev, mas tem uma coisa que você não sabe.

Ele hesitou por um momento.

— Me deixa só te mandar uma coisa — falei, erguendo meu celular. — Talvez você mude de ideia quando vir isso.

Devagar e cuidadosamente, sem fazer nenhum movimento súbito, escolhi a última foto em minha galeria, a de Charlie enfiando a vassoura para fora do zíper, e a mandei para Parker.

Segundos depois, o celular dele acendeu e, quando ele baixou os olhos para a tela, eu arrisquei. Recuei meu braço e arremessei meu celular com toda a energia que me restava. O aparelho colidiu com a lateral da cabeça dele com um ruído de trituramento. Ele gritou, surpreso, e deixou cair a faca, que saiu deslizando pelo chão de azulejos.

Rápida como um raio, me abaixei e peguei a arma, mas, quando ergui os olhos, ele tinha se erguido em um ímpeto e estava escalando a janela do banheiro. Desmoronei ao lado de Dev, apertando a mão no ferimento em sua garganta.

— Vamos, vamos, acorda — supliquei.

Depois de alguns segundos, ele piscou devagar, olhando para mim, e soltou um gorgolejar.

— Você tá bem, você vai ficar bem — eu disse, tentando acalmá-lo.

Tateei pelo chão e peguei a imagem do ultrassom. Estava salpicada de sangue, mas eu a limpei na manga do meu moletom e a apertei na mão dele. Seus dedos se curvaram em torno da foto lentamente.

De repente, as luzes se acenderam, e meu coração quase saiu do peito. Olhei para cima, quase esperando ver Parker brandindo uma bola de boliche na porta, mas não era ele. Era Lyons, apontando uma arma de choque para o meu rosto.

— Gwen! O que aconteceu? — ele gritou. Seus olhos se desviaram para a faca em minha mão.

— O que você tá fazendo aqui? — ofeguei. — É o Dev, ele foi ferido. Guarda esse troço e chama logo uma ambulância!

Lyons colocou a arma de choque no coldre preso em torno do peito e pegou seu celular. Ele fez a ligação enquanto se ajoelhava ao meu lado.

— Foi o Parker. Parker estava aqui. — Arfei, deixando a faca cair e colocando a mão na garganta de Dev. — Diz pra eles.

— Ele estava aqui? — Lyons disse, colocando as mãos sobre as minhas e fazendo pressão no pescoço de Dev. Reparei que Lyons não estava usando o blazer com que estava na noite passada, só uma camiseta branca, que agora estava salpicada com o sangue de Dev.

— Sim, ele estava aqui! — gritei. — Olha ao seu redor!

— Connector... — Dev murmurou, seus olhos se revirando.

— Estamos perdendo ele — Lyons disse. — Mantenha as mãos aí. A ambulância está a caminho.

Minhas mãos estavam gradualmente ficando vermelhas conforme o sangue escorria pelos meus dedos.

— Para onde ele foi? — Lyons perguntou.

— O Parker? Passou por ali. — Eu indiquei a janela.

— Continue fazendo pressão — ele instruiu, se pondo em pé e indo até a janela aberta.

— Vai atrás dele — ordenei. — Eu fico com o Dev.

— Não, não vou deixar você sozinha de novo — ele falou.

Ele voltou e se agachou ao meu lado, afastando meu cabelo do rosto.

— Você está bem? Ele te machucou?

— Tô bem — falei, com raiva.

Eu não estava nada bem, meu coração parecia prestes a explodir em meu peito, e eu tinha quase certeza de que estava sentada no mijo amanhecido de alguém.

— Você viu o rosto dele? — Lyons perguntou.

Abaixei a cabeça.

— Não consegui, eu tentei... — Minha voz esmoreceu.

Lyons colocou a mão em meu braço.

— Está tudo bem — ele disse gentilmente. — Nós vamos pegá-lo.

Cada centímetro de mim queria empurrar a mão dele, mas me aterrorizava a possibilidade de que, se eu soltasse a garganta de Dev, nós dois seríamos atingidos por uma jorrada de sangue.

— O que você tá fazendo aqui, pra começo de conversa? — perguntei. — Estava me seguindo, né? De novo?

A boca de Lyons se apertou.

— Ainda bem que sim — ele respondeu. — Você podia ter sido ferida, Gwen. Ou algo pior.

— Puta merda, Aubrey — exclamei. — Não é comigo que você deveria se preocupar, é com esse Parker. Você acredita em mim agora? Precisamos ir atrás dele, ou então outra pessoa vai se machucar.

— O que nós precisamos fazer — Lyons disse com cuidado — é ficar aqui até a ambulância chegar. Forrester está a caminho. Vamos enviar uma equipe de buscas.

— Vai ser tarde demais — esbravejei.

Lyons colocou as mãos sobre a garganta de Dev, e os olhos dele se abriram, vacilantes.

— Vai ficar tudo bem — Lyons disse a ele. — Aguenta firme, amigo.

Eu afastei minhas mãos e fiquei em pé.

— Isso é por minha causa. É minha culpa. Eu preciso ir atrás dele.

— É perigoso demais. E você nunca vai conseguir alcançá-lo a essa altura — Lyons falou.

— A saída de incêndio — falei, lembrando de meu encontro com Dev. — Eu consigo sair pelos fundos e pegar ele no meio do caminho. Fica aqui com o Dev, não deixa acontecer nada com ele.

— Gwen, espere...

Eu o ignorei e corri do banheiro até a porta corta-fogo, empurrei a barra de destravamento com força e não olhei para trás.

25

Desci as escadas rolantes praticamente derrapando para chegar ao estacionamento. Não havia sinal de Parker entre os poucos clientes que começavam a chegar ao shopping. Deviam ter acabado de abrir as portas e, além de um jovem casal lutando para tirar um carrinho de bebê do porta-malas do carro e uns poucos adolescentes perambulando em torno da entrada, o estacionamento estava vazio. Então, à distância, vi uma silhueta solitária e encapuzada, correndo. *Tem que ser ele.*

Agarrei minha bicicleta de onde a tinha atirado ao lado da entrada e comecei a pedalar furiosamente na direção da figura, amaldiçoando silenciosamente todas as ocasiões em que fiquei na cama em vez de ir àquelas aulas de *spinning* na hora do almoço às quartas-feiras. Não fazia ideia do que diabos sequer faria se o alcançasse. Ele deve ter ouvido minha respiração ofegante cada vez mais alta, já que o vi virar a cabeça para trás. O capuz ainda estava erguido, e ele estava longe demais para eu distinguir quaisquer características nítidas, mas juro que ele me olhou nos olhos e soube que eu estava indo atrás dele.

Quando estava me aproximando, ele alcançou a barreira no final do estacionamento e se espremeu pela lacuna que dava para a pista de skate ao lado. Apertei os freios, derrapei até a barreira e saltei da bicicleta.

Olhei ao meu redor, freneticamente. Senti meu coração apertar. Meu campo de visão estava repleto de um mar de adolescentes encapuzados, deslizando pelos *half-pipes* e pelas rampas, fumando cigarros de aparência duvidosa no banco, assistindo uns aos outros caírem das pranchas ao tentarem manobras nos corrimões. Quem quer que fosse o fugitivo estava agora perdido em um mar de moletons praticamente idênticos.

— Merda. — Arfei.

Derrotada, voltei até a bicicleta. A ergui e a apoiei na barreira. Podia ver uma ambulância no estacionamento, e paramédicos se aglomeravam ao redor da entrada do shopping. Meu coração deu um salto quando Lyons apareceu, seguido de perto por Dev em uma maca.

— Ele tá bem? — perguntei, correndo até lá.

— Vai sobreviver — Lyons respondeu. — O que aconteceu com o Parker? Você o viu?

— Achei que tinha visto — murmurei. — Mas...

— Certo, fique bem aqui, ok? O inspetor Forrester vai chegar em um minuto — ele falou. — Vamos precisar ouvir seu depoimento.

— Meu depoimento? Eu já te disse o que aconteceu. Você tá perdendo tempo. Olha só pro Dev. — Apontei para a equipe da ambulância, que estava colocando a maca a bordo do veículo. — Vocês precisam encontrar o Parker antes que ele faça *aquilo* com mais alguém.

— Não — Lyons disse com firmeza. — Você precisa se acalmar. Você está em choque. Nós não temos nenhuma pista do Parker. A equipe forense está na pista de boliche agora, e nós falaremos com Dev quando ele acordar. Mas, por enquanto, é tudo que podemos fazer.

Eu estava prestes a discutir com ele quando um policial forense vestindo um macacão branco se aproximou, segurando um saco transparente. Dentro, estava um moletom preto, exatamente como o que o Parker estava usando, e eu conseguia enxergar manchas de sangue vermelho-escuro nele.

— Encontramos isso do lado de fora da janela dos fundos — o policial disse a Lyons.

— É dele — eu falei. — É do Parker.

O skatista que eu persegui provavelmente não tinha passado disso: um jovem usando um moletom parecido.

— Provavelmente o descartou enquanto fugia. — Lyons pegou a sacola e a ergueu na altura dos olhos. — Ou talvez tenha ficado preso na janela quando ele saiu.

— Como ele escapou tão rápido? — perguntei, passando os olhos pelo estacionamento mais uma vez.

— Talvez estivesse com um carro aqui — Lyons falou, estremecendo visivelmente no ar frio da manhã. — Vamos checar o sistema de vigilância.

— Vocês conseguem fazer testes nisso, certo? — Indiquei o moletom. — De DNA ou algo assim?

Lyons me encarou, mal escondendo a exasperação.

— Que tal você esperar o inspetor Forrester no saguão de entrada? — ele sugeriu, tão educadamente quanto possível.

A última coisa que eu queria fazer era entrar de novo naquele lugar, então voltei até minha bicicleta e chutei a roda, frustrada. Fechando os olhos, tudo que conseguia enxergar era Dev, gorgolejando no chão do banheiro. Quando voltei a abri-los, minhas mãos tremiam. Pro inferno com aquilo. Eu não tinha tempo para ficar em choque: havia gente em perigo. Inspirei uma vez profundamente, e de novo, até o ritmo de meu coração voltar a um nível vagamente normal e minhas mãos estarem (mais ou menos) estáveis.

Lyons tinha razão. Eu não fazia ideia de quem Parker era. Tudo que sabia a respeito dele era o somatório de seu perfil no Connector: seu sabor preferido de sorvete (passas ao rum) e seu segundo filme favorito (bem como de noventa e oito por cento de todos os outros homens de trinta e quatro anos, *A origem*). Não sabia o sobrenome dele, nem onde exatamente ele trabalhava, nem em que parte da cidade morava. Tudo que sua biografia dizia era Parker, trinta e quatro anos, e uma ostentação obrigatória da altura: um metro e oitenta e cinco.

Então, algo me ocorreu. Uma pessoa com cerca de um metro e oitenta de altura não conseguiria ter se espremido e passado pela janela do banheiro da pista de boliche. Eu sabia, por amarga experiência própria, que um metro e oitenta e cinco em um perfil em aplicativos de relacionamento normalmente significa um metro e setenta e sete ou menos — mas, mesmo no escuro, fora possível perceber que Parker nem sequer chegava a tanto. Isso me fez me perguntar o que mais em seu perfil talvez não fosse verdade.

Peguei meu celular, repleto de notificações de ligações perdidas de Charlie e mais ou menos dezessete mensagens de Sarah no WhatsApp, falando de guardanapos personalizados para a mesa dos noivos. Eu sabia que devia ligar para eles e explicar onde estive, mas não havia tempo. Em vez disso, pesquisei "analista de dados" e "Parker" no Google. Uma caixa apareceu em minha tela, exigindo saber se eu era ou não um robô.

— Quantas vezes preciso te dizer, Google? Não sou um robô — esbravejei.

O enunciado me pediu para clicar em todas as imagens de barcos que pudesse ver.

— Um robô conseguiria fazer *isso?* — falei, dramática, clicando rapidamente nas quatro imagens de barcos.

Uma mensagem apareceu: Por favor, tente novamente.

Quando finalmente fui aprovada no teste idiota, me deparei, previsivelmente, com cerca de um bilhão de páginas de resultados. Rolei a tela novamente pelo perfil dele, procurando qualquer coisa que pudesse ajudar a afunilar a busca. Parker trabalhava com TI para uma agência de relações-públicas, mas não havia nada mais específico do que isso. Na verdade, reparei que ele havia cuidadosamente evitado dizer qualquer coisa específica sobre sua vida.

Em um episódio antigo de *Além da salvação*, a polícia desmentia o álibi de uma pessoa depois de localizar o suspeito no fundo de uma foto no Facebook. Talvez eu pudesse encontrar alguma pista no perfil de Parker que me levaria até ele. Vasculhei as imagens de novo, tentando pensar se talvez já o vira antes em algum momento, ou se reconhecia algum dos lugares nas fotos. Pinçando a tela, dei zoom nos planos de fundo, procurando por pistas, mas eles não revelavam nada além de bares genéricos e mobílias de aparência macia.

A única outra foto com mais uma pessoa parecia ter sido tirada em algum tipo de premiação. Parker estava em pé ao lado de uma mulher mais velha, que se parecia um pouquinho com Helena Bonham Carter, mas com ainda mais maquiagem nos olhos, se é que aquilo era possível. Eles seguravam uma espécie de troféu de vidro medonho.

Quando aproximei a imagem, consegui distinguir, mais ou menos, as palavras "Melhor Estratégia de Marca" gravadas no vidro, e "Rosemary Da...". O restante do sobrenome estava oculto pelas abotoaduras ridiculamente ostentosas dele. Adicionei "estratégia de marca prêmio" e "Rosemary" à minha pesquisa no Google e cliquei na aba de Imagens. Rolei a tela para baixo até ver um rosto familiar. "Rosemary Daniels, designer gráfica sênior, Pentáculo Publicidade", dizia a legenda.

Bingo.

Rapidamente, pesquisei a Pentáculo e liguei para o número de telefone. Uma mulher de voz suave atendeu ao telefone.

— A Rosemary está? Rosemary Daniels?

— Rosemary? Não, sinto muito, Rosemary não trabalha aqui há eras — a mulher falou.

— E o Parker? Ele tá por aí?

— Desculpe, quem é?

— Sou a namorada do Parker — falei. — É aí que ele trabalha, certo?

— Parker? Você quer dizer o Colin? Colin Parker?

Certo, então Parker é o sobrenome dele?

— Hm, sim, é, isso mesmo, Colin.

— Namorada, você falou? Tem certeza? — ela perguntou.

— Bom, é complicado — respondi. — Mas é uma emergência, ele tá aí?

— Bom, todos os gerentes seniores estão em reunião no momento — ela disse. — Acabaram de entrar, então vai demorar cerca de uma hora, imagino. Devo entrar e chamá-lo, se é uma emergência?

— Não, não, não faça isso, eu sei como ele gosta de, hã, reuniões. Seguinte, eu vou até aí e falo com ele pessoalmente, obrigada pela ajuda — falei.

Desliguei e subi em minha bicicleta.

— Gwen, aonde você vai? — Ouvi Lyons gritando do outro lado do estacionamento. — Espere!

Não dei ouvidos e simplesmente pedalei.

Rajadas de ar frio atingiam meu rosto conforme eu disparava ao longo da Grand Parade. Agarrando meu celular em uma das mãos para ver o caminho e conduzindo pessimamente a bicicleta com a outra, fui até a rua Channel View. Cinco minutos depois, estava encarando um prédio alto e espelhado. Larguei a bicicleta em um beco lateral e entrei correndo no saguão, onde um recepcionista jovem me encarou por cima dos óculos de armação de tartaruga, desconfiado.

— Colin Parker — ofeguei.

— De qual empresa? — ele perguntou, desviando os olhos de meu rosto corado para olhar a tela de seu computador com um ar de repulsa.

— Aquela — consegui articular, apontando a palavra PENTÁCULO em grandes letras prateadas ao lado de um enorme número três às costas dele.

— Você agendou um horário? — ele indagou de modo seco, inteiramente ciente de que eu, é claro, não havia agendado nada.

Sacudi a cabeça em negativa.

— Vou ligar e informá-lo de que ele tem uma... visita — o recepcionista disse, enunciando a palavra "visita" como se eu fosse uma IST especialmente difícil de se livrar.

Ele apertou alguns números no telefone e esperei, me apoiando na mesa.

— Sinto muito, ninguém atende — o recepcionista informou depois de alguns momentos, observando com desdém as gotas de suor caindo de minha testa em sua mesa muito brilhante.

Naquele instante, um homem alto e barbudo, usando jeans rasgados e, curiosamente, uma camisa e uma gravata, passou pelas portas giratórias atrás de mim. Mostrando sua identificação para o recepcionista com um sorriso, ele passou direto por nós e aproximou o crachá do leitor ao lado dos elevadores.

— Dane-se esse jumento — murmurei.

— Como é? — o recepcionista perguntou.

— Eu falei "Valeu pelo atendimento". Foi de grande ajuda para mim.

Ele me ofereceu um sorriso sarcástico e voltou a fingir que trabalhava em seu computador.

Observei o homem alto entrando no elevador. Se eu me movesse no momento exato, imaginei que conseguiria chegar lá antes que alguém pudesse me deter. Pelo canto do olho, vi as portas do elevador começarem a se fechar.

— Tchauzinho! — falei ao recepcionista e saí em disparada. Um instante antes de as portas se fecharem, pulei para dentro do elevador junto do homem do jeans rasgado e espetei o botão do número três.

— Atrasada pra uma reunião. — Sorri quando ele olhou desconfiado para meu rosto suado e moletom.

Através da fresta das portas que se fechavam, pude ver o rosto raivoso do recepcionista enquanto ele apertava mais números no telefone. Quando o elevador tilintou ao parar no terceiro andar, gritei "Falou!" para o homem aturdido e corri até me ver em meio a um mar de mesas. Funcionários com caras entediadas digitavam em seus computadores.

— Colin! — gritei para o escritório. — Colin Parker!

Ninguém nem sequer ergueu os olhos. Corri até a pessoa mais próxima e girei sua cadeira para que me encarasse.

— Onde é a mesa do Colin?

— Colin Parker? — o homem perguntou. — Ele está numa reunião no momento. Posso te ajudar?

— Eu preciso muito falar com ele, urgentemente.

— Desculpe... Quem é você?

— Sou só uma amiga, err, a melhor amiga dele, na verdade. A namorada dele. Olha, é uma emergência, eu preciso falar com ele.

— Que tipo de emergência?

— Não sei, do tipo grande. Algo entre um tornado e um apocalipse zumbi. O cachorro dele tá pegando fogo. Não sei bem. Só preciso muito ver o Colin Parker agora, tá?

— É uma reunião bem importante. Você já tentou escrever um e-mail para ele? — O homem quis saber.

— Sim, eu mandei muitos, muitos e-mails pra ele. Agora, por favor, onde é a sala de reuniões?

O homem gesticulou, indicando uma sala de paredes de vidro a um canto.

— Ótimo, obrigada — falei, dando um passo naquela direção. Mas, assim que o fiz, senti uma mão pesada em meu ombro. Ao me virar, vi um homem bem grande usando um uniforme de segurança, e o recepcionista sorrindo cinicamente atrás dele.

— Você precisa ir embora agora — o segurança informou devagar, sua voz baixa e ponderada.

— Tudo bem, olha, eu vou embora, tá bom? — falei. Ergui minhas mãos, como se querendo mostrar que era totalmente inofensiva.

— Sim, você vai — o segurança disse, me virando e conduzindo gentilmente na direção do elevador.

— Espera, espera — implorei. — Só um segundo. — Me virei para o cara no computador. — Qual o número do alto-falante de videoconferência na sala de reuniões?

— É o ramal dois-dois-um — ele falou.

— Nem pense nisso — o guarda disse, mas, antes que ele pudesse me impedir, agarrei o telefone na mesa, puxei-o para perto e apertei os números.

— Colin Parker! É uma emergência, por favor, saia da reunião imediatamente e volte para sua mesa — consegui gritar no bocal antes que o guarda o puxasse de mim. Ele bateu o telefone e me olhou como se estivesse prestes a me transformar numa bolinha e me jogar no lixo de papel.

— Só me dá um segundo, por favor — supliquei a ele. — Esse tal de Colin talvez seja um criminoso procurado. Você pode prender ele e virar um herói nacional.

Através das paredes de vidro do escritório, vi um homem se levantar, olhar para nós enquanto erguia os ombros e abrir a porta. Quando ele veio em minha direção, apertei os olhos. Ele parecia o Parker, com certeza, mas significativamente mais arredondado, grisalho e aborrecido.

— Você é o Parker? — indaguei. Reparei que ele tinha uma aliança no dedo.

Era, sem dúvidas, o mesmo cara do aplicativo, mas visivelmente mais velho.

— Colin Parker, sim — ele disse. — O que está havendo? Eu conheço você?

— Me diga você — falei, puxando meu celular. — Você tem me mandado mensagens?

Ergui o perfil de Parker em frente de seu rosto.

— O q-quê? — ele gaguejou.

— Esse é você? — falei, mostrando a ele a foto da premiação.

— Sim, sou eu — ele afirmou. — Mas essa foto é de uns doze anos atrás. Na verdade, é de exatamente doze anos atrás.

O homem se estendeu até uma mesa próxima e tirou algo do meio dos escombros de papel no interior dela.

— Olhe — ele disse, erguendo um troféu de vidro brilhante com as palavras "Melhor Estratégia de Marca 2012" inscritas. Meu queixo caiu.

— Parece que você foi enganada — o recepcionista exclamou por trás do ombro do segurança, alegre.

— Você não me mandou essas mensagens? — Rolei a tela da conversa no Connector.

— Acho que meu marido não ficaria muito feliz se eu tivesse feito isso — ele disse.

Fiquei parada ali, murcha, os funcionários do escritório me encarando de bocas abertas, como salmões que tinham pulado em terra firme.

— Alguém tem usado minhas fotos como perfil nesse aplicativo de namoro? — Colin perguntou.

— Pois é, talvez seja bom você atualizar suas configurações de privacidade no Facebook — eu disse a ele. — Se quiser, sabe, evitar futuras invasões de escritório.

— Certo, já chega — o segurança falou. — Vou chamar a polícia.

— Ótimo, boa ideia — o recepcionista disse, um sorriso sarcástico no rosto. — Vá em frente. Liga pra eles! Eles precisam ver isso. Peça pra falar com o investigador Lyons.

O segurança me observou, desconfiado, enquanto digitava o número em seu celular e esperava que atendessem.

Houve um silêncio constrangedor enquanto nós três ficamos parados ao lado do elevador. Por fim, os funcionários do escritório pararam de nos encarar e retornaram para suas preciosas planilhas, e Colin Parker voltou para a reunião. O recepcionista e eu trocamos gentilezas: ele me deu um sorriso irônico, eu lhe mostrei o dedo do meio.

— Ele está a caminho — o segurança falou, por fim.

Enquanto aguardávamos, puxei meu celular, digitei "Colin Parker" no Facebook, e cliquei na aba de Amigos em Comum.

Havia apenas uma pessoa listada ali e, quando vi quem era, minha boca secou. *Charlie Edwards*.

26

Finalmente, ouviu-se um *plim* alto e as portas do elevador se abriram, revelando um Lyons que parecia muito bravo.

— Eu assumo a partir daqui — ele disse ao segurança, mostrando rapidamente sua identificação.

Lyons inclinou a cabeça, indicando que eu entrasse no elevador, e não falou comigo até as portas se fecharem. Então, virou-se para me encarar com uma expressão séria. Quer dizer, o rosto dele sempre estava sério, mas agora estava realmente sisudo.

— O que diabos você tá fazendo, Gwen?

— O que diabos *você* tá fazendo? — perguntei. — Você devia estar lá dentro, fazendo coisas de polícia, não sendo minha babá!

— O segurança me contou o que aconteceu. Ir atrás do Parker sozinha foi extremamente arriscado.

— Se você tivesse acreditado em mim, pra começo de conversa, eu não precisaria ter feito isso — respondi. — O Parker tem me enganado o tempo inteiro, usando fotos de outra pessoa. Eu te falei que tinha algo de errado com ele, e essa é a prova.

— Agora não é o momento pra nenhum "eu te falei". E tudo que você "provou" é que o perfil do Parker é uma conta falsa.

Ficamos em silêncio por um momento, interrompido apenas pelo *plim* suave da campainha do elevador enquanto percorria o prédio.

— Dev vai sobreviver, aliás — Lyons avisou, me observando pelo canto do olho. — Caso você esteja preocupada com isso.

— Graças a Deus — falei. — Ele conseguiu te dizer alguma coisa? Ele sabe quem o Parker é de verdade?

— Ele não viu ninguém, Gwen, exceto você. Tudo que conseguimos tirar dele é que ele foi se encontrar com alguém na pista de boliche, e aí alguém o atacou no banheiro. Quando deu por si, você estava enfiando uma mordaça na boca dele.

— Eu estava colocando a mordaça *de volta* na boca dele! — expliquei. — Estava tentando fazer com que ele calasse a boca quando o Parker...

— O fato é que — Lyons me interrompeu — você foi a única pessoa vista na cena do crime. E não pela primeira vez.

— Certo, então a gente precisa localizar a pessoa com quem ele saiu no encontro e, quem sabe, ela possa...

— Gwen, pare. Isso aqui não é o *Além da imaginação* ou algum outro dos seus podcasts.

— *Além da salvação* — eu o corrigi. — *Além da imaginação* é algo completamente...

Ele me lançou um olhar cortante.

— Enfim — continuei. — Eu preciso te contar uma coisa sobre esse Colin, escuta...

— Gwen, por favor. Me *escute* um instante. — Lyons ergueu uma mão para me fazer parar de falar. — Forrester quer que eu te leve à delegacia, quer tomar seu depoimento, provavelmente te informar de seus direitos.

— O quê? Ele ainda acha que eu tenho alguma coisa a ver com isso? Como? Cacete, eu literalmente acabei de ver o assassino cortar a garganta de um cara!

— E você foi a única que de fato viu isso — Lyons falou. — Quando eu te encontrei, você estava segurando uma faca ensanguentada. Acha que Forrester não tem motivos para estar desconfiado?

— Sim, eu acho! — exclamei. — Ele devia estar me dando uma medalha, caralho, não me prendendo! Podem conferir as mensagens que o Parker me mandou lá na pista, ele ia matar o Dev! Se eu não tivesse o encontrado a tempo, bom, só Deus sabe o que teria acontecido.

Lyons pensou na questão por um momento, apertando os lábios.

— Se serve de alguma coisa — ele disse, a voz agora mais suave —, eu acho que ele está errado.

— Obrigada — falei. — Então, vamos...

— Mas, ainda assim, vou te levar à delegacia — Lyons falou, abrupto, quando o elevador parou bruscamente no piso térreo.

O segui até seu Ford Fiesta, e ele segurou a porta do passageiro aberta para mim. Me sentei, amuada, mexendo com o porta-luvas enquanto ele entrava pelo outro lado e dava partida no carro. De repente, o porta-luvas se abriu, deixando cair um amontado de papelada e manuais velhos do carro no meu colo.

— O que você tá fazendo? — Lyons esbravejou.

— Procurando algum petisco! Você não tem nenhuma batatinha ou qualquer outra coisa aqui? Só pra te informar, esse carro tá cheio de lixo. — Comecei a organizar o conteúdo do porta-luvas com cuidado em uma pilha.

— Só deixa isso pra lá, tá bom? — ele pediu.

Nós dois ficamos olhando pelo para-brisa sem dizer nada por alguns momentos. Tinha começado a chover; o ritmo dos limpadores e o calor do aquecedor do carro nos aquietou.

Eu não conseguia parar de pensar no fato de Charlie ser amigo de Colin no Facebook. Seria só mais uma coincidência? O perfil de Colin não era privado, qualquer um poderia ter surrupiado as fotos dele. Mas era estranho. Muito estranho. Charlie poderia mesmo ser Parker? Não fazia sentido: ele não tinha motivo algum para machucar nenhum dos homens em minha lista.

A chuva engrossou, açoitando o para-brisa mais rápido do que os limpadores conseguiam contê-la. Enfiei as mãos bem fundo nos bolsos e foquei as linhas brancas no asfalto, desaparecendo tão rápido quanto apareciam no horizonte. Virei os olhos para Lyons, que continuava olhando diretamente para a frente, algo em seu rosto me lembrando um animal encurralado. Empurrei as mãos ainda mais adiante. No fundo de um dos bolsos, encontrei um pacote de chiclete. Com os dedos, tracei o contorno da embalagem. Restavam dois.

— Chiclete? — ofereci, e Lyons estendeu a mão sem tirar os olhos da estrada. Espremi um tablete do pacote amassado na palma aberta dele.

Joguei o último tablete em minha boca e deixei que ficasse em minha língua, inerte. O rangido baixo dos limpadores de borracha contra o vidro molhado preenchia o carro e só acentuava a estranheza.

— Então... — falei, por fim. — Se o Forrester quer me prender, cadê ele? Por que você veio atrás de mim sozinho?

— Digamos apenas que eu estou seguindo minha intuição.

Cuspi o chiclete na embalagem vazia e fiz uma bolinha com ela. Rolei a bolinha de papel-alumínio prateado na palma de minha mão com um dedo e, então, a lancei nele com um peteleco.

— O Forrester não sabe, não é? — adivinhei. — Não vai me dizer que você tá se rebelando, vai, Leãozinho?

— Pare de me chamar assim, por favor. — Lyons tamborilou os dedos no volante.

— Sério? — perguntei. — Tá me dizendo que prefere mesmo Aubrey?

— Investigador Lyons está ótimo — ele disse, ainda sem tirar os olhos do asfalto. — E não, eu não estou me rebelando. Mas não acredito que você seja culpada. O que significa que outra pessoa é.

— É claro que não sou culpada! — exclamei. — Pelo amor de Deus, *investigador Lyons*, eu sou uma barista de vinte e nove anos, não tenho nada na vida exceto um caminhão de sorvete estropiado, dois cartões de crédito estourados e, nesse momento, o comecinho do que parece ser a maior enxaqueca do mundo. Eu pareço mesmo o tipo de gente que se daria ao trabalho de tramar uma matança megacomplexa sem mais nem menos?

— Gwen, acalme-se — Lyons pediu.

Me deixei afundar de volta no banco e cruzei as pernas. Se existia no mundo algo que, com certeza, *não* me acalmava, era que me pedissem para me acalmar. No máximo, ia me *des*acalmar.

— Você não tá fazendo nada! A gente precisa fazer algo. Ainda tem nomes no guardanapo. O Parker é real. E ele tá por aí, em algum lugar, com algum rancor de mim. Tem gente morrendo, e a culpa é minha.

Ele inspirou fundo e, sem dizer uma palavra, virou o carro bruscamente em uma estrada lateral e puxou o freio de mão.

— Tá bem, ouça — ele disse, soltando a respiração pelo nariz. — Eu acredito em você, de verdade, Gwen. E acho que você pode estar certa. Parker ainda está por aí, e eu preciso da sua ajuda para descobrir quem ele pode ser, e rápido. Mas, se vamos fazer isso, você precisa parar de sair correndo por conta própria, ok?

Eu assenti.

— Certo — ele continuou. — Precisamos entender por que alguém poderia querer matar as pessoas com quem você saiu.

Pensei em Charlie e sua amizade no Facebook com Colin. Se contasse aquilo a Lyons, ele sairia em mais uma caçada inútil. Eu precisava que ele continuasse focado em encontrar o verdadeiro assassino.

— Acho que o Parker queria que eu encontrasse o Dev na pista de boliche — falei. — Assim como queria que eu encontrasse o Josh. Ele tá tentando me incriminar por isso tudo.

— Mas por quê?

— Eu não sei. Ele ficou me perturbando, querendo um encontro, e eu fiquei enrolando.

Lyons me olhou e balançou a cabeça.

— Acho que isso não chega a ser o bastante para fazê-lo te incriminar por assassinato.

— Você não sabe como são alguns dos caras no Connector — murmurei.

— E quanto à foto? Dev estava com a foto de um ultrassom na mão.

— Estava presa nele quando o encontrei — contei. — A esposa dele tá grávida.

— Mas por que Parker colocaria aquilo nele? — Lyons perguntou.

— Pra dar a entender que eu sou uma assassina louca e ciumenta — falei. — Ele quer fazer parecer que eu saí com o Dev, descobri que ele estava traindo a esposa, a esposa *grávida*, e cortei a garganta dele.

— Deixe-me ver essas últimas mensagens que Parker te mandou — Lyons pediu. — Talvez ele tenha deixado escapar algo, algo que nos diga quem ele realmente é.

Eu o entreguei meu celular e ele deslizou a tela pela conversa entre Parker e eu.

— Não é muita informação — ele disse. — Mas, quem quer que ele seja, de algum jeito, sabe com quem você tem saído.

— Você acha que ele tem me perseguido? — perguntei.

Lyons examinou a tela do celular do mesmo jeito que alguns cachorros encaram uma máquina de lavar centrifugando.

— Talvez. Mas eu tenho outra teoria. Se Parker tivesse acesso aos dados do Connector, ele seria capaz de ver todas as suas conversas aqui, e saberia exatamente com quem você deu match.

— Você acha que ele hackeou o aplicativo? — perguntei. — Dá pra fazer isso?

— É possível. Eu prendi um hacker no ano passado, ele se autodenominava "Maestro", por algum motivo. Começou a carreira criminosa hackeando aplicativos de namoro para colegas de classe no colegial. Em seguida, hackeou o perfil de relacionamento do diretor da escola e o fez dar match com metade dos pais e mães solteiros dos alunos. No final do ano, já estava hackeando perfis do Twitter de celebridades, trocando as senhas, pedindo resgates para devolver. Escapou com liberdade condicional, já que tinha só dezoito anos. Um cara bem inteligente, para ser honesto.

— Aubrey! Você arranjou um informante. Igualzinho a um investigador de verdade. Esse tal de Maestro pode hackear o Connector e descobrir quem o Parker é de verdade, certo? Ou, pelo menos, ajudar a gente a encontrar o Seb. O que tá esperando? Quer aquela promoção pra Metropolitana ou não?

Ele sacudiu a cabeça.

— Em primeiro lugar, nós não vamos hackear nada. Esses dados são protegidos, e nós precisamos seguir os protocolos corretos. Em segundo lugar, o Maestro vive "fora do mapa" hoje em dia, em um iate nas docas, e eu não quero saber como ele pagou por aquilo. Talvez eu devesse te levar pra delegacia, ao menos você ficaria em segurança lá.

— Pro Forrester poder ficar me interrogando até todo mundo nessa lista ser assassinado?

Lyons olhou para mim e suspirou profundamente. Precisei de todas as minhas forças para não agarrar os ombros dele e sacudi-lo até fazer algum bom senso entrar.

— Escuta, *nós* não vamos hackear nada, é o Maestro Misterioso que vai — falei. — As docas ficam a cinco minutos daqui, e você vai precisar do meu celular pra mostrar o perfil do Parker pra ele. Não temos tempo pra seguir os protocolos corretos, você sabe disso. Vamos parar de fingir que você vai me levar pra delegacia. Você precisa da minha ajuda, acabou de falar isso. Então, que tal nós dois irmos pegar esse filho da puta de uma vez?

Lyons soltou o freio de mão e ligou o carro.

— Estou começando a entender por que nenhum desses caras quis sair com você de novo — ele murmurou.

27

Geralmente, sinto certa paz perto de barcos ancorados. Tinha um quê de emoção nas possibilidades de erguer a âncora e partir velejando sem pensar duas vezes. No entanto, basta apenas que os barcos comecem a se mover para que eu rapidamente perca o interesse

Os barcos enfileirados na marina Sovereign Harbour não eram baratos. Boa parte dos veleiros reluzentes parecia valer mais do que os prédios caindo aos pedaços na orla. A caminho dali, Lyons havia ligado para Maestro, que concordou em nos ajudar.

— Aparentemente, o nome do barco é *Náutilo* — Lyons disse enquanto atravessávamos a passagem estreita que cruzava a água, procurando pelo barco certo.

Acomodado entre os veleiros gigantescos, havia um barco de pesca muito menor, revestido de madeira.

— *Aquilo* é o *Náutilo*? — perguntei, apontando o nome pintado na proa em uma fonte em itálico. — Achei que você tinha dito que era um iate!

Lyons deu de ombros, e nós subimos até o convés. Bati na pequena porta da cabine de comando, mas, sem esperar uma resposta, Lyons abriu a porta e entrou. A cabine estava escura, iluminada apenas pelo brilho da tela de um notebook e fileiras de luzes piscantes minúsculas que formavam um grande conjunto de servidores. Na verdade, não havia quase nada na minúscula cabine que não estivesse piscando ou zumbindo baixinho.

Ao seguir Lyons, me ajustando ao balanço suave do barco, senti algo úmido tocar meu tornozelo. Olhei para baixo, já meio em pânico de que estivéssemos naufragando, e vi algo pequeno e peludo lambendo minha perna.

— Rocco! — soltei um gritinho. — O que diabos você tá fazendo aqui?

— Nada de queijo-quente pra você hoje, amigo. Deixa ela em paz — ouvi uma voz familiar dizer dos fundos do barco. Rocco parou de tentar comer meu Converse e trotou obedientemente em direção a voz.

— Gwen, este é Jamal Childs, também conhecido como Maestro — Lyons falou. — Ele vai bisbilhotar um pouquinho o Connector para nós.

— De maneira totalmente lícita e dentro das leis, é claro. — Jamal sorriu, girando em sua cadeira para nos cumprimentar. — Um prazer rever você, Gwen.

Fiquei completamente paralisada, de queixo caído e o encarei. Jamal, meu mais leal (e geralmente único) cliente, era o mestre hacker secreto de Lyons?

— Espera, vocês se conhecem? — Lyons perguntou.

— Sim, ele passa o tempo lá no food truck pra roubar meu Wi-Fi. — Passei os olhos pela cabine. — Então é *aqui* que você mora?

— Bom, depois que seu amigo — ele apontou Lyons — livrou minha cara com a liberdade condicional, meus pais me expulsaram de casa. Então, esta é minha nova "base de operações".

— E você é mesmo o Maestro? — debochei. Com os mocassins de veludo e o punhado de pelos faciais estilizados com habilidade, ele parecia mais um aspirante a modelo da Abercrombie & Fitch do que um cibercriminoso. — Então é pra isso que fica usando minha internet, pra hackear o Banco da Inglaterra? Não é à toa que tá sempre tão lenta.

— Eu sou, na verdade, mais um "hacktivista" do que um criminos... — Jamal começou.

— Desculpem por interromper o reencontrinho de vocês, mas não temos tempo pra isso — Lyons interveio. — Jamal, temos motivos para acreditar que alguém pode estar usando o aplicativo Connector para conduzir atividades criminais.

— Opa, calma aí — Jamal falou. — Esse tipo de conversa termina em ação judicial. Desenvolvedoras tipo a Dragon, que criou o Connector, não podem ser responsabilizadas por quaisquer danos que aconteçam aos usuários do aplicativo. Tá tudo nos termos legais.

— Três pessoas morreram, sr. Childs, e uma está em cuidado intensivo no momento — Lyons retorquiu. — Não estou interessado em termos legais, estou interessado em salvar vidas.

Meu papinho motivacional no carro deve ter funcionado, porque eu estava testemunhando um lado inteiramente novo do Leãozinho. Um lado que até me agradava.

Jamal se remexeu levemente na cadeira.

— Sinto muito. Que falta de educação, a minha. Gostaria de uma fruta, investigador? — ele disse, indicando com um gesto uma tigela de maçãs e bananas sobre a mesa.

Lyons o ignorou. Ergui meu celular e mostrei a ele o perfil de Parker.

— Precisamos descobrir quem criou este perfil — falei.

Jamal virou-se para a tela, estreitando os olhos, e tornou a olhar para Lyons.

— Tem certeza de que isso é assunto da polícia? — ele perguntou. — Não sei se eu devia estar fazendo isso, com a minha condicional e tudo mais...

Lyons inclinou a cabeça.

— Falando em assunto da polícia, talvez eu devesse contar ao inspetor Forrester exatamente o que você tem aprontado na sua centralzinha de comando costeira?

— Olha, eu sou só um técnico de informática, parceiro. Eu arrumo *bugs* — Jamal disse, erguendo as mãos.

— É mesmo? E para que exatamente você tem usado o endereço de IP da Gwen, hein? — Lyons perguntou.

Jamal mexeu com os óculos.

— Escuta, qualquer informação dos usuários que a Dragon mantenha é resguardada por leis de proteção bem rigorosas. Seria completamente ilegal extrair dados desse tipo.

— Certo, Jamal, nós entendemos. Agora que tiramos todos os avisos legais do caminho, você consegue nos ajudar, ou eu vou precisar começar a puxar umas tomadas por aqui? — Lyons ameaçou.

Jamal pegou uma maçã da tigela de frutas e deu uma mordida generosa.

— Resposta curta: não — ele disse. — Digo, eu queria poder, mas não é tão simples assim.

— Do que você tá falando? — Lyons disse. — Quando te prendemos, você estava fazendo todos os seus amiguinhos darem match com modelos do Instagram. Eu sei que consegue hackear o aplicativo, Maestro.

— Bom, isso é completamente diferente, meu amigo. Eu apenas aprendi como manipular os algoritmos, tornando assim meus sócios altamente desejáveis, o que resulta em um maior índice de matches de elite.

— Traduza, por favor — Lyons pediu.

— Ele tá dizendo que aumentou as chances de os amigos darem match com determinadas pessoas — falei.

Lyons pensou por um instante.

— Então alguém poderia ter manipulado o aplicativo para dar combinações específicas à Gwen? — ele perguntou.

Puxei o guardanapo de meu bolso traseiro e mostrei a Jamal os nomes rabiscados com esferográfica.

— Tipo esses caras?

— Bom, não exatamente — Jamal disse. — Vejam bem, todos esses aplicativos de relacionamento funcionam com base em algoritmos. Claro, todos têm a aparência um pouco diferente, mas, por baixo da superfície de fontes engraçadinhas e logos de cupido, são todos iguais. Te mostram uma seleção aleatória de perfis de pessoas que se enquadram em seus critérios, ou seja, idade, localização, gênero, e você então pode simplesmente deslizar para um lado ou para o outro, dizendo "sim" ou "não". Se duas pessoas dizem "sim" uma à outra, ocorre o match e os dois podem conversar. O sistema é simples.

— Nós sabemos como aplicativos de relacionamento funcionam, Jamal — Lyons disse com firmeza.

Pigarreei alto e lancei um olhar cortante a ele.

— É claro que sabem — Jamal continuou. — Como qualquer aplicativo, eles são "gamificados" para ficarem viciantes e te deixarem com vontade de continuar usando. A aleatoriedade aparente dos perfis que você vê acrescenta um fator de casualidade estimulante e a ideia de que, assim como nos filmes, o romance é um poder mágico que só o próprio São Valentim é capaz de controlar. A "Pessoa Certa" pode estar bem ali, na próxima esquina, ou, nesse caso, no próximo match. — Jamal deu outra mordida na maçã. — Mas, na verdade, todos eles têm um algoritmo secreto integrado, programado para manter os usuários presos nesse pesadelo kafkiano. Logo que você abre o aplicativo, ele joga na sua cara todas as pessoas mais atraentes e que ganham mais likes, te iludindo a pensar que a cidade está repleta de solteiros lindos e desesperados por dois drinques constrangedores em um bar barulhento. As endorfinas que disparam pelo seu cérebro quando aquela mensagem de "match" aparece no seu celular te fazem continuar a deslizar, igualzinho ao que acontece alinhando três cerejas ou fazendo o Mario pular em um daqueles cogumelos.

— E quem é que decide quem é ou não atraente? — perguntei. — Quem é o avaliador do concurso de beleza?

— Empresas como a Dragon Ltda. criaram uma definição universal de atração. Eles conseguem usar lógica dedutiva para classificar as pessoas em uma escala de interesse.

— Uma o quê? — perguntei.

— É chamado de algoritmo Elo — Jamal continuou.

— Ah, sim, já ouvi falar disso — Lyons disse. — É a mesma coisa que usam pra classificar jogadores de xadrez.

— Eu sabia! — exclamei, socando o braço dele. — Sabia que você tinha algum passatempo nerd.

Jamal finalmente terminou de mordiscar sua maçã e atirou o miolo pela janela aberta. Ouvi o barulho quando a fruta acertou a água. Ele girou em sua cadeira e esticou a mão novamente para a tigela.

— Aqui, vou mostrar a vocês.

Ele pegou algumas bananas na tigela. Havia três ou quatro amarelo-esverdeadas, e o restante estava começando a ficar marrom. Ele as misturou e as dispôs em uma linha vertical na mesa. Rocco ergueu os olhos para mim, esperançoso.

— Qual delas você escolheria?

Apontei uma das mais amarelas.

Jamal a moveu para o topo da fileira.

— E o que você me diz desta, investigador? — Jamal balançou outra banana amarela na direção de Lyons.

— Eu comeria — Lyons respondeu.

Jamal colocou aquela banana sob a que eu escolhi.

— Todo mundo começa com a mesma pontuação — ele disse. — Mas, se alguém gosta de você e desliza pra direita, isso informa o computador que você é atraente e você ganha um ponto.

Jamal pegou uma das bananas que escureciam e a colocou no fim da fila.

— E se te acharem feio e deslizarem pra esquerda, você cai nas classificações.

— Por que a minha banana ficou abaixo da banana da Gwen? — Lyons perguntou.

— Sua pontuação é avaliada pelo atrativo das pessoas que dizem "sim" pra você. Então, ganhar um sim do Ryan Gosling vale mais pontos do que, digamos...

— Desse cara aqui — falei, apontando o polegar para Lyons.

Ele me ignorou.

— E assim por diante — Jamal disse, pegando o restante das bananas amarelas e as movendo até o topo, uma por uma. — Até chegarmos nesse ponto.

Ele indicou a fileira de frutas. Todas as amarelas estavam no topo, e as de cor marrom estavam no fim.

— Ugh. — Fiz uma careta. — Então, quanto mais gente te jogar pra direita, melhor a sua pontuação?

— Sim — Jamal falou. — E se sua pontuação for baixa e você deslizar pra direita alguém de pontuação alta, não apenas essa pessoa sobe na classificação, como você também cai. O que é de qualidade se eleva até o topo, como com essas bananas.

Jamal voltou a girar para ficar de frente com seu notebook e começou a digitar.

— O algoritmo te categoriza com base em quem você desliza pra direita — ele prosseguiu. — E, se fizer isso com todo mundo, você é penalizado severamente por não ser seletivo.

— Então, se eu tô deslizando aqui, achando todos os caras que aparecem horrorosos, é porque o aplicativo acha que *eu* não sou atraente e tá me entregando pessoas com a mesma avaliação? — perguntei.

— Você precisa ter um gosto específico que eles possam quantificar — Jamal explicou. — Em um sistema Elo, é muito, muito difícil subir nas classificações uma vez que se tem uma pontuação ruim.

— Então o aplicativo só funciona se você for jovem, bonita e sem medo de exibir os peitos? — instiguei com desdém. Não sei por que estava surpresa. Aplicativos daquele tipo eram sempre desenvolvidos por homens heterossexuais e de classe média, então, é claro que atenderiam aos gostos deles. — Basicamente, se não se encaixar no estereótipo de beleza convencional, você tá lascado?

— Isso. Mas o Connector não é o único — Jamal falou. — Todos os aplicativos de relacionamento funcionam assim. Um modelo de um metro e oitenta e cinco com barriga de tanquinho vai sempre estar mais no alto do que uma pessoa engraçada, interessante e normal. É por isso que eu não entro nesse negócio nem morto.

Me senti levemente ofendida.

— Pense dessa maneira: imagine a pessoa que você mais ama no mundo — Jamal tentou.

Não pude evitar pensar em Noah.

— Você conseguiria reduzir essa pessoa a cinco fotos? — ele continuou. — Consegue sintetizar tudo que ama nessa pessoa em nada mais do que um punhado de fotos?

Ele ergueu os óculos na ponte do nariz.

— É impossível, mas esses aplicativos *precisam* reduzir as pessoas às suas características mais básicas. Isso porque nossos cérebros são concebidos para selecionar entre apenas cinco a dez opções. Na natureza selvagem do Serenguéti, o *Homo sapiens* não tinha cem opções, tinha mais ou menos cinco, e quatro delas resultariam em morte. É por isso que humanos têm viés negativo. O cérebro é feito pra ser desconfiado, pra não se arriscar. Pra deslizar pra esquerda. Porque, lá atrás, basicamente qualquer pessoa poderia ser um inimigo, até aqueles que você achava serem seus amigos. Era *preciso* estar alerta, porque senão… — Jamal deslizou um dedo pela garganta.

— Então, que tipo de perfil se sai bem? — Lyons perguntou.

— De acordo com a pesquisa da Dragon, as três coisas que solteiros mais buscam nos perfis são dentes bonitos, boa gramática e autoconfiança. Dentes mostram que você é saudável, ortografia correta mostra sua educação e, por tabela, sua classe social. E a autoconfiança prova que você é psicologicamente estável. Portanto, qualquer perfil que apresentar essas características tende a subir ao topo.

— Estabilidade psicológica? — Lyons arqueou uma sobrancelha.

— Basicamente, seres humanos são atraídos por pessoas felizes — Jamal falou.

Exibi meu melhor sorriso para eles.

— Me deem um segundo — Jamal pediu. O notebook dele zumbia baixinho conforme ele digitava depressa. Alguns minutos depois, uma planilha repleta de nomes e números apareceu na tela.

— Aqui, deem uma olhada nisso — ele falou. — Temos aqui todos os perfis no Connector em um raio de cinquenta quilômetros, junto de suas pontuações.

— Pontuações? — perguntei.

Jamal pegou uma das bananas amarelas da mesa e começou a descascá-la.

— Todos vocês têm uma pontuação. — Ele sorriu para mim. — Seu sobrenome é Turner, certo?

Assenti com a cabeça.

Ele digitou no teclado e, de repente, meu nome apareceu na tela.

— Aqui está — ele falou. — Gwen Turner, mil e quatro, nada mau.

— O que diabos isso significa? Eu sou a milionésima quarta mulher mais popular do Connector? — Não tinha cem por cento de certeza se aquilo era muito bom ou muito ofensivo.

Coloquei o guardanapo na mesa, cruzei os braços e pensei por um instante.

— Espera, eu sou uma banana amarela ou marrom?

Jamal sorriu.

— Olha, você tá na posição mil e quatro no distrito inteiro, isso provavelmente significa o top 10 em Eastbourne.

Pensei no assunto e fiquei levemente menos ofendida.

— Espera — Lyons disse, agarrando o guardanapo. — Esses nomes estão nessa sua planilha?

— Vou precisar de um pouquinho mais do que só os primeiros nomes deles — Jamal falou.

Tirei meu celular do bolso e mostrei a ele as capturas de tela dos perfis.

— Vou ver o que consigo fazer — Jamal respondeu e voltou a girar para encarar o computador.

Ele digitou por alguns minutos antes de se inclinar para trás e coçar o queixo.

— Bom... todos eles estão bem altos na verdade, próximos do topo absoluto — ele comentou, pensativo, enquanto analisava a tela. — Mas isso não significa que não mereçam essa posição. Talvez só sejam caras ultragostosos com dentes bonitos e gramática perfeita?

Lyons olhou para mim.

— Negativo — falei, sacudindo a cabeça. — E nenhum parecia muito estável psicologicamente, também.

— Você acabou de explicar, com muitos detalhes, como só os melhores perfis chegam ao topo, como nossos cérebros rejeitam naturalmente qualquer um que pareça duvidoso. Então, não acha um pouco estranho — Lyons pontuou

— que as cinco pessoas nesta lista, três das quais estão mortas, estejam no topo da planilha, sr. Childs?

— Tô dizendo, não é qualquer um que consegue hackear esse sistema — Jamal falou.

— Mas só digamos que, se alguém *colocasse* essas cinco pessoas artificialmente no topo da classificação, existe uma chance enorme de que eu os veria — falei.

— Ver, sim, mas nenhuma garantia de que vocês dariam match — Jamal respondeu.

— Hmm, bom, é, mas, pra ser bem honesta, eu não estava sendo muito exigente com quem eu deslizava pra direita.

— Você contornou o viés negativo do seu cérebro, Gwen. E, como estava saindo com basicamente todo mundo com quem dava match no aplicativo, tudo que o "Parker" precisava fazer era observar em que ordem você encontrava as pessoas — Lyons me disse.

— Err, tá, não era com "todo mundo". — Olhei feio para ele.

Ocorreu a mim que, durante todo aquele tempo, eu pensava que estava escolhendo canalhas, que simplesmente tinha um discernimento horrível ou que, magicamente, de alguma forma, atraía embustes, como se fossem tudo que eu merecia. Mas não, eles estavam sendo servidos a mim por homens que estavam burlando o sistema para conhecer mulheres.

Lyons virou-se para Jamal de novo.

— Falando em Parker, o perfil dele está na sua planilha?

Ergui meu celular em frente ao rosto de Jamal para mostrar a ele.

— Deixe-me ver, um nome bem pouco comum — Jamal observou, apertando algumas teclas no computador. Três perfis com nome "Parker" apareceram na tela, e ele clicou naquele com a mesma foto de perfil.

— Aqui está ele — Jamal falou. — Cara bonitão.

— Quais informações aparecem aí? — Lyons se inclinou para perto, com urgência. — Endereço de IP, detalhes de contas bancárias? Qualquer coisa?

— Só o endereço de e-mail que ele usou pra se registrar no aplicativo.

— Qual o e-mail? — perguntei.

— PrincipeEncantado007@rajakov.net — Jamal falou.

— Uau — falei. — Será que "PresentedeDeus69" já tinha sido usado?

— Nós conseguiríamos usar isso pra entrar na conta dele? Chutar a senha? — Lyons perguntou.

Jamal deu de ombros.

— Vocês podem tentar. A maioria das pessoas escolhe senhas óbvias, algo pessoal para elas, algo de que gostem muito e que seja fácil de lembrar. O que mais vocês sabem desse cara?

— Hm, que ele gosta de sorvete de passas ao rum e de filmes do Christopher Nolan? — sugeri.

— Tudo no perfil dele é provavelmente falso — Lyons falou. — Nós não sabemos nada sobre ele.

— Posso dar uma olhada na atividade dele no aplicativo, ver o que mais ele tem feito por aqui...

Jamal digitou mais um pouco e mais números surgiram na tela.

— Estranho, diz aqui que ele só tem um match — ele disse, apertando Enter.

De repente, meu rosto preencheu a tela.

— Ah — Jamal falou. — É você.

28

Jamal seguiu digitando enquanto eu encarava meu próprio rosto idiota, sorrindo e segurando minha tequila no ar, sem uma única preocupação na mente.

— Então, não apenas esse tal de Parker só conversou com a Gwen, ele nunca sequer deslizou pra direita pra mais ninguém. Diz aqui que os parâmetros de distância dele sempre estiveram definidos para 0,8 quilômetro, o mínimo que o aplicativo permite. Tenho que dizer, parece muito que ele estava tentando dar match com uma pessoa específica.

— Comigo — falei em voz baixa, me afastando do computador. De repente, sentia mais frio do que tivera do lado de fora.

Lyons puxou uma cadeira e se sentou ao lado de Jamal.

— Então é alguém que conhece ela? — ele perguntou.

— Ou alguém que *quer* conhecer ela? — Jamal respondeu. — Sabe, tipo, talvez tenha reparado na Gwen em um bar, gostou do que viu e foi conferir se ela estava no aplicativo. E, bingo, ela estava.

— Você consegue saber quando ele deslizou pra direita? — Lyons continuou.

— Não, apenas quando ele e Gwen deram o match, dois dias atrás, às oito e quinze da noite. Ele pode ter deslizado pra direita em qualquer momento antes disso.

Rocco farejou minha perna enquanto eu olhava fixamente pela janela do barco. Aquilo não estava nos levando a lugar algum.

— Jamal, consegue verificar mais um nome pra mim? — perguntei.

— Manda ver — ele respondeu.

— Charlie Edwards.

Os olhos de Lyons foram rapidamente até os meus, mas eu evitei o olhar e observei Jamal digitar em seu computador.

— Nenhum perfil registrado sob esse nome — ele falou. — Foi mal.

Eu dei as costas para a tela e fui na direção da porta da cabine.

— Ei, aonde você vai? — Lyons quis saber, olhando por cima do ombro.

Do lado de fora, nas docas, parei para assistir ao sol começar sua longa descida, lentamente tornando o céu laranja enquanto mergulhava na direção do horizonte.

A chuva havia parado, mas um vento frio sacudia os cordames dos veleiros, e eu subi o zíper de meu moletom até o topo. Por algum motivo, não me senti nada aquecida. A ideia de alguém me observando, me seguindo, machucando outras pessoas por minha causa, me causava vertigens. Segundos depois, Lyons me alcançou.

— Terminamos? — perguntei.

— Sim — ele respondeu. — Sinto muito, deve ter sido um pouco esquisito para você.

— Essa coisa toda é esquisita pra mim — eu disse. — E não parece que estamos nos aproximando nem um pouquinho do Parker. Alguma daquelas planilhas ajuda a gente de fato?

— Bom, sabemos que todos esses homens têm classificações extraordinariamente altas no Connector. — Ele me devolveu o guardanapo.

— Mais altas do que deveriam — falei, guardando o papel no bolso. — Vai por mim, eles *não* eram incríveis assim.

— Eles podem ter manipulado as próprias classificações de alguma forma. Jamal falou que era possível.

— E daí se fizeram isso? E daí se eles enganaram o aplicativo? O próprio aplicativo estava enganando todo mundo! É um sistema horrível, que premia a superficialidade. Merece ser hackeado. — Comecei a me afastar dele, caminhando pelas docas.

— Falou a srta. Mil e Quatro — Lyons zombou.

Me virei e olhei feio para ele.

— De qualquer jeito, o Jamal falou que só alguém do tipo mestre hacker seria capaz disso. Digo, sem ofensas, mas acho que os caras com quem eu saí não lembravam nem das próprias senhas do Facebook, que dirá passar pela cibersegurança de uma empresa de tecnologia multinacional.

— Bom, certo, e se eles não manipularam o aplicativo, então? — Lyons sugeriu.

Eu ri.

— Eu já te falei, nenhum desses caras deveria estar pau a pau com o Ryan Gosling nem com o Ryan Reynolds. Com *nenhum* dos Ryans, pra ser honesta. Com certeza tem algo de errado com as classificações deles.

— Não, o que quero dizer é... e se foi outra pessoa que fez isso? — Lyons continuou. — E se alguém manipulou as classificações deles sem que eles soubessem?

— Mas por quê?

— Para colocá-los no seu campo de visão — ele respondeu. — Talvez alguém esteja usando o aplicativo para conectar você a esses homens em particular. Talvez quem quer que esteja fazendo isso esteja tentando te mandar uma mensagem.

— Bom, nesse caso, preferia que só me ligassem e dissessem. Não sou muito boa em ler nas entrelinhas.

— É, eu tô vendo — ele retrucou, quase inaudivelmente.

— E agora? Chegamos num beco sem saída.

— Na maioria dos casos de homicídio, o criminoso conhece a vítima. Então, quem conheceria todos esses homens *e* você?

— Não consigo pensar em ninguém que eu conheça que emane um astral de psicopata.

— Psicopatas não emanam astral nenhum, Gwen. Eles *parecem* perfeitamente racionais. Não saem por aí balançando um estilete sujo de sangue em plena luz do dia. São mais espertos. Você disse que achava que o Parker estava tentando te incriminar, então, deixe-me perguntar mais uma vez: você *tem certeza* de que nunca irritou alguém?

— Ah, Aubrey — respondi, me virando e apoiando o corpo no gradil das docas. — Eu já irritei *muita* gente.

Ele me olhou, inexpressivo.

— Mas ninguém que eu acredite que seja capaz de cometer um assassinato, tá bom? — falei. — Acho que você vai precisar arranjar uma teoria nova, investigador.

Ele pensou por um instante.

— Certo, então, talvez o Parker não seja alguém que você irritou, talvez seja o contrário: alguém que gosta demais de você. Por que você perguntou ao Jamal sobre o Charlie Edwards? É o seu funcionário na cafeteria, não é?

Cerrei os dentes.

— Tem algo que eu devia te contar.

— Vá em frente.

— Então, sabe o Colin Parker, o cara cujo escritório eu invadi hoje cedo e acusei de ser um serial killer?

— Sim, Parker roubou as fotos dele para o perfil do Connector.

— Bom, ele é amigo do Charlie no Facebook — contei.

Lyons inflou as bochechas.

— E você não pensou em me dizer isso antes?

— Porque tem que ser uma coincidência. Eu posso te dizer, com toda a certeza, que o Charlie não é o Parker. O cara só quer saber de beber matchá e ouvir jazz da Etiópia. Matar gente não é nem um pouco o estilo dele.

Lyons se apoiou no gradil, imerso em pensamentos, enquanto eu fiquei chutando musgo no píer com meu tênis.

— Seu guardanapo. Tinha outro nome nele, não é? Você arrancou o pedaço — Lyons afirmou. — Era o Charlie?

— Não — falei com firmeza. — Não tem nenhum outro nome, Aubrey. Eu já te disse. E o Charlie é só um amigo. Ele não é um assassino. Não é o Parker. E eu nunca saí com ele, tá bem?

— Você contou ao Charlie todos os detalhes dos seus encontros, então, ele teria bastante informação se quisesse localizar os caras — ele comentou. — E eu reparei que ele desapareceu bem rapidinho quando você falou que eu era da polícia, então, fiz uma verificação de antecedentes criminais.

— Você puxou os antecedentes criminais dele? — perguntei, surpresa.

— Nós puxamos os antecedentes criminais de todos os seus amigos, Gwen. Precisamos checar tudo. Faz parte do trabalho.

— Parte do trabalho que você começou a fazer há dez minutos. — Bufei, cruzando os braços.

— Você tem sentimentos pelo Charlie? — ele perguntou.

— Sentimentos? Não, vovô. Vai me perguntar se ele tá me cortejando agora?

— Você me entendeu.

— Não, não vejo ele desse jeito. Ele tá mais pra um irmão mais novo — respondi.

— Gwen, ele é só três anos mais novo do que você, certo?

Me encolhi. Ele tinha investigado mesmo.

— Bom, olha, acho que é possível que ele tenha uma quedinha por mim, só um tiquinho. Sou a chefe dele, ele deve me admirar, não é? Além do mais, nós dois ficamos presos juntos em um caminhão o dia inteiro, então seria ou flertar comigo ou ficar encarando o mar por oito horas.

— Então ele *realmente* flerta com você?

— Tá bom, sim, às vezes, talvez, mas grande parte é só bobeira, entende? Eu nem tenho cem por cento de certeza que ele é hétero, agora que paro pra pensar.

— Você não acha que o Charlie pode ficar com um "tiquinho" de ciúme quando você sai nesses encontros todos?

— Com ciúme o bastante pra matar três pessoas? Não. Simplesmente não acredito nisso. O Charlie não machucaria um mosquito. Na verdade, tenho quase certeza de que ele acha que vai reencarnar como um mosquito.

— Ele trabalhava com programação antes, você sabe disso, não é?

— Sei — respondi. — Mas ele desistiu disso, pra vir trabalhar com...

— Com você — Lyons completou. — Você nunca se perguntou por que um cara que ganhava mais de setenta mil por ano desistiu de tudo pra servir café em um caminhão de sorvete?

— Hã, não, porque trabalhar comigo em um caminhão de sorvete é muito legal — respondi.

— Charlie foi demitido do emprego como programador.

Meus olhos se arregalaram.

— O quê? Ele nunca me disse isso. Ele falou que tinha cansado de trabalhar pra empresas capitalistas. O que ele fez?

— Parece que ele assinou um acordo de confidencialidade com a empresa, então não sabemos exatamente o que aconteceu — Lyons falou. — Mas acordos desse tipo nunca significam nada de bom.

Ficamos em silêncio novamente por um momento, o vento chicoteando nossas pernas. A água ondulava abaixo de nós, refletindo um misto de luz vermelha, azul e branca da cidade acima. Eu estremeci.

Lyons apertou o botão da chave de seu carro.

— Eu preciso falar com o Charlie, agora mesmo — ele decretou, marchando até o Fiesta.

Corri atrás dele.

— Espera, você não acha mesmo que ele pode ter alguma coisa a ver com isso, acha? — perguntei. — Ele é totalmente da paz, até gosta de gaivotas. E a gente acabou de conferir, ele não tem um perfil no Connector.

Lyons não olhou para trás.

— Ele não tem um perfil com o próprio nome — ele respondeu. — Mas isso não quer dizer que não tenha um.

— Ele não é o Parker! — exclamei. — E quanto ao Seb? Ele é a próxima pessoa no guardanapo, precisamos encontrá-lo.

— Sim. E eu acho que existe uma chance de o seu amigo Charlie saber a localização dele — Lyons falou. — Onde o Charlie está agora?

Olhei para meu relógio.

— Ele ainda deve estar no caminhão, provavelmente se perguntando onde diabos eu tô. Mas, escuta, eu tô te dizendo, ele não tem nada a ver com...

— Vou te deixar na delegacia no caminho — Lyons informou, segurando a porta do carro aberta.

Tombei minha cabeça para o lado.

— Ah, fala sério, acho que a gente já passou do ponto desses joguinhos, Aubrey — falei, sentando no banco do passageiro. — Eu vou com você.

29

Quando chegamos no Calpaccino, o sol estava se pondo, e as poucas e dispersas pessoas passeando com cachorros começavam a ir para casa. Estacionamos na Royal Parade e caminhamos até os arredores do caminhão.

Bati duas vezes com o punho na lateral do veículo.

— Charlie! — gritei, espiando pela janela do caminhão. — Vem cá.

Charlie estava com a cabeça apoiada nos sacos de grãos de café, o boné de beisebol cobrindo os olhos. Olhei de relance para Lyons, quase me desculpando por ele.

— Charlie! — gritei novamente. — Temos visita.

Ele se endireitou rapidamente, tirou o boné, abriu a janela e colocou a cabeça para fora.

— É dia de trazer o namorado pro trabalho, é? — Charlie quis saber, encarando Lyons com uma sobrancelha arqueada. — Onde você andou a tarde inteira?

— Confia em mim, você *não vai* querer saber. Charlie, este é o *investigador* Lyons. Lembra? O policial investigando aqueles assassinatos de que eu te contei — falei, antes de articular silenciosamente "FICA DE BOA" pelas costas de Lyons.

— Eu tô de boa — Charlie retrucou em voz alta, antes de dar por si. — Ah, foi mal, certo. Entendi. Tá tudo bem? Querem um café?

Ele endireitou o avental e fez uma tentativa de mostrar um sorriso cativante.

— Relaxa, ele só quer te fazer umas perguntas, Charlie — falei.

— Na verdade, vou querer um sorvete Mr. Whippy, por favor — Lyons pediu, avaliando o menu na lousa pendurada atrás de Charlie.

— Você tem mesmo tempo pra isso? — Olhei para Lyons como se ele estivesse louco.

— Eu assumo a partir daqui, Gwen. Que tal esperar no carro? — Lyons se dirigiu a mim antes de se voltar para Charlie. — Com adicional de calda de morango, por favor.

— Hm, certo, tá — Charlie respondeu, apertando o frasco de calda sobre a casquinha de sorvete que pingava.

Quando comecei instintivamente a tirar as xícaras vazias das mesas, Lyons me lançou um olhar afiado.

— Vá para o carro agora, por favor, srta. Turner — ele ordenou com firmeza, voltando-se em seguida para Charlie.

Desci na direção do Ford Fiesta surrado, tentando bisbilhotar enquanto Lyons começava seu interrogatório, perguntando a Charlie há quanto tempo ele trabalhava ali e há quanto tempo me conhecia. Mas, no instante em que abria a porta do passageiro, o ouvi dizer:

— Como é a sua relação com Gwen?

Olhei para o caminhão, vendo Lyons se inclinando sobre o balcão. Em vez de entrar no carro, fechei a porta devagar e dei meia-volta antes que ele pudesse me ver. Sorrateiramente, contornei até o outro lado do caminhão e apertei o corpo contra ela.

— Minha relação com a Gwen é ótima, obrigado — ouvi Charlie dizer. — Ela é legal. Somos parceiros, vamos juntos aos pubs. Considero ela uma amiga. Uma boa amiga.

— Talvez mais do que isso? — Lyons sugeriu.

— Quê? De jeito nenhum, cara. Ela é minha chefe.

— Então você não sente atração por ela?

Senti minhas bochechas corarem.

— Não! — ele respondeu, um pouquinho alto demais para o meu gosto.

— Robert Hamilton. Frederick Scott. Joshua Little. Dev Desai. Você conhece esses homens? — Lyons perguntou a ele.

— Só porque a Gwen estava suspirando com as fotos deles no Connector. São os caras com quem ela saiu, não é? — Charlie questionou. — Ela me disse que foi na delegacia falar com vocês sobre isso. Ela me usou como álibi, ou algo assim? Eu posso confirmar que ela estava aqui trabalhando todos os dias na semana passada.

— E *você*, onde estava na semana passada?

— Como assim? — Charlie gaguejou. — Você não tá achando que...

— Eu simplesmente gostaria de saber onde você estava nesses dias — Lyons falou, puxando sua caderneta.

— Que porra é essa? Por que eu machucaria alguém? Nunca nem vi essas pessoas — Charlie disse, a voz estridente.

— Porque, talvez, você não estivesse gostando de ter concorrência? Ou, quem sabe, porque achou que esses caras não estavam tratando sua amiga muito bem?

— Como é que é? — Charlie riu. — Você acha que eu fiz isso porque gosto da Gwen?

— Ah, então é *verdade* que você sente atração pela Gwen?

— Mesmo se fosse — Charlie continuou —, não acho que a melhor tática de conquista seria sair por aí assassinando os ex-namorados dela.

Apertei meus punhos e me segurei para não esmurrar a traseira do caminhão.

— Não. São. Meus. Ex. Namorados — articulei sem usar a voz.

— Como você conhece Colin Parker? — Lyons perguntou a Charlie.

— Quem? — ele retrucou.

— Você é amigo no Facebook de um tal de Colin Parker. Conhece ele ou não?

— Eu não entro no Facebook há anos — Charlie falou. — Não é bem minha praia. Talvez eu tenha trabalhado com ele ou coisa do tipo. Por que isso é importante?

— Achamos que mais vidas podem estar em perigo e precisamos descobrir a verdade — Lyons disse com austeridade. — É fundamental que localizemos Sebastian Hunt.

— Por que eu saberia onde ele tá?

— Você sabe a localização dele ou não? — Lyons insistiu.

— Do que exatamente você tá me acusando, investigador? — Charlie vociferou.

— Permita-me esclarecer a você, Charles. Três pessoas foram assassinadas, e você não apenas sabia quem elas eram, como também tinha um motivo.

— É isso que vocês chamam de motivo hoje em dia? — Charlie indagou, a voz ficando mais alta. — Uma paixão inexistente pela minha chefe?

— Você tem sentimentos românticos por ela ou não? — Lyons perguntou.

— Eu não sou obrigado a responder suas perguntas, na verdade, não é? — Eu podia notar que Charlie estava ficando muito irritado. A única outra pessoa com que já tinha o ouvido ficar tão aborrecido foi o cliente que disse que nossos cookies de creme de amêndoa tinham gosto de cocô de cachorro pasteurizado.

— Você será obrigado se eu te pedir para vir à delegacia para dar um depoimento completo — Lyons informou. — Que tal só me mostrar seu celular e nós podemos encerrar isso agora mesmo?

— Não — Charlie respondeu. — Por que quer ver meu celular?

— Você tem o Connector baixado nele? — Lyons perguntou.

— Não.

— Prove — Lyons exigiu.

Chega, eu já tinha ouvido o bastante. Mesmo que aquela briga de egos estivesse sendo até que divertida, ela não estava nos levando a lugar algum. Respirei fundo e contornei o caminhão até a frente.

— Só mostra de uma vez pra ele, Charlie — falei. — Eu sei que você não tem o aplicativo aí.

— Gwen! — Lyons esbravejou. — Quanto tempo faz que você está aí? Eu te disse pra esperar no carro.

— Você disse mesmo, é verdade. E, ainda assim, de algum jeito, cá estou eu. Agora, Charlie, mostra logo seu celular pro investigador bonzinho e nós todos poderemos seguir em frente depois dessa perda de tempo descomunal.

Charlie suspirou, puxou o celular, digitou a senha e mostrou a tela para Lyons.

— Toma — ele disse, deslizando a tela para podermos ver todos os aplicativos ali. — O aplicativo de delivery, o de mapas, até a porra do horóscopo.

Lyons examinou a tela do celular enquanto Charlie ia e voltava em seus aplicativos.

— Tá feliz agora? — Charlie perguntou, enfiando o celular de volta no bolso do avental. — Jesus amado, cara, não tô nem aí pra nenhum dos caras com quem a Gwen saiu. Só queria que ela encontrasse alguém de quem goste de verdade e, quem sabe, até conseguisse um segundo encontro. Mas parece que nenhum desses palhaços valia a pena. Na verdade, acho é que alguns tiveram o que mereciam.

— Charlie! — exclamei, genuinamente chocada. Definitivamente não era do feitio dele. *Nada daquilo era do feitio dele.*

— Devo dizer, sr. Edwards, você não está soando exatamente como um homem que não assassinou ninguém — Lyons observou.

Charlie arrancou o avental e o atirou no balcão.

— Vai pro inferno.

Com isso, ele abriu a porta do caminhão, desceu e saiu pisando duro na direção da cidade. Quando chegou na rua, virou a cabeça na nossa direção.

— Ah, Gwen, a propósito, vou folgar amanhã. Pode considerar um "dia de saúde mental" — ele gritou enquanto desaparecia em meio aos pedestres que iam e vinham.

Encarei Lyons.

— Acho que toquei na ferida. — Ele deu de ombros.

— Mandou bem, Sherlock. Eu ainda vou precisar pagar ele, sabia? E você nem tocou no seu sorvete.

Lyons pegou cuidadosamente o Mr. Whippy com um guardanapo e o deixou cair no lixo ao lado do caminhão.

— E aí, vai prender ele? — perguntei.

Lyons suspirou

— Não.

— Ótimo — falei, entrando no caminhão.

Enchi a máquina maligna de expresso com grãos frescos e apertei o botão. Meu corpo clamava por dopamina e batatinhas, e eu não passaria nem mais um minuto negando aquilo a ele. Enquanto a máquina acordava, zumbindo, agarrei um pacote de algum tipo de chips artesanais de pimenta moída e comecei a comer.

— Sinceramente, acho que você tá batendo na porta errada — comentei a Lyons, servindo dois expressos em copinhos de papel. — O cara mal tem energia pra varrer em volta do caminhão, que dirá esfaquear alguém.

Me inclinei pela janela e estendi uma dose de café.

— É o que veremos — ele disse, ignorando o espresso, erguendo o avental de Charlie e tirando o celular do bolso.

— Cacete — falei. — Charlie, seu idiota.

Lyons começou a rolar a tela, observando os aplicativos no celular de Charlie.

— Como você desbloqueou? — perguntei. — E a senha?

— Simples: quando ele desenhou o padrão para desbloquear o celular, deixou uma marca de gordura na tela — Lyons explicou. — Que sorte que ele estava com os dedos grudentos.

— O sorvete — murmurei ao entender a situação. — Então te ensinaram alguma coisa na escola de detetives, no fim das contas.

— No xadrez, chamamos isso de gambito — ele disse. — Agora, vamos ver o que ele esconde aqui.

— Você não vai encontrar nada. Eu te disse, o cara é inofensivo.

— Me parece que praticamente toda pessoa descomprometida nessa cidade *está* no Connector. Me fez pensar por que ele não estaria — Lyons comentou, examinando o celular de Charlie.

— Você é solteiro e não tá no Connector — recordei. — Eu deveria desconfiar de você?

Lyons ergueu o rosto da tela do celular e encontrou meus olhos.

— Charlie tem um motivo. Ele sabe programar, teve acesso ao seu celular e sabe de cada detalhe da sua vida amorosa. Eu acho que tenho razões para suspeitar, não concorda?

E voltou a clicar no celular de Charlie.

— E então? — perguntei, observando seu rosto analisar a tela. — Alguma coisa aí?

— Não sei se você deveria ver isso — ele murmurou, absorto no que quer que estivesse olhando.

— Hm, eu vi um cadáver num campo de minigolfe, acho que consigo aguentar — falei.

Apesar de minha bravata, inspirei profundamente e engoli meu expresso rapidamente para me preparar. Fiz uma careta quando o líquido morno e amargo passou pela minha garganta. *Eca*.

Lyons deslizou o celular pelo balcão para mim. Eu o ergui. E meu queixo caiu.

30

Olhei para o celular, incrédula. Havia incontáveis mensagens de pessoas diferentes no WhatsApp de Charlie, e todas diziam a mesma coisa.

— O que é isso tudo? — perguntei. — Estão falando de transferir *bitcoins* para ele, em troca de... quê?

— Continue lendo — Lyons respondeu.

— É tudo sobre perfis no Connector. Mas o Charlie sempre deu a entender que não tinha interesse nesse negócio — falei. — Ele dizia que esses aplicativos são pra imbecis viciados em telas.

— A julgar por esse pessoal aí, ele tem *bastante* interesse nesse negócio — Lyons disse, me observando ler algumas das sequências de mensagens. Eram praticamente todas de homens, todas combinando pagamentos a Charlie para impulsionar os perfis deles no Connector.

Era como se alguém tivesse me dado um soco com força no estômago. Ele tinha mentido para mim o tempo todo. Estava fazendo aquilo debaixo do meu nariz enquanto eu tagarelava sobre os meus encontros idiotas. Respirei fundo, peguei o copinho de expresso de Lyons e o tomei em um só gole.

— Certo, e daí? — indaguei, estremecendo e limpando a boca. — Ele tá operando um negócio paralelo, mas isso não prova que assassinou ninguém.

— Prova que ele não tem dito a verdade para nenhum de nós dois. Não é só um negócio paralelo, ele está chantageando esses homens.

— O quê?

— O número do celular dele, Gwen. Bate com o número desconhecido que encontramos nos aparelhos de Rob, Freddie e Josh. E eu aposto que vamos encontrar o mesmo número no celular de Dev, também. Ele está ameaçando os expor na internet, a não ser que lhe paguem milhares. E olhe só isso. — Inclinando-se sobre o balcão, Lyons deslizou a tela pela lista de conversas no WhatsApp no celular de Charlie até chegar à mais recente delas, enviada há apenas vinte minutos.

Charlie: Acabou o tempo. Preciso da grana agora.

Seb: Me encontre na Eye, consigo te dar dinheiro vivo.

— Eye? — falei. — O Charlie deve estar indo encontrar o Seb na Eastbourne Eye.

Uma monstruosa armadilha para turistas feita de aço branco e ideias ruins, a cerca de três quilômetros e meio da orla, a roda gigante Eastbourne Eye era quase exclusivamente para pessoas de fora da cidade ou para primeiros encontros péssimos.

— Eu preciso chegar até ele antes de Charlie — Lyons falou.

— O que estamos esperando, então? Vamos logo!

— Não dessa vez — ele disse. — Você vai ficar aqui. Vou pedir que alguém da delegacia venha te buscar.

— Eu vou ficar cem por cento mais segura com você do que sozinha dentro de um caminhão de sorvete, em uma praia deserta, esperando pra ser esfaqueada. E aquela história de me proteger?

Por um segundo, Lyons pareceu estar a ponto de ceder, mas, então, apertou a boca e sacudiu a cabeça.

— Eu *estou* protegendo você, Gwen. E isso pode ser muito perigoso. Fique dentro do caminhão e tranque a porta — ele ordenou com firmeza, guardando o celular de Charlie no bolso. — Entendeu?

Ele entrou no carro e bateu a porta.

E, com isso, me vi sozinha, cercada por crostas e farelos, filtros úmidos de café e uma sensação de imensa inutilidade. Debruçada no balcão, observei Lyons sair com o carro na mesma direção em que Charlie tinha ido, antes de me sentar em minha caixa de batatinhas favorita, derrotada e pensando em Seb.

31

O encontro com Seb

Dou as costas para o espelho.

— Não, não, não, nada disso — Sarah fala, colocando uma mão em cada um dos meus ombros e me virando de volta, lentamente. — É esse, Gwen, com certeza é esse.

Respiro profundamente e estreito os olhos diante da visão rosa-flamingo à minha frente. É, não é à toa que ela acha que é esse. Ela vai flutuar até o altar como um cisne gracioso enquanto eu estarei tropeçando logo à frente, vestida como um camarão gigante.

— Você está maravilhosa — Sarah elogia com ternura por cima do meu ombro. — É lindo demais, não acha?

— Err, tão lindo como da primeira vez que provei, quatro meses atrás — respondo.

Tenho a sensação de que passei os últimos vinte e dois finais de semana nesta loja de noivas, eternamente provando variações leves do mesmo vestido. Sarah desliza os braços ao redor da minha cintura e apoia o queixo no meu ombro.

— Eu sei que não é nada a sua praia — ela diz. — Mas obrigada por fingir.

Deixo que a palavra paire no ar por um instante. *Fingir*. É algo que vou ter que aprender a fazer muito bem. Me contorço para escapar do abraço dela e a encaro.

— Olha, você tem total, absoluta, completa certeza quanto ao Richard?

— Isso, de novo, não. — Ela suspira. — Eu honestamente não sei o que você tem contra ele.

— Nada! — eu guincho. — É só que, às vezes, parece que você tá mais interessada na ideia de se casar do que no homem com quem tá se casando, só isso.

Sempre pensei que Sarah tinha uma visão excessivamente romantizada do casamento. Os pais dela tinham o tipo de relacionamento que só se vê em filmes do Richard Curtis: dedicado, amoroso, sólido feito pedra. Ela havia crescido em uma casa de campo maravilhosa (e imensa) em Haywards Heath, cercada pela paisagem rural idílica e, ainda que tecnicamente não fosse dona de um pônei, eu tinha quase certeza de que regularmente passava um tempo na companhia de um. Era um território de comédias românticas britânicas clássicas, portanto, não era de se surpreender que ela sempre tenha sonhado com um almofadinha inglês estabanado que roubaria seu coração. Talvez tenham sido aqueles padrões altos que a mantiveram solteira por anos, mas era mais provável que todos os caras que Sarah namorou antes de Richard tenham-na tratado que nem bosta. Contudo, ela tinha esperado por seu príncipe encantado e, surpreendentemente, ele havia aparecido. Ou, pelo menos, era o que ela achava.

— Eu amo o Richard — ela diz. — Sei que ele é um pouquinho entediante, mas eu gosto disso nele. Já experimentei malandros mais do que o suficiente, muito obrigada. O Richard é gentil. Sensato. Inofensivo. Ele me lembra um pouco o seu pai, sabe?

Eu me retraí com o comentário, mas sabia que era bem-intencionado. Sarah idolatrava meu pai quase tanto quanto eu.

Ela estava comigo no dia em que aconteceu. Tínhamos acabado de vencer as quartas de final de *netball* e já estávamos mais ou menos na décima segunda dose no Flares quando recebi a ligação. Sarah me colocou em um táxi na mesma hora e foi comigo para o hospital. Nunca vou esquecer da minha mãe soluçando já sem lágrimas no estacionamento quando chegamos. Eu cheguei tarde demais, e nada jamais seria como antes.

— É só que... — eu tento explicar — ... eu só quero que você seja feliz, você sabe disso, não é?

— Gwen — ela chama. — Eu entendo. Mas já chega dessa conversa, tá bem? Você pode me fazer feliz se dando bem com o Richard e apoiando minhas decisões. Afinal de contas, você é a dama de honra.

— Tá, tudo bem — murmuro. — "Tô aqui se precisar", não é mesmo?

— Muito melhor. — Sarah sorri. — Bom, quer provar mais um, só por via das dúvidas?

— Não — digo. — É esse aqui, lembra? Além do mais, tenho um encontro daqui a, mais ou menos, quarenta e cinco minutos.

— Outro encontro? — Ela suspira. — Tô te dizendo o tempo todo, você não precisa levar ninguém pro casamento. Na verdade, eu preferiria que não levasse. É pra eu ser o foco do dia, lembra? Não você tentando fazer ciúme no Noah.

— Com esse vestido, sem chance de isso acontecer — declaro.

— Ei, lembra do que a gente falou sobre apoiar as minhas decisões! — Sarah diz num gritinho.

— Eu preciso ir mesmo. Estamos bem, amigona? — Abro um sorriso cativante para ela.

— Tá, ok, tudo certo — Sarah resmunga depois de um momento. — Te vejo em casa mais tarde. Vá se encontrar com o sr. Completamente Errado, e não diga que eu não avisei.

— Acho melhor eu tirar isso aqui primeiro. — Pego minhas coisas e vou para os provadores. — Não sei se Princesa Peach é o melhor visual pra um primeiro encontro. Te amo.

— Ei, espera aí, como assim, Princesa Peach? — Sarah pergunta, erguendo a voz.

Mas eu já saí.

Ao caminhar pelo calçadão para encontrar Sebastian, me ocorre que não faço ideia de como ele de fato é. Não que eu ache que ele tenha usado fotos antigas, ou editado as imagens de seu perfil até níveis Kardashian de perfeição; é mais que suas fotos não passavam mais do que uma vaguíssima noção da aparência de seu rosto. Uma fotografia levemente fora de foco dele em uma partida de rúgbi; uma em grupo, em um casamento, tirada de certa distância; e uma dele de óculos de sol e um boné de beisebol dentro de algum tipo de barco. Digo, óculos de sol e boné em uma foto de perfil de relacionamento? Ridículo. Mas, do pouco que consegui distinguir, pensei existir pelo menos sessenta por cento de chance de ele ser bem bonito, e era um risco que eu estava disposta a correr.

Seu perfil listava a profissão como "ator/roteirista", e ele escrevia mensagens como se tivesse nascido em meados de 1840 — me chamando de Gwendolyn e se referindo a mim como uma mulher, não uma garota. Então, estou meio ansiosa para ser cortejada por alguém que gosto de imaginar ser tipo um Hugh Grant jovem. É por isso que disse "sim" quando ele sugeriu darmos uma volta na Eastbourne Eye. Claro, eu e Charlie já passamos muitas horas tirando sarro dos turistas sentados na roda dolorosamente lenta que rangia ao girar, oferecendo uma visão aérea da arquitetura em rápida deterioração da cidade. Mas, em segredo, eu sempre gostei da ideia de estar em uma das pequenas cápsulas de vidro, isolada do mundo, mesmo que fosse apenas por vinte minutos.

Quando chego lá, fico satisfeita em ver que minha aposta parece ter valido a pena. Seb está usando uma camisa azul engomada, aberta talvez um botão além da conta. Ele tem um bronzeado leve e fora de época, e cabelo loiro ondulado. A pele suave em seu rosto parece nunca ter precisado ser barbeada na vida. Ele se afasta para o lado para me deixar subir primeiro em nossa cápsula e, lentamente, começamos a ascender no ar. O cheiro dele parece um pouco com o do sabonete chique da minha mãe. Penso em dizer aquilo a Seb, só para ver a reação dele.

— Que demais. — Sorrio, contemplando o mar para o qual já olhei milhões de vezes. Mas, para ser justa, realmente parece incrível lá de cima. Quase consigo ver meu caminhão, Alfredo, lá embaixo, na praia. — Você já veio na Eye?

— Eu, na verdade, venho aqui com bastante frequência — ele diz. — Não em encontros, apresso-me a acrescentar! Venho aqui praticar minhas falas. Ensaiar. Apenas estar. Essas cápsulas são tão pacíficas, sabe? Ninguém pode me perturbar. Eu as chamo de meu espaço seguro.

— É — falei. — Entendo o que você quer dizer.

— Fico feliz que tenha gostado. Queria fazer nosso primeiro encontro especial — ele ronrona antes de se juntar a mim ao lado do vidro. — Então, qual seria sua ideia de um *segundo* encontro perfeito?

Ele coloca bastante ênfase na palavra "segundo", e mira seu raio de dentes brancos perolados diretamente para mim.

— Laser Quest, com certeza Laser Quest — digo.

Ele sorri.

— Não um teatro?

— Sou uma garota mais do tipo pizza e cerveja, pra ser honesta — confesso. Cacete, eu sou muito ruim em flertar quando estou a fim de verdade de alguém.

— Então, será um jantar... — Ele continua a sorrir. — Farei uma reserva para a semana que vem.

— Hã, bom, vamos ver primeiro como essa noite vai ser — digo, rindo.

— Bom, vejamos se isto ajuda a te convencer. — Ele abre a pequena bolsa que carrega e tira de lá uma garrafa de champanhe.

— Ah, uau, legal. — Sorrio. — Achei que atores costumavam ser pobres!

— Ah, bom — ele murmura. — Ajuda quando se tem um pai bem generoso. Ele tem sido muito solidário. Bom, com seu dinheiro, ao menos.

Seb desvia o olhar por um momento, seu sorriso desaparecendo enquanto se ocupa com o invólucro de alumínio na garrafa. Ele, então, estoura a rolha com habilidade e serve o champanhe nas duas taças plásticas também retiradas da bolsa masculina. Tomo um golinho bem quando a cápsula avança um pouco com um solavanco, e solto uma tossida quando as bolhas atingem o fundo de minha garganta.

— Vá em frente — Seb incentiva. — É algo de que se aprende a gostar.

— Assim como eu — respondo, mordendo o lábio e tentando continuar minha tentativa terrível de flerte.

— E como têm sido os encontros românticos para você até o momento? — ele pergunta.

— Hm, bom, eu continuo solteira. — Dou de ombros. — Então, não muito bem, eu acho.

Ele sorri.

— Só não encontrou a pessoa certa ainda.

— Rá, é, isso é verdade — digo, revirando os olhos.

— Passou por algumas experiências ruins, hein?

— Bom, primeiro teve um cara, o Rob. Ele parecia até que legal, mas começou a fingir que a gente estava sendo filmado pra um reality show da TV. Toda vez que derrubava a taça de vinho ou dizia algo idiota, ele gesticulava pra um canto do bar e dizia "Graham, não esquece de cortar essa parte na edição!".

— Parece amplamente tóxico — Seb comenta, assentindo com a cabeça.

— O que veio a seguir, Freddie, quando rolou uma pausa na conversa, ele começou a se aproximar de mim fazendo uma contagem regressiva em voz alta, como se fosse um foguete se preparando pra decolar. Na verdade, ele estava fazendo a contagem regressiva pra me beijar.

— Esperemos que tenha sido para ter cem por cento de certeza de que contava com seu consentimento — Seb fala.

— Ah, é — respondo. — Tive pelo menos três segundos pra mudar de ideia antes do "lançamento".

— Mais algum? — Seb pergunta.

— Bom, aí, teve o Josh — prossigo. — Eu acabei o agredindo com um taco de golfe. Não pergunte.

O sorriso de Seb não vacila.

— Tenho certeza de que ele mereceu.

— E por último, mas não menos importante, Dev, que parou de me responder.

— Homens! — Seb revira os olhos dramaticamente. — Por favor, permita-me me desculpar em nome deles.

— Bom, pelo menos eles apareceram para o encontro. — Dou de ombros. — A maioria dos homens no Connector só quer que eu mande nudes, pra ser sincera.

— E você atende aos pedidos? — ele indaga, arqueando uma sobrancelha.

— Quase nunca — digo. — Mas mais porque nunca consigo um bom ângulo.

— Para mim, ver uma mulher nua não é vê-la sem nenhuma roupa. É ver suas esperanças, seus sonhos e medos. Isso faz sentido? Se alguém me mandasse uma foto nua, eu provavelmente cortaria a foto, de modo que mostrasse apenas o rosto.

— Uau, muito, hm, progressista da sua parte? — arrisco.

— Acho que o que estou dizendo é que a qualidade que busco em uma mulher é a personalidade — Seb explica.

— Bom, isso é ótimo, porque eu tenho várias. — Sorrio.

Ele parece confuso.

— Minha mãe me criou para respeitar mulheres, não importa quais... hm, questões elas venham a ter. Sempre dizia que eu era o Príncipe Encantado e o James Bond dela, tudo de uma só vez.

— Sua mãe parece incrível — digo.

— Ela é — ele concorda, o sorriso reluzente se curvando para baixo ao mesmo tempo que seus olhos se desviam para o mar. — Ela não anda muito bem ultimamente. Está começando a esquecer das coisas. Eu prometi que ela podia me acompanhar até o altar este ano! Se não tiver problema por você, é claro.

Ele exibe novamente os dentes brancos brilhantes para mim, seu breve momento de introspecção finalizado.

— Hm, bom, como eu falei, vamos ver primeiro como esse encontro corre, que tal? — Fico vermelha e olho pela janela.

— Ah, compreendo. Você já foi ferida, não é? — ele questiona, apontando o dedo indicador para mim.

— Como é que é?

— Você se faz de valente, mas seus olhos te entregam. Eu sou muito bom em ler as pessoas.

— Deixa disso — digo, rindo.

— Tudo bem, você não precisa falar a respeito. Mas, confiar em mim vai te fazer sentir melhor.

Sinto meu sangue começar a ferver, mas abaixo o fogo mentalmente e sigo em frente.

— Estou bem, obrigada, Seb — falo a ele, bebendo mais champanhe.

— Tudo que peço é que você não julgue todos nós com base nos piores exemplos. Prometo a você, ainda há alguns bons homens por aí — ele continua. — Também já me machucaram, sabe? Mas eu tento não me fechar por causa disso. Talvez eu possa mostrar a você como consigo, o que acha?

— Tem certeza de que quer fazer isso? Talvez eu seja uma psicopata. Eu esmagava aranhas o tempo inteiro. Mas não se preocupe, hoje em dia, eu as pego e jogo da janela. Será que isso é pior? Ser arremessado de uma altura aterrorizante no concreto? Como você preferiria partir? Esmagado por um punho gigante ou atirado de uma janela?

Estou falando pelos cotovelos, mas só quero muito mudar de assunto.

— Gwen, está mesmo falando de aranhas ou de você mesma? Acho que essa coisa toda de garota-dos-sonhos-maluquinha-e-perturbada é só uma encenação, não é? O que você está escondendo aí dentro?

— Desculpe, achei que estávamos em um encontro, não em uma sessão de terapia — respondo.

— Não precisa ficar tão na defensiva. — Ele sorri. — Relaxe, eu já te falei, este é um espaço seguro.

É a segunda vez em uma semana que me acusam de estar na defensiva e, de repente, a bolha de vidro parece realmente muito pequena. Me viro para olhar pela janela novamente, exatamente quando nossa cápsula alcança o topo de sua órbita. Finjo contemplar a água lá embaixo, como se ela tivesse mudado de alguma forma no decorrer dos últimos oito minutos, e aproveito a chance para tirar meu celular e falar com Sarah.

Gwen: Prós: trouxe champanhe. Contras: inacreditavelmente egocêntrico.

Sarah: Bom, isso provavelmente significa que ele beija muito bem.

Gwen: Como você sabe? ;)

Sarah: Eu não era virgem antes de conhecer o Richard, sabia? Tenho experiência lidando com mulherengos e, vai por mim, os embustes sempre beijam melhor.

Gwen: Bom, eu não concedi oficialmente a ele o status de embuste ainda.

Sarah: Vai ficar aturando ele em troca de umas tacinhas grátis de espumante?

Gwen: Bom, eu tô literalmente presa numa jaula de vidro, então, sim, meio que preciso.

Sarah: Não tem um freio de emergência nesses negócios? Não dá pra você apertar o botão de alarme ou algo assim?

Gwen: Preciso ir. Ele tá dizendo alguma coisa. Melhor eu oferecer minha atenção incondicional.

Me viro para ver Seb falando com alguém no celular. Ele ergue um dedo para indicar... o quê? Para eu esperar um momentinho, ou que devo ficar quieta? Aguardo até a conversa terminar. Por fim, ele abaixa o celular e sorri para mim.

— Sinto muito — ele diz. — Bom, onde estávamos? Você estava se abrindo a respeito de seu último relacionamento?

— Eu estava?

— Confie em mim, Gwen, sou um bom ouvinte. Sei que é uma experiência comum para mulheres, que os outros falem por cima delas. Acontece em minha aula de improvisação o tempo todo. Mas eu sempre deixo que minhas "coadjuvantes" opinem antes de decidir como a cena vai acontecer.

— Caramba, deviam te dar um prêmio ou coisa assim — respondo.

Seb ri mais uma vez.

— Eu sei, eu sei — ele diz. — Não é minha intenção menosprezar ninguém. Só estou dizendo que sou um aliado. Sou um dos caras do bem.

— Fico feliz em saber disso.

— Eu amo mulheres — ele fala. — E quando digo "amo", na verdade, quero dizer que as respeito. Fico sinceramente muito aborrecido por meu roteiro mais recente não passar no teste de Bechdel. É verdade que é um critério arbitrário com o qual se julgar, e meu trabalho tem temáticas feministas que são, espero eu, um pouquinho mais profundas do que isso, mas eu realmente me preocupo com essa questão.

Me sinto tentada a começar a bater palmas muito, mas muito lentas.

— Digo, as personagens são todas mulheres, é claro, algo que foi realmente revigorante de se escrever. Elas estão todas lutando pelo mesmo homem, um sujeito muito charmoso de nome Jeb. Me ajudou muito a compreender a luta feminina. Uma das personagens, Trish, tem um senso de humor maravilhosamente rústico, uma pessoa excelente, ela é garçonete na cafeteria local, um trabalho braçal, como o seu. Eu adoraria uma leitura sensível, se você tiver tempo. O que acha? — ele pergunta.

Vou até a porta da cápsula, mas cruzamos apenas três quartos do percurso até então. Sair dali agora significaria uma queda de quinze metros. É a morte ou ler o roteiro desse cara. Escolha difícil.

— Hm, é, talvez — murmuro.

— Ah, sim, eu entendo onde você quer chegar. Acha que não é meu papel, como homem, contar as histórias dessas mulheres. Você tem toda a razão, já ouvimos vozes masculinas o bastante. É hora de dar uma chance para as senhoritas. Bom, normalmente, eu concordaria por completo, mas estou convicto de que este pode ser o meu melhor trabalho, então talvez possamos abrir uma exceção para euzinho aqui? — Ele arqueia uma sobrancelha. — Como falei, nós não somos todos monstros, entende? Eu sinto muitíssimo se você foi maltratada por algum homem no passado, mas isso não significa que…

— Eu não falei que fui maltratada — interrompo.

— É mesmo? — ele pergunta.

— É mesmo.

Ele coloca uma mão em meu ombro e aperta.

— Conte-me, o que aconteceu, Gwen? Quem machucou você?

Fecho os olhos e inspiro profundamente. Não há escapatória.

— Foi minha culpa, não dele, se você quer saber — respondo em voz baixa. — Fui eu. Eu estraguei tudo, tá bem? E faria qualquer coisa pra mudar isso. Mas é tarde demais.

Coloco o cabelo atrás das orelhas e respiro fundo mais uma vez.

— Enfim — digo, forçando um sorriso —, não vamos ficar contando histórias tristes. Não enquanto ainda temos champanhe.

Seb afaga meu braço e projeta o lábio inferior, fazendo uma cara triste exagerada.

— Sabe, meu terapeuta diz que massagens físicas podem ser uma maneira muito eficaz de curar feridas psicológicas. Se você precisar de alguém em quem trabalhar suas questões, eu concordaria com prazer.

— Não, obrigada.

— Ou eu poderia dar uma apertadinha no seu pescoço, agora mesmo. Aliviar essa tensão. Mas, é claro, a verdadeira tensão está bem aqui. — Seb aponta para meu torso.

— Nos meus peitos?

— No seu coração. — Ele estende as duas mãos na minha direção, balançando os dedos.

Eu me afasto.

— Eu falei pra gente conversar sobre outro assunto.

— É claro, mas antes disso, posso só dizer que...? — ele começa.

— Sabe, pra alguém que é um ouvinte tão bom — falo com rispidez —, você, com certeza, tem muito a dizer.

— Diz ela, ao me interromper no meio de uma frase pela terceira vez na noite. — Ele sorri.

Suspiro.

— Foi você que atendeu uma ligação no meio de um encontro.

Um silêncio constrangido toma conta da cabine antes de ele falar mais uma vez.

— Era minha mãe — ele diz. — Eu ligo para ela no asilo no mesmo horário todas as noites. A rotina é muito importante para ela.

Sinto uma pontada de culpa se propagar por mim.

— Ah, certo... desculpe, Seb. Podemos voltar a falar de aranhas agora?

— Não tenho muito a dizer a respeito disso — ele responde em voz baixa.

Passamos o restante do tempo fingindo ver algo incrivelmente fascinante nas infinitas fileiras cinzentas de oceano abaixo de nós.

Quando olho para o lado, ele está com o celular novamente. Pego um vislumbre da tela, só para perceber que ele está com a porcaria do Connector aberto. Ótimo, agora ele está procurando outras mulheres no meio do nosso encontro. Provavelmente arranjando sua próxima "coadjuvante". Isso é um ataque de outro nível à minha autoestima. Aperto os olhos, tentando identificar o nome no perfil que ele está olhando. Começa com um P. Depois um A, seguido por um R... De repente, antes que eu possa ver o resto, a roda para com um solavanco, e Seb ergue os olhos. Ao me ver o encarando, ele rapidamente enfia o celular de volta no bolso e força um sorriso.

— *Terra firma* — ele brinca.

Um funcionário abre a porta da cápsula com um puxão, e sinto uma lufada de ar fresco muito necessária. Quando Seb tenta pegar minha mão para me ajudar a sair, eu recuso.

— Bom, foi ótimo conhecer você — ele diz enquanto cruzamos a grama que cerca a Eye. — Mas devo me despedir. Coisas para fazer, pessoas para encontrar.

— Como outra mulher? — murmuro baixinho.

O rosto dele cora, mas ele finge não me ouvir.

— Espero que a noite tenha sido agradável para você, Gwendolyn.

E, com isso, ele me dá um beijo na bochecha e desaparece na direção da cidade. Enquanto me arrasto para casa, cruzando a praia, meu celular toca.

> Seb: Preciso ser honesto, pois a última coisa que quero fazer é lhe iludir. Você é frágil demais para que brinquem com seus sentimentos. Lamentavelmente, eu não senti uma conexão em nosso encontro. Espero que não se incomode, mas gostaria de oferecer um conselho para o futuro: se você continuar a manter a guarda erguida, provavelmente vai descobrir que será muito difícil encontrar a felicidade que está buscando. Mas eu ficaria feliz em enviar meu roteiro por e-mail, se ainda quiser lê-lo. Cuide-se.

Cinco minutos depois, outra mensagem chega.

> Seb: Manda um nude?

Enquanto os últimos resquícios de luz desaparecem, afundo meu polegar no botão de Bloquear e chuto um pedregulho o mais longe que consigo nas ondas que recuam.

32

Meus pensamentos foram interrompidos por um toque vindo de meu celular. Olhei para baixo e vi uma mensagem no Connector.

Parker: Acho que logo logo a Eye vai deixar de ser um espaço seguro.

Encarei a mensagem, meu cérebro lutando para processar o que eu estava lendo.

Espaço seguro. Era como Seb tinha chamado a Eye...

Tentei ignorar meu coração acelerado enquanto procurava entender o que diabos aquilo poderia significar. Então, algo me ocorreu. Apertei os olhos com força e tentei me lembrar do nome no perfil que Seb estava olhando durante nosso encontro.

Espera.

Era Parker. O nome no perfil era Parker. Não tinha parecido relevante naquele momento, mas agora tudo fazia sentido. Ele não estava deslizando por perfis de outras mulheres: era o perfil dele.

— Merda — falei em voz alta.

Charlie não é o Parker. Seb é o Parker.

Eu tinha contado a Seb tudo a respeito de Rob, Freddie, Josh e Dev. Ele sabia com quem eu tinha saído e como eles me trataram. Ele tinha os matado e, agora, Charlie era o próximo. E, se Lyons chegasse lá antes dele, daria de cara com uma faca.

Eu preciso avisá-los.

Mas a Eye ficava no extremo oposto da orla. Eu jamais conseguiria alcançá-los a pé. Saltando para o banco do motorista do caminhão, procurei entre muitas, muitas chaves inúteis em meu chaveiro até que, finalmente, encontrei a correta.

— Tá certo, Alfredo — falei, enfiando-a na ignição e dando partida no motor. — Chegou o seu grande momento. Vamos lá.

O pobre e velho Al não era dirigido desde que Noah e eu o estacionamos à beira-mar três meses atrás. Rezando para que ainda restasse combustível o bastante no tanque para me levar até o outro lado da cidade, ergui o freio de mão e enfiei um pé no acelerador. Al ligou às engasgadas, fazendo os copinhos de papel e talheres despencarem do balcão atrás de mim. Eu os ignorei, girei o volante e entrei na Royal Parade, na direção do centro da cidade. À distância, conseguia distinguir Charlie com muita dificuldade, mas não via o Fiesta de Lyons em lugar algum. Apertei Ligar no número de celular dele, esmurrei o botão de viva-voz e joguei meu celular no banco do passageiro.

— Vai logo, vai logo, atende — murmurei, o toque soando infinitamente.

Quando, por fim, a chamada caiu na caixa postal, gritei no bocal:

— Não é o Charlie, é o Seb. O Parker é o Seb! Ah, foda-se, você nunca vai ouvir isso, né?

Pisei com tudo no acelerador. Logo à frente, vi Charlie virando na rua Colbert. Acelerei e o segui, mas, quando virei à esquerda, meu estômago despencou. A rua estava congestionada de carros. Procurei desesperadamente a buzina no painel antes de me lembrar que não havia buzina. Meus olhos pousaram na caixinha de controles especiais do caminhão de sorvete. Apertei o botão identificado como Música e melodias tilintantes começaram a sair do alto-falante no teto.

Ao girar o indicador do volume até dez, a música insanamente irritante chegou a um nível quase insuportável. Abaixei o vidro da janela e enfiei a cabeça para fora.

— Saiam do meu caminho! — gritei para os carros. — É uma emergência!

Milagrosamente, os carros à minha frente começaram a estacionar em cima das calçadas. Pisei novamente no acelerador e disparei pela lacuna no meio da rua. Conseguia ver Charlie mais adiante. Ao ouvir a música, ele se virou e viu o caminhão avançando rapidamente pela rua em sua direção.

Vi seu queixo cair. Ele começou a correr.

— Espera! — eu gritei pela janela. — É o Seb! O Seb é o Parker! Ele vai te matar!

Ele não parecia conseguir me ouvir junto da maldita música tilintante que retumbava do alto-falante. A rua estava livre aqui, então pisei fundo, até o velocímetro estar roçando nos sessenta e cinco.

— Cacete, Al — praguejei. — Me ajuda aqui, né?

O chassi raspou o asfalto quando Al por pouco conseguiu passar pela subida. Charlie estava chegando no final da rua agora, e eu o vi seguir na direção da escadaria para o calçadão, os últimos raios do sol cegante contornando sua silhueta quando ele desapareceu no horizonte.

Eu não podia segui-lo, mas podia interceptá-lo dirigindo pelo meio do parque Wishtower Slopes. Virei o volante novamente, e o caminhão subiu na calçada e alcançou a grama. Ultrapassei uma mãe de expressão aflita que agarrava as mãos de duas crianças pequenas. Os olhos deles se iluminaram de repente ao ouvirem a porcaria da música do sorvete.

— Desculpa! — gritei pela janela, vendo os rostinhos desapontados deles. — Não posso parar!

A mãe direcionou silenciosamente uma palavra irrepetível a mim quando passei a toda velocidade. Tinha perdido Charlie de vista, mas enxergava os enormes raios de aço da roda surgirem à minha frente. Alfredo balançava para cima e para baixo enquanto eu acelerava, cruzando o parque. A grama, que estivera de um verde tão vibrante no verão, agora era rala e amarela, e trechos de neve enlameada permaneciam sob a sombra da roda-gigante. Lutando para conduzir Al em meio aos moradores da região, que passeavam com os cachorros ou caminhavam pelo parque, eu sentia suas rodas deslizarem. No centro, a Eye dominava a linha do horizonte, girando lentamente enquanto os poucos turistas que haviam enfrentado o frio entravam e saíam.

Espreitei através do para-brisa, mas não via Charlie nem Lyons entre os grupos de pessoas que vagueavam por ali, esperando para comprar ingressos.

— Vai logo, vai logo! — gritei para Al, que seguiu aos engasgos na direção deles.

Passei os olhos pelas cápsulas de vidro. Forçando a visão, conseguia distinguir mal duas silhuetas masculinas em pé em uma das cabines mais baixas. Um deles parecia usar um boné de beisebol, mas eu não conseguia enxergar o outro bem o bastante para reconhecê-lo. Provavelmente tinham acabado de entrar, já que a roda ainda começava a girar.

Quando me aproximei, pude ver a cápsula se erguer lentamente. Eu nunca conseguiria alcançá-los a tempo. Só havia uma opção. Pisando fundo, aumentei o volume da música de novo, ensurdecendo a pequena multidão em frente à Eye, que se dispersou enquanto eu me aproximava velozmente.

— Saiam da frente! — gritei, Alfredo ganhando velocidade no declive que levava à beira-mar.

As pessoas começaram a gritar enquanto saíam correndo do meu caminho, deixando o caminhão apontada diretamente para a Eye. Eu via os rostos horrorizados dos espectadores na praia ao perceberem o que estava prestes a acontecer.

Fechei os olhos e, com um ruído gutural de trituração, o veículo colidiu com a parte inferior da roda, enfiando-se entre os raios gigantes. Fui atirada para a frente, meu cinto de segurança se tensionando, meu celular voando do banco do passageiro e as caixas nos fundos caindo com estrondo, espalhando barrinhas Flake por todo lado. Com um rangido horrível, a roda-gigante deu uma guinada e parou.

Saltei do veículo. Uma fumaça rala escoava do capô amassado, enquanto uma única faísca tremulava tristemente na lanterna esquerda rachada. Para meu alívio, a música tilintante desacelerou e gradualmente cessou, como um brinquedo de corda perdendo pouco a pouco a energia.

Os espectadores passaram a gritar quando os passageiros nas cápsulas de cima começaram a esmurrar o vidro de suas prisões de metal, agora estáticas. Ignorando-os, subi no capô e alcancei a porta da cápsula de Charlie. Quando a abri, vi Charlie encolhido contra a janela traseira, as mãos erguidas e o rosto contorcido de pavor. Lyons estava em pé, imóvel, encarando algo no chão da cabine.

Devo ter gritado quando me dei conta do que era, porque Charlie ergueu os olhos para mim, aparentemente só então notando que eu estava ali.

— Eu... eu não... — ele gaguejou.

— Não se mexa! — Lyons gritou. Mas ninguém estava se mexendo, muito menos o corpo sem vida no chão.

O corpo sem vida de Seb.

33

Duas horas mais tarde, eu estava em uma sala de espera vazia na Delegacia de Polícia de Eastbourne.

Fiquei sentada ali encarando a parede, de um tom particularmente insosso de mingau. Levei as mãos ao cabelo e cocei ao mesmo tempo atrás das duas orelhas. Parecia que estava esperando ali havia uma eternidade.

Quando ouvia *Além da salvação*, eu sempre imaginava como reagiria se fosse uma testemunha de um assassinato, o que diria à polícia e como minhas evidências seriam essenciais para a resolução do mistério. Mas, agora, sentada em uma delegacia fria e bege, sabia que a realidade, na verdade, era uma bosta.

Eu não tinha solucionado nada. Tinha chegado tarde demais, e agora Seb estava morto, como os outros. Ele nunca mais teria um encontro, nunca terminaria aquele roteiro idiota. Nunca voltaria a ver a mãe. E era minha culpa. Parker estava bem na minha frente o tempo todo, mas eu não quis enxergar.

Peguei meu celular e pesquisei por Sebastian Hunt no Google; encontrei o *feed* do Instagram dele e deslizei a tela, observando as imagens. Já tinha visto algumas delas quando dei uma stalkeada antes de nosso encontro, mas, agora, indo além das fotografias posadas e pores do sol impecavéis, encontrei fotos dele rindo com os amigos em torno de uma mesa em uma pizzaria. Um pouquinho de investigação mais profunda me levou ao seu perfil do Facebook, que não era atualizado há anos, mas mostrava algumas imagens de infância bem fofas. Ele e (presumi) seu irmão alegremente enchendo as bocas de um bolo de aniversário, e uma foto em uma escola pública, desajeitada, mas fofinha. Seb devia ter mais ou menos onze anos, com o cabelo penteado para trás com firmeza, provavelmente uma tentativa de sua mãe de fazê-lo parecer inteligente, que tinha resultado na aparência de um minigângster mafioso. Pensei na mãe dele, no asilo, esperando pela ligação da noite que nunca aconteceu. Aquilo era minha culpa.

Lyons tinha me dito para ficar na sala de espera, mas eu não conseguia mais simplesmente ficar sentada ali, olhando para a parede. Me levantei e enfiei a cabeça pelo vão da porta. Era quase meia-noite, e a delegacia estava deserta.

Em algum ponto, na metade do corredor iluminado por tiras de LED, me vi cara a cara com meu próprio reflexo na única máquina de vendas do lugar. A pessoa que me encarava de volta, parcialmente escondida por uma barra de chocolate Toffee Crisp, parecia cansada e confusa. Não era muito melhor do que a visão daquela parede bege.

Encarei meu rosto inchado, com olhos de panda; enxuguei-os com a manga de meu moletom e procurei algum trocado nos bolsos. É claro, não havia nada ali além de embalagens vazias de chiclete, então, me apoiei na parede e fiquei ouvindo o zumbido das tiras de LED.

Uma semana atrás, meu maior problema havia sido conseguir comprar um lote de canudinhos de acrílico engraçados para uma despedida de solteira. E, agora, aqui estava eu, à beira de um colapso em um corredor vazio, chorando por homens que mal sabia quem eram, conhecidos temporários, histórias engraçadas para contar, na melhor das hipóteses. Mas minha vida agora estava interligada às deles — para sempre.

Por fim, Lyons apareceu com um copo de chá, que ele me entregou. Não era o mais satisfatório dos gestos de boa vontade, mas eu o aceitei, de toda forma.

— Nós prendemos Charlie. Ele está com o advogado — ele contou.

— E então? Foi ele? Ele matou o Seb? Ele é mesmo o Parker?

— Sim. Encontramos uma faca na cápsula, que está com a equipe forense agora. Se eu tivesse chegado lá um pouco antes... mas provavelmente foi tarde demais por poucos minutos. — Lyons olhou para os sapatos.

Me virei para meu reflexo na máquina de vendas, incapaz de formular qualquer palavra que valesse a pena dizer.

— Vamos — Lyons disse, estendendo a mão. — Meu escritório é bem mais confortável do que o corredor, e tenho certeza de que tem alguma coisa mais forte do que chá em algum lugar por lá. Vou te mostrar o que sabemos até agora.

Mantive os olhos fixos na barra de chocolate.

— Tá bem — concordei. — Mas, antes disso, você tem algum trocado?

...

Cinco minutos depois, eu estava sentada em uma cadeira giratória, enchendo a boca com os últimos pedaços de um Toffee Crisp e observando Lyons apontar para um mapa de Eastbourne preso em um mural. Os nomes de Freddie, Rob, Josh, Dev e Seb estavam fixados no mapa, junto de várias fotos e *post-its*.

— Acho que esse negócio tinha passado da validade há pelo menos dois anos — Lyons disse, olhando para o chocolate lambuzado em torno da minha boca.

Limpei o rosto na manga da blusa.

— Esse é seu escritório? — perguntei, girando a cadeira e olhando ao redor. — Você não era só um recruta?

O escritório, na verdade, não era *muito* mais confortável do que o corredor. Havia algumas mesas em um canto e um sofá de couro de aparência surrada encostado na parede dos fundos.

— Err, bom, normalmente é o escritório do Forrester, nós o ocupamos para usar como um tipo de centro de comando. Minha mesa é ali. Mas, olha, tem algo que eu quero te mostrar — Lyons avisou, apontando o mural. Estava cheio de palavras e setas rabiscadas e, no meio, cercado por vários círculos vermelhos, via-se o nome de Charlie.

Deixei que a cadeira gradualmente parasse de girar e atirei a embalagem do chocolate no lixo.

— Certo, bom, parece que o seu amigo Charlie tem conduzido um belo negócio impulsionando perfis no Connector — Lyons explicou. — Basicamente, ele é um hacker, vinculado a várias contas no 4chan. Praticamente *todos* são homens e pagam a ele cem dólares em criptomoedas para terem os perfis levados ao topo do ranking. Imaginamos que ele tem garantido que os clientes vão ser vistos por cem vezes mais mulheres. Sabemos que Charlie foi demitido do antigo emprego, e que estava com dívidas bem sérias.

— Ele trabalhava com o Richard — contei —, mas eu nunca ouvi falar de nada disso. — Parei para pensar por um momento. — O que toda essa história do aplicativo tem a ver com os assassinatos?

Lyons foi até sua mesa.

— Veja isso. — Ele virou o monitor do computador para que eu pudesse enxergar. — Nossa equipe de tecnologia reuniu uma lista de todos os clientes de Charlie. São todos os perfis que ele impulsionou: deve ter mais ou menos trinta nomes — ele continuou. — E os cinco nomes no seu guardanapo? Todos constam aqui.

Enfiei uma mão no bolso e tateei, procurando o guardanapo. Ainda estava ali. Eu o amassei e o apertei com força. Ele pareceu pulsar em meu punho, como um coração fofoqueiro.

— Parece que cem dólares por serviço não era o bastante para liquidar as dívidas dele. Charlie estava chantageando todos os cinco, além de metade dos clientes — Lyons prosseguiu. — E não só em relação à manipulação do aplicativo. O código de Charlie dava a ele acesso a todas as informações deles no Connector.

Parece que os cinco homens no seu guardanapo costumavam mandar umas coisas bem horríveis para as mulheres.

— Tipo o quê?

— Nudes indesejados, exigências de fotos em troca, ameaças de compartilhar as fotos delas se não concordassem em sair novamente, agressividade e até mesmo ameaças de morte. Mais do que o suficiente para alguém ser cancelado, demitido ou até acabar no tribunal, se as mulheres prestassem queixas.

Aquilo provocou um embrulho em meu estômago.

— Tá, então eles eram uns canalhas. Mas por que o Charlie os mataria? — perguntei. — Não seria uma decisão bem merda, comercialmente falando?

— Julgando pelas mensagens, parece que os cinco homens no seu guardanapo finalmente tinham se fartado de ficar pagando e ameaçaram ir à polícia.

— Espera, se o Charlie estava tentando encobertar isso — falei —, então, por que vir me provocar como Parker no aplicativo? Não faz sentido.

— Eu sinto muito, Gwen. Ele estava armando para você levar a culpa. Não entende? O Charlie estava garantindo que você fosse vista em todas as cenas dos crimes. E, olhe, aqui, na lista de clientes dele. — Lyons gesticulou para a tela.

Eu me inclinei para perto. O nome de Parker estava lá.

— Você acha que é o mesmo? — perguntei.

— Quantos Parker devem existir em Eastbourne? — Lyons rebateu. — Tem que ser ele. Podemos ver que o perfil do Parker foi impulsionado, mas não existe nenhum registro de transações monetárias entre Charlie e Parker, nenhuma mensagem para combinar pagamentos, nada.

— Então eles são a mesma pessoa? O Charlie é mesmo o Parker? Mas ele não tinha o aplicativo no celular.

— Neste celular, não. Mas posso apostar que Charlie tem vários celulares diferentes. E é provável que tenha deletado o perfil de Parker quando percebeu que eu estava fechando o cerco.

— Eu não acredito nisso — murmurei. — Ele sempre foi tão...

— Tão legal? — Lyons completou. — É, bom, é com os caras legais que você tem que ficar atenta. Pela minha experiência, esses caras não existem.

Assenti devagar com a cabeça.

— Mas e quanto ao Seb? Ele estava olhando o perfil do Parker no Connector, eu vi no celular dele no nosso encontro.

Lyons fez uma pausa para pensar nessa questão.

— Nós achamos que Charlie provavelmente estava usando o perfil de Parker como prova conceitual, sabe? Para mostrar aos clientes que seu código funcionava.

Eu não conseguia acreditar que Charlie, meu amigo Charlie, faria aquilo. Será que toda aquela aura de "chapado" tinha sido só um grande fingimento?

Todos aqueles dias que passamos no caminhão, rindo dos meus encontros horríveis… Eu tinha contado a Charlie cada detalhe deles. Será que tinha dado a ele a munição para matá-los? Meus olhos pareciam estar pulsando, como se preparando-se para conter o tsunami de lágrimas que se aproximava cada vez mais rápido. Belisquei o topo de meu nariz, o que não ajudou muito, mas pelo menos escondeu meu rosto de Lyons.

— Está tudo bem, Gwen. Acabou. Nós conseguimos — ele disse.

Por algum motivo, aquilo não me fez sentir nem um pouco melhor. Eu tinha pensado que, quando encontrássemos Parker, quando ele fosse detido, as coisas voltariam ao normal. Mas, naquele momento, não conseguia me imaginar jamais voltando a me sentir normal.

— Pelo jeito, você vai ganhar aquela promoção, então. De volta pra Londres. Parabéns — eu murmurei. — O que vai acontecer com o Charlie?

— Temos ele sob custódia, e podemos acusá-lo pela chantagem enquanto esperamos que a equipe forense o emparelhe com qualquer outra evidência das cenas dos crimes.

Coloquei a cabeça nas mãos.

— Mais alguma coisa?

— Bom, os danos na Eye não foram tão graves, no próximo verão ela já deve estar consertada e funcionando a todo vapor.

— Então meu único funcionário é um serial killer, todos os caras com quem saí estão mortos e, agora, eu vou ser processada pelas autoridades. Alguma outra boa notícia? — perguntei.

— Receio que seu caminhão tenha dado perda total — Lyons acrescentou.

Eu não me importava. Tinha parado de ouvir e estava encarando o mural. Aqueles nomes grosseiramente escritos em caneta azul eram pessoas, pessoas que eu conhecia, ou que *havia conhecido* por algumas horas, ao menos. O que quer que tivessem feito, não mereciam aquilo. Charlie, que eu pensava ser meu amigo, havia me traído. Para piorar, Lyons estava dizendo que ele, na verdade, era um assassino de sangue frio.

— Isso é tudo minha culpa — falei baixinho. Sentia meus olhos se enchendo novamente e os esfreguei com força, em outra tentativa inútil de impedir o inevitável.

— Não é sua culpa, Gwen, não é verdade. Você não pegou nenhuma faca, não machucou ninguém. Eu sei que é uma situação horrível, mas você não pode se culpar.

— Você não entende, não é? — vociferei.

Lyons se aproximou e colocou um dos braços ao meu redor.

— Eu entendo, entendo mesmo — ele disse. — Você age como se não se importasse, fica fazendo piadas, mas eu sei o quanto isso é aterrorizante.

Aninhei a cabeça no peito dele. Parecia que aquele espaço tinha sido moldado especialmente para o meu crânio, como uma poltrona antiga que conserva o formato do dono depois de anos de familiaridade com as mesmas nádegas. Devo ter começado a chorar um pouco, porque Lyons afagou minhas costas e repetiu as palavras "está tudo bem" como um mantra, exatamente como Noah fazia. Por um instante, desejei que ele estivesse aqui, que fosse o braço dele em torno dos meus ombros, que eu estivesse enxugando os olhos na manga da blusa dele. Queria que ele me dissesse que tudo aquilo era um pesadelo e, aí, me xingasse por borrar a camisa dele com rímel. Então, nos enroscaríamos no sofá, comendo pizza ruim e assistindo a programas ainda piores na TV.

Quis tanto me ver de volta àquele lugar em vez de onde estava, que quase convenci a mim mesma que a delegacia era a fantasia, e Noah, sua TV, sua pizza e seus braços eram reais. E, talvez, se eu nunca mais abrisse os olhos, poderia ficar lá para sempre.

Quero que todo o resto desapareça. Nunca mais quero sair dos braços dele.

E, puta merda, eu queria muito, mas muito, outra barra de Toffee Crisp.

Abri os olhos e a realidade lentamente entrou em foco. Eu ainda estava ali, na delegacia fria e deserta. Afastei o braço de Lyons de mim.

— Não — falei. — Só não. Desculpa, mas você não me conhece. Você não sabe nada a meu respeito.

— Ei, ei, está tudo bem — Lyons garantiu com gentileza.

— É, você não para de dizer isso. Eu sei que tá tudo bem. Não preciso que você me fale que tá tudo bem.

Lyons se afastou.

— Temos psicólogos da polícia com quem você pode falar, Gwen.

Eu não queria falar com nenhum psicólogo. Só queria sentir algo diferente, desligar meu cérebro e não pensar em nada daquilo.

— Tudo que eu preciso é ficar bêbada e tomar banho — retruquei.

Dei um tapa na testa, me lembrando de que não tínhamos absolutamente nada alcoólico no apartamento. Sarah adorava ser responsável por todas as compras, mas, agora que ela se mudaria, as tarefas organizacionais da casa passariam a caber a mim. E, bom, com os assassinatos e tudo o mais, aquilo não estava exatamente no topo da minha lista de prioridades.

— Que horas são? — perguntei.

— Já passou da meia-noite, sinto muito — Lyons falou.

— Merda. — Suspirei. — Você disse que tinha algo mais forte pra beber? Aposto que o inspetor Forrester deve ter uma garrafa de Famous Grouse escondida embaixo da mesa.

Lyons coçou a nuca.

— É, tenho quase certeza de que tem alguma coisa por aqui que pode ajudar — ele disse.

Depois de vasculhar a gaveta de baixo do arquivo por um tempinho, ele emergiu triunfante, segurando uma garrafa de Malibu pela metade.

— Finalmente, um investigador Lyons com quem eu posso concordar — falei, pegando a garrafa dele e bebendo um gole. — De onde saiu isso aqui?

— Item confiscado.

— Acabou com alguma festinha adolescente na praia? — provoquei, limpando a boca e sentindo, ao mesmo tempo, nojo e satisfação com o amargor enjoativo do coco. Tinha gosto de milk-shake de protetor solar.

Empurrei a garrafa para Lyons. Ele balançou a cabeça, mas eu continuei mantendo-a erguida até ele aceitar. Ele pegou uma caneca grande de uma das mesas e serviu um pouco da bebida.

— É sua? — perguntei. Reparei que alguém tinha usado um marcador para rabiscar a frase "Pai Nº 1" estampada na caneca, desenhando um enorme zero ao lado do "1".

— Acho que o Forrester ganhou da esposa dele — Lyons respondeu. — Ele está em Lewes com a equipe. Só sobramos nós aqui.

— O Forrester realmente achava que eu era a assassina, não é? — perguntei.

— Você sabe que não podemos conversar sobre isso, Gwen — ele desconversou, mas vi seus olhos baixarem rapidamente quando ele os desviou de mim.

— Eu sabia! — exclamei. — Sabia que ele estava implicando comigo desde o primeiro dia.

Lyons não disse nada. Ele se sentou no sofá, fechou os olhos e levou a caneca aos lábios. Quanto mais líquido despejava na boca, mais a vida parecia ser drenada dele. Quando a caneca estava vazia, ele se deixou cair nas almofadas. Parecia mais velho sob a iluminação forte do escritório. Ainda bonito, mas de um jeito amarrotado, como um leão cansado.

— Vamos falar de outra coisa — ele pediu.

Girei novamente na cadeira, inspecionando o escritório. A mesa de Lyons estava coberta de recibos, cartões de visita e post-its. Aninhado em meio a tudo isso, estava um conjunto de quatro fotos tamanho 3×4. O único tipo de foto que alguém se dá ao trabalho de imprimir hoje em dia. Elas eram em preto e branco e mostravam uma mulher com o cabelo preso firmemente para trás, olhando com seriedade para a câmera. Ela tinha traços elegantes e bonitos, com sobrancelhas finas e delicadas e olhos que doíam um pouco de se encarar.

— Você nunca me contou o que aconteceu com a sua esposa — comentei.

— Você quer mesmo saber disso?

— Sim, diz aí. Jesus amado, qualquer coisa que não seja, sabe... — Balancei as mãos na direção do mural. — Aquilo.

Me sentei ao lado dele no sofá.

— Tive uma ideia, vamos brincar de Verdade ou Bebida — falei.

— Não é "Verdade ou Desafio"? — Lyons perguntou.

— Não, com certeza é Verdade ou Bebida. Com certeza. Eu te faço uma pergunta, você pode responder honestamente ou beber, um dos dois. Primeira pergunta: ela morreu?

— Gwen! — ele exclamou. — Não.

— Tá, se divorciaram?

Lyons deu um gole demorado na caneca.

— Ah, certo — falei. — Sinto muito. Foi recente?

— Tem pouco mais de um ano. — Ele ergueu os olhos para o teto e expirou. — Olivia e eu estávamos juntos basicamente desde a faculdade. Nos casamos cedo demais. Parecia ser o que todo mundo fazia, sabe? Ir morar junto, se casar, ter filhos. Só que a gente não chegou nessa última parte. A impressão era que estávamos indo no automático. Chegou a certo ponto em que estávamos só enrolando. Eu não ganhava muito como professor, e progredir na vida era muito importante para ela, entende? Eu que não estava fazendo minha parte.

— E aí, simplesmente desistiram?

— Não fomos fazer terapia de casal ou qualquer coisa do tipo, se é isso que está perguntando. Mas nós tentamos. Bom, eu tentei. No ano passado, ela chegou em casa e me disse que tinha conhecido outra pessoa: o chefe dela, no consultório odontológico onde trabalhava. Não fiquei surpreso; para ser honesto, foi meio que um alívio. Foi quando eu me demiti e entrei no programa de investigadores. Voltar para cá provavelmente foi a melhor opção, foi um recomeço.

— E daí? Você resolve esse caso, ganha uma promoção pra Metropolitana e volta pra Londres como herói? Um investigador de homicídios condecorado? Não vai me dizer que ainda quer impressionar ela, né, Aubrey?

Ele bebeu mais um gole.

— Ai, meu Deus, é isso, não é? — exclamei. — Mesmo ela tendo te traído? Não tem ódio dela?

— Eu não vejo a situação dessa maneira, na verdade. Ela queria algo além do que eu podia oferecer. Queria alguém com quem pudesse construir um futuro, não um professor que nunca chegaria além de vice-diretor em uma escola secundária encardida na zona sul de Londres. Um de nós precisava colocar o ponto-final, e foi ela. Machucou para caramba, mas até que foi corajoso, para ser sincero.

— Que conversinha fiada — falei. — Como trair alguém pode ser corajoso?

— Não, a parte da coragem foi ela ter admitido. Significou bastante para mim.

Fechei os olhos e tomei outro golinho de Malibu.

— Meus pais se divorciaram, sabe? — ele continuou. — Foi horrível para mim e para a Grace. Eu nunca achei que aconteceria o mesmo comigo, mas, pelo menos, foi antes de termos filhos.

— É, tô me lembrando. Sua irmã ficou arrasada. Ela faltou à escola umas três semanas. A gente não devia ter mais de treze anos.

— Isso mesmo, e eu estava prestes a ir para a faculdade. Mas, depois que meu pai foi embora, eu não podia simplesmente fazer a mesma coisa. Então, continuei lá por alguns anos.

— Não é à toa que você amadureceu rápido — observei.

— Eu precisei — ele disse. — E acho que era disso que Olivia gostava em mim. A princípio, pelo menos. Eu era responsável, prático, a coisa toda.

— Então você simplesmente aceita isso? — perguntei. — O divórcio, a traição?

— Demorou para acontecer, mas, sim, acho que aceito agora. Foi o melhor para nós dois.

— Bom, pra ela, com certeza sim — comentei. — Ela tá pegando um dentista por aí, e você tá bebendo Malibu numa caneca com uma esquisita à meia-noite.

Lyons deixou escapar um riso baixo.

— Se serve de consolo, eu não acho que você seja esquisita, Gwen.

— Que bom — debochei. — Porque eu sou muito, *muito* normal.

— Mas você tem razão — ele disse. — Talvez não seja assim que eu deveria passar meus finais de semana. Talvez seja hora de voltar à ativa.

— Bom, é como eu sempre digo: Hakuna Matata.

— O quê?

— É meu lema. Algo que aprendi na época que passei na África — falei. — Significa "sem problemas", que você tem que deixar o seu passado para trás e seguir em frente.

— Espera, você já foi para a África?

— Ah, fala sério, Aubrey. — Eu ri. — Não tem como você não conhecer *O rei leão*. É muito da sua época.

Ele sorriu e balançou a cabeça.

— Eu já te falei várias vezes, só sou cinco anos mais velho que você, Gwen. Não sou velho!

— Certo, você não é velho. — Sorri. — Só sensato.

Lyons franziu a testa.

— Esse é mesmo seu lema? — ele perguntou. — Sem problemas? Deixar o passado para trás?

— Eu achei que era — falei. — Eu também queria "voltar à ativa", mas, quanto mais me esforço pra conhecer pessoas novas, mais me dou conta de que nenhuma pessoa nova vai ser ele, sabe?

— O Noah?

— Sim. É engraçado, de todos os homens que conheci desde que terminamos, você é o único que acabou não se provando um traste completo.

— Err, obrigado, eu acho. — Lyons se recostou no sofá, o ombro tocando o meu de leve. — Certo, minha vez — ele disse, dando uma batidinha na garrafa de Malibu.

— Vá em frente — incentivei.

— Qual foi o nome que você arrancou do guardanapo? — Lyons perguntou. — Eu sei que tinha mais um nome lá, Gwen.

As palavras pareceram alfinetadas em minha pele. Não respondi. Em vez disso, ergui a garrafa de Malibu até a boca, fechei os olhos e tomei um gole grande.

Foi só quando senti a mão de Lyons em meu ombro que pousei a garrafa. Quando abri os olhos, ele estava me observando com muita seriedade.

— Ei. Acabou. Nós o pegamos — ele afirmou, tão próximo agora que nossos narizes estavam quase se tocando. — Está tudo bem. Pode me falar. Não tem mais ninguém em perigo.

Abri minha boca para dizer alguma coisa. Rolei a verdade de um lado para o outro em minha mente por um momento antes de deixá-la descer até a garganta e pousar na ponta da minha língua, implorando para ser libertada. Mas eu não podia dizer aquilo. Não podia falar aquilo em voz alta. Não depois do que Lyons tinha acabado de me contar.

— Nesse caso — comecei, por fim —, não importa. De todo jeito, eu já bebi! Você sabe as regras, isso quer dizer que não preciso responder.

— Mas, mesmo assim, provavelmente deveríamos verificar quem quer que seja, só para arrematar quaisquer pontas soltas — Lyons falou.

— Pontas soltas — repeti. — Tem razão, não vamos querer deixar passar nada.

Me aproximei mais dele e inclinei a cabeça levemente. Seus olhos encontraram os meus e senti o cheiro doce de coco em seu hálito.

— Não eram só minhas amigas que gostavam de você na escola, sabia? — falei suavemente.

— Gwen, eu… — ele começou.

Mas, antes que ele pudesse terminar a frase, eu o beijei.

— O que você está fazendo? — ele falou, sem qualquer urgência na voz. — Nós não deveríamos…

— Não? — perguntei, o beijando de novo.

Ele colocou a mão em minha cintura e correspondeu ao beijo, com vontade. Passei minhas mãos por baixo da jaqueta dele, o puxando para mais perto. De repente, meus dedos alcançaram couro onde eu esperava algodão.

— Peraí, você sequer tem permissão pra carregar um negócio desses? — perguntei, afastando a jaqueta dele e vendo um coldre preso em torno da caixa torácica.

Ele retirou a jaqueta e estendeu a mão direita até a arma de choque amarela volumosa.

— Não são de uso padrão, de fato. Mas, quando um serial killer em potencial está à solta, podemos conseguir uma autorização. Aqui, é só soltar isto — ele abriu o fecho com um toque leve e tirou a arma —, o que te permite sacar a arma com rapidez e...

— Isso é pra me impressionar? — perguntei.

— Não, é para incapacitar qualquer agressor que esteja se aproximando. É a X2 Double-Shot, sabe, coisa de primeira linha. Dispara um tiro reserva se você errar na primeira vez. De toda forma, eu só estava garantindo que a trava de segurança está ativada. Não vamos querer que ela dispare em...

Coloquei um dedo nos lábios dele.

— Aubrey Lyons, eu juro, você é a pior pessoa do mundo flertando — eu provoquei, substituindo o dedo com meus lábios. — Só fica quieto um minutinho, pode ser?

— Tá bom, que tal isso, então? — Lyons falou, fazendo uma tentativa de erguer uma sobrancelha. — *Oooi*, vem sempre aqui?

— Que caralhos foi isso? — perguntei.

As bochechas dele coraram de leve.

— Um flerte. Sabe, "oi, vem sempre aqui?', que nem o Joey, de *Friends?* As referências dos anos noventa, sabe...? Achei que...

— Ok. Chega. — Eu sorri, o empurrando de volta para o sofá e o beijando novamente.

A barba dele arranhava meu rosto, mas seus lábios eram surpreendentemente macios, e a combinação só me fez beijá-lo com mais vontade. Mechas do meu cabelo foram parar entre nossas bocas enquanto nos beijávamos, e eu precisei parar para afastá-las. Agarrei a camisa dele, puxando com força o bastante para arrancar dois botões.

— Caramba. — Ele riu, olhando para o próprio peito exposto. — Cuidado comigo, Gwen.

— É você que tem algemas, não eu — falei, subindo no colo dele e abrindo gentilmente os botões restantes e ainda inteiros. — Essas, *sim*, são de uso padrão, certo?

— Receio que não — Lyons disse, sorrindo. — Acho que você anda vendo muitas séries policiais dos Estados Unidos, hein.

— Na verdade, programas de culinária são praticamente a única coisa que assisto — informei, passando a mão por seu peito agora nu.

— Agora você tá caçoando de mim? Não consigo te acompanhar.

— Não é pra conseguir mesmo — respondi e puxei o cinto de Lyons.

Baixei os olhos para o rosto dele, minha sombra dividindo-o, uma metade na escuridão e uma sob a luz. Ele riu; eu não sabia dizer se era de empolgação ou um leve pânico.

— Gwen, nós não devíamos... — ele começou — ...o resto da equipe vai estar aqui de manh...

— Shhh, não vire um tagarela de novo justo agora, Aubrey — o interrompi com gentileza, puxando minha blusa e me inclinando sobre ele, beijando-o de forma tranquilizadora.

As mãos de Lyons subiram por meu corpo, até estarem emaranhadas em meu cabelo, e ele deixou de lado qualquer hesitação. Senti uma mão se mover lentamente de minha cintura até meu peito; talvez fosse efeito do Malibu puro, ou, talvez, o estresse de ter sido perseguida por um serial killer, mas algo se rompeu dentro de mim e, quando aconteceu, foi como uma avalanche.

Mais tarde, ficamos ambos deitados ali no sofá áspero, seminus e cobertos apenas pela jaqueta de Lyons. Repousei minha cabeça no peito dele e escutei as batidas de seu coração desacelerarem lentamente.

— Você me leva a tantos lugares incríveis — brinquei, inspecionando o escritório precário, agora cheio de roupas espalhadas e Malibu derramado pelo chão.

— Bom, quando tudo isso terminar — Lyons disse —, talvez possamos sair pra, sei lá, um encontro decente?

— Quê? Tipo em algum lugar que não tenha um mapa de cenas de crime preso na parede? — perguntei.

— É — ele respondeu. — Algo assim.

— Como regra geral, no entanto, talvez seja melhor não trazer uma arma letal no primeiro encontro. — Indiquei com a cabeça o coldre caído no carpete.

— Para ser justo, ela não é letal, efetivamente falando. Mas te atravessa com uns mil volts, isso é fato.

— Ah, você não precisa de uma arma de choque pra fazer isso, Aubrey — falei, me inclinando para beijá-lo de novo.

Bom, talvez não fosse exatamente eletricidade, mas com certeza havia alguma espécie de tremulação leve acontecendo em meu estômago. Pela primeira vez em muito tempo, senti a nuvem pesada que estivera sobre minha cabeça começando a se mover.

— Estou falando sério, Gwen — Lyons disse, interrompendo o beijo e me encarando. — A gente formaria um bom time, não acha?

Abri a boca para dizer alguma coisa, mas fiz uma pausa. Pensei em Olivia, a esposa de Lyons, e no que ela havia feito com ele. Ele não merecia alguém como eu, e eu não merecia alguém como ele. Mentalmente, agarrei aquelas borboletas dentro do meu estômago e as esmaguei, com força.

— Não sei, não — falei, a voz baixa. — Você é um cara legal. E eu... não sou bem quem você acha que sou.

Lyons baixou os olhos para mim.

— O que exatamente aconteceu com você e seu ex?

— Ei, não vale, a gente não tá mais brincando de Verdade ou Bebida — respondi.

— Eu sei, eu sei. — Ele deslocou o próprio peso até estar olhando diretamente em meus olhos. — Mas eu quero saber. Por que vocês terminaram? Você parece um ótimo partido.

— Foi uma decisão minha — declarei com firmeza. — Eu resolvi que não estava funcionando.

— Simples assim?

— É — falei. — Simples assim. Nem tudo precisa de dedução, Aubrey.

Ele estreitou os olhos, como se não acreditasse nem um pouco em mim. Eu não podia dizer a ele que Noah talvez tivesse todos os motivos do mundo para me odiar, que nada daquilo era culpa dele. Que tinha sido eu quem despedaçou o nosso mundo.

— Entendo — Lyons respondeu.

Fechei os olhos e me virei de costas. Um momento se passou antes de eu voltar a falar:

— Você tinha razão quanto àquilo que disse. Sei que as pessoas acham que eu sou imatura, que transformo tudo em piada, e talvez seja verdade. Mas, no fundo, é só uma encenação, ou, pelo menos, às vezes é. Eu tinha acabado de ser promovida no trabalho. Noah e eu estávamos apaixonados. As coisas finalmente estavam bem. Estavam no lugar. Então, veio a ideia maluca do Noah de viajar pelo país naquele caminhão de sorvete idiota. Na teoria, deveria ser perfeito pra mim. Era perfeito pra Gwen que ele conhecia, ao menos. Ou que achava que conhecia. A Gwen que é impulsiva e boba. Mas eu sabia que, se a gente fizesse aquilo, se a gente fugisse, se saíssemos correndo de todos os nossos problemas, eu estaria desistindo daquilo que realmente queria.

— Casamento? Filhos? — Lyons perguntou.

— Rá, calma aí. Um dia, talvez. — Sorri. — Não, quero dizer a minha carreira, minha própria casa, sabe? Eu estive fugindo das responsabilidades, da vida real, desde que meu pai morreu. Era hora de crescer, então, mesmo que eu amasse o Noah, não podia ir adiante com aquilo.

Fechei os olhos por um instante.

— Eu ainda amo ele, acho.

— O que aconteceu de verdade, então? — Lyons questionou.

Eu dei a ele a versão resumida.

34

O que aconteceu com Noah

— Me desculpe, Noah. Não consigo mais fazer isso — digo.

E assim, sem mais nem menos, os últimos três anos e meio chegam ao fim, em menos tempo do que o necessário para beber meia caneca de cerveja. Essa pessoa que configurou o roteador Wi-Fi da minha mãe, que foi aos casamentos de minhas duas irmãs (até mesmo daquela com quem eu mal converso) e que sabe que eu enterrei em segredo meu primeiro gato (Binky) na caixa de areia do parquinho aos sete anos, se foi.

Esse homem, que me viu nua mais do que qualquer outro ser humano, salvo minha supracitada querida mãe, nunca mais vai acordar ao meu lado.

E embora fosse impossível ter previsto que terminaria aqui, nós dois sentados em um banco de madeira úmido, do lado de fora de um pub, em uma noite de chuva fina em uma sexta-feira, eu sempre soube que, um dia, estaria fazendo aquilo. Mas, bom, pelo menos isso significa que tive bastante tempo para pensar em respostas bem bacanas.

— Me desculpe — falo mais uma vez.

Sim, esse é o discurso cuidadosamente planejado que passei as duas últimas semanas ensaiando, deitada e olhando para o teto às duas da manhã, todas as madrugadas. Dizendo-o agora em voz alta, ele parece tão banal quanto me soou antes, na escuridão.

Mas ou era aquilo ou era continuar a encarar em silêncio a cerveja dentro de meu copo, tentando decidir se a situação é de fato pior do que a vez em que decidi estrear minha coreografia interpretativa revolucionária de "Hips Don't Lie" no meio da assembleia estudantil.

— Tá, você já disse isso. Mas eu não entendo, o que aconteceu? Fala comigo.

Noah dá um gole em seu suco de laranja com limão. Em todos os anos que passamos juntos, de algum jeito, ele nunca esteve tão bonito quanto agora. Maldito.

— Eu simplesmente não sinto mais a mesma coisa — declaro. — E não consigo fingir que sim.

Ele deve ter visto meus ombros tremendo, porque se estende por cima da mesa e coloca uma mão em meu braço.

— Você vai ficar bem, Gwen?

— Tá tudo bem. Eu vou ficar bem. Tudo vai ficar bem — digo, dispensando a mão dele e pegando minha bebida.

Não faz sentido tentar fingir que isso é só um momento ruim, uma pedra no meio no caminho ou nada mais do que uma porcaria de uma decisão idiota. Porque tudo mudou, e nós dois sabemos disso.

Na primeira vez que eu vi Noah Coulter, ele estava rindo. Rindo às gargalhadas. Eu não fazia ideia do motivo e, agora que paro para pensar, ainda não faço. Ele estava parado na fila da Pit Stop, a cafeteria da Universidade de Sussex, instigado por parte de seu séquito habitual. Eu estava seis pessoas atrás dele, segurando uma batata recheada morna e um pacote de salgadinhos Monster Munch sabor picles de cebola. Acredito que era o mesmo que estava nas bandejas de cada um naquela fila. Batata recheada com queijo tinha a duvidosa honraria de ser simultaneamente o item mais barato e, ainda assim, o mais substancial no menu.

Naquela época, meu cabelo era curtinho, e eu pensava que calças capri eram um item fashion dos mais ousados e estilosos. Mas achei Noah lindo. Tá, talvez "lindo" seja a palavra errada. Estou tentando ser romântica. Ele tinha um corpão. Cabelo castanho aparado e semiondulado, um bronzeado que parecia nunca desbotar (e, nessa época, ainda não dava para arranjar um autobronzeador decente nas prateleiras de qualquer farmácia). Certo, tudo bem, ele pendia para o lado dos baixinhos, mas eu nunca fui uma mulher obcecada com a altura dos caras. Eu sabia, só de olhar para ele, que era alguém popular, confiante e, provavelmente, tão inalcançável como uma linguiça vegana decente.

No fim das contas, eu estava errada sobre as três coisas.

A próxima vez que o vi foi na festa de Natal em nosso refeitório na faculdade. A associação de integração tinha organizado um jantar natalino econômico e animado, pouco antes de todos se despedirem e saírem de férias. Quando eu e Sarah, que se sentava ao meu lado, puxamos meu estalinho* para abri-lo, o

---

* "Estalinhos de Natal", ou *Christmas crackers*, são parte de uma tradição natalina muito comum no Reino Unido e outros países com este vínculo histórico. O brinquedo consiste em cilindros de papel ou papelão embrulhados para presente que emitem um estalo quando são abertos. Em geral, eles contêm lembrancinhas, doces, um chapéu ou coroa de papel e uma piada ou brincadeira impressa. (N.T)

conteúdo, é claro, havia se espalhado por todo lado. E, embora a coroa de papel estivesse a salvo em minhas mãos, eu estava desesperada para encontrar minha parte favorita do Natal: a piada do estalinho.

— Nããão! Onde foi parar? — gritei, embriagada, passando os olhos pela mesa. — Sumiu!

Várias pessoas ao nosso redor começaram a procurar pelo chão, presumindo que eu tivesse deixado cair algo de real valor. E, por acaso, uma delas era Noah Coulter — que, como eu viria a descobrir, tinha como razão de viver o drama de ver uma piada de estalinho perdida agravar-se até virar um incidente internacional, entre outras coisas. Enquanto eu me arrastava pelo chão, vi um pé puxando um quadradinho de papel na direção de uma perna coberta de brim. Ele se abaixou, pegou a piada e avançou até onde eu estava ajoelhada no chão. Colocando-a na mesa, anunciou, sensualmente:

— É isso aqui que você tá procurando?

Fiquei de pé e endireitei a coroa capenga em tom de amarelo-vivo na cabeça.

— Um presente para a minha princesa — Noah disse.

— Vai se foder, eu sou a rainha! — respondi.

— Essas piadas sempre são péssimas — ele observou. — Por que esse desespero pra encontrar a sua?

— Eu gosto de piadas — falei. — Faz parte do meu personagem.

Ele se sentou na cadeira ao meu lado, desdobrou o papel e pigarreou teatralmente:

— Qual é o melhor lugar para esconder um livro? — Noah leu em voz alta.

— Por que alguém ia querer esconder um livro? — perguntei.

— Errado — ele disse, à maneira de um apresentador de algum programa tosco de perguntas e respostas. — A resposta correta é... uma biblioteca.

— Não entendi.

— Bom, é que o livro não vai chamar atenção lá, né? — ele explicou. — No meio de todos os outros livros.

— Que... — anunciei — ...piada horrível.

— Que tal arranjarmos outra pra você?

Agarrei um estalinho sobressalente da mesa e estendi uma das extremidades para Noah. Ele a pegou, e nós dois puxamos. Com um barulhinho patético, o brinquedo estourou, deixando cair na mesa sua carga de itens plásticos.

— Sentiu isso? — perguntei.

Ele sorriu.

— Foi de deixar as pernas bambas.

Nunca chegamos a ler a piada daquele estalinho, porque estávamos ocupados demais nos beijando com tudo.

Aquilo abriu o precedente para o ano seguinte. Noah tinha todas as soluções; eu tinha os problemas. Eu era dramática, ele era prático. Era o tipo de relacionamento movido a álcool, impulsionado por tesão, que só é possível acontecer na faculdade. Mas, lá no fundo, acho que nós dois gostávamos da teatralidade, quase como se, sem querer, estivéssemos encenando os relacionamentos adultos emocionantes que víamos na TV. Depois de cada briga, eu o punia, saindo e voltando só ao amanhecer. Era algo destinado a se desgastar rápido, mas, na verdade, continuamos juntos durante as férias de verão e boa parte de nosso segundo ano.

E aí, tudo desmoronou em um único instante. Eu perdi meu pai e, então, perdi a mim mesma. Meu pai era a pessoa com quem eu sempre podia contar para cuidar de mim, não importa que besteira eu aprontasse e, sem ele, entrei em parafuso. E o Noah, bom, ele fez o melhor que pôde. Não era que não se importasse, ele só não entendia — não conseguia entender. Eu estava tão furiosa com o mundo que só queria me isolar de tudo, me esconder. A garota-dos-sonhos-maluquinha dele tinha se enrolado e virado um pangolim de angústia, e eu não podia culpá-lo por se afastar lentamente de mim. Por fim, eu tinha me tornado um problema que ele não era capaz de resolver. Já estávamos superando um ao outro, de qualquer forma (ou talvez tenha sido só ele que superou a mim), então, concordamos em dar as coisas por encerradas.

Claro, havia momentos em que eu sentia falta dele, e passei algumas noites suspirando enquanto olhava seu Instagram, procurando por qualquer pista de que ele talvez também estivesse com saudade de mim. Mas, no fim das contas, para meu próprio bem, eu o bloqueei. Desperdiçar lágrimas por um garoto não parecia valer a pena. Nada parecia valer a pena naquela época. Foi ideia de Sarah nos mudarmos juntas para Eastbourne depois de nossa formatura. Eram poucos quilômetros de trajeto pela costa, perto da minha mãe. Aquele apartamento precário de dois quartos era nosso pequeno refúgio à beira-mar, e Sar cuidou de mim enquanto eu estava na pior, me alimentando a conta-gotas com queijo-quente e vinho barato até eu começar a me sentir de maneira quase normal.

Não voltei a ver Noah até talvez cinco anos mais tarde, em algo que não deveria mais existir. Um evento de encontros-relâmpago. Era um conceito antiquado até para aquela época, já que aplicativos de relacionamento tinham há muito tempo se provado uma dádiva divina para os solteiros (e para os não-tão-solteiros). Mas havia certa novidade no fato de estar realmente falando com alguém cara a cara e, já que ninguém mais conversava em bares, pareceu, no mínimo, algo diferente a se fazer em uma noite de quarta-feira.

Meu cabelo estava mais comprido, tingido e retingido tantas vezes que eu já não sabia muito bem de que cor ele era, para começo de conversa, e minhas calças capri haviam sido cerimonialmente destruídas há um bom tempo. Àquela altura, eu já tinha batido minha cota de ficadas medíocres com garotos medíocres, que desapareciam mais rápido do que os carimbos de boates nas costas da minha mão. E nenhum jamais pareceu estar à altura dele, meu primeiro amor.

Sarah e eu aparecemos no local, no bairro de Meads, e imediatamente nos pusemos a inspecionar os outros participantes antes de o evento começar. Foi quando eu me deparei com Noah. Em meio às pessoas nervosas que estavam sozinhas, obviamente levando o negócio muito a sério, e os grupos de caras e garotas que claramente estavam lá por diversão antes de irem encher a cara em alguma balada horrorosa na vizinhança, lá estava ele.

Eu nunca chegara a desbloqueá-lo nas redes sociais e, portanto, não fazia ideia do que tinha acontecido com ele. Noah agora tinha uma barba discreta que o fazia parecer não exatamente mais velho, mas mais adulto. Suas velhas calças cargo e a camiseta desbotada do AC/DC tinham sido substituídas por jeans obviamente caros, uma camiseta branca impecável de gola V e uma jaqueta de aviador. Ele estava bebendo algo colorido com um canudo e passando os olhos pelo lugar enquanto os amigos conversavam. Nossas varreduras conjuntas se cruzaram e, reconhecendo o que estávamos fazendo, ele deu aquela risada boba. Sorri de volta e dei de ombros. E, naquele momento, eu soube imediatamente que iria para casa com ele. Foi como voltar a ver terra firme depois de ficar perdida por muito tempo no mar.

Quando ele finalmente chegou à minha mesa (um excruciante número dezesseis de vinte), admito: eu estava bem bêbada.

— Gostou de alguém por aqui? — Noah perguntou, rindo.

Ele levava um adesivo com o nome preso no peito.

— Talvez, Noah — falei, observando o adesivo de um jeito exagerado. — Talvez.

Quando o organizador (um australiano cheio de energia e improvavelmente chamado Chico) soprou o apito, indicando que era hora de os homens trocarem de mesa, ainda não tínhamos parado de conversar. Uma semana depois, nos encontramos novamente em um restaurante que alegava servir *tapas* italianas, e retomamos exatamente de onde tínhamos parado anos atrás.

Noah era agora designer gráfico para uma empresa de software, morava logo na saída da cidade e não entendia como risoto podia ser considerado uma *tapa*. O fato de já termos namorado nos oferecia uma rede de segurança que eu nunca havia sentido em outros encontros. Neles, eu sempre estava em leve estado de pânico, como se, de repente, fossem se dar conta de quem eu era de verdade e me dariam um pé na bunda. Mas, com Noah, eu quase conseguia fingir ser a velha Gwen, fingir que tudo era como antes, antes de meu pai morrer.

Sempre que as coisas ficavam um pouco atribuladas, nossa história compartilhada servia como uma âncora que estabilizava o barco. Ele não deixava que eu me distraísse, endireitava meu trajeto toda vez que eu oscilava. Nossas fiéis piadas internas e rituais (como pedir metade do cardápio do McDonald's, levar tudo para casa e comer em pratos, com garfo e faca) nos impediam de nos distanciar.

Eu morava com Sarah, mas, principalmente por insistência de Noah, estava sempre na casa dele. Parecia simples, como se fosse a ordem natural das coisas. Fomos muito felizes ali, brincando de criar um lar de faz de conta. Eu o ajudava a escolher almofadas e alguns pôsteres baratos, as únicas coisas que ele podia mudar sem precisar pedir a permissão do proprietário. Parecia adulto, cozinhar um para o outro à noite, passar os fins de semana indo às compras, bebendo com amigos, assistindo programas ruins na TV. Não tínhamos nenhuma responsabilidade além de escolher o que pediríamos para comer a seguir ou a próxima série da Netflix.

Mas aquela vida não podia durar para sempre. A mãe dele adoeceu. Câncer, é claro. Ela estava bem, reagindo ao tratamento. Mas a doença o assustou, eu acho. E um dia, de brincadeira, ele sugeriu largarmos nossos trabalhos e tentarmos ir a todos os festivais do país. Aquilo evoluiu para pesquisas de caminhões de sorvete usados no eBay e, de repente, estava acontecendo de verdade.

Quando Noah anunciou que tínhamos vencido o leilão, um leilão do qual eu nem sequer sabia que ele tinha participado, e que éramos agora os donos orgulhosos de um caminhão de sorvete, tivemos uma briga imensa. O futuro que eu via se solidificando à minha frente estava derretendo. E, no lugar dele, estava uma cafeteria móvel, velha e decrépita, emplastrada com uma pintura tosca do Mickey Mouse comendo uma casquinha coberta de chocolate. Tive a sensação de que Noah estava erguendo a âncora e nos jogando à deriva.

— Eu achei que a gente ainda estava conversando a respeito disso — eu falei.

— Quem ainda tá conversando é você — ele me disse. — Se eu deixasse na sua mão, a gente ficaria conversando pra sempre. Então, tomei a decisão por nós dois. Você pode comunicar seu aviso-prévio no trabalho amanhã.

Eu disse a ele que não podia fazer aquilo. Ele me disse que não podia fazer aquilo sem mim. Derrotada, fui para casa e tentei ignorar a situação toda à base de reality shows e várias garrafas de vinho rosé barato. Mas, lá no fundo, sabia que estávamos em um impasse, e que só existia uma saída.

E, então, foi mais ou menos assim que vim parar aqui, sentada em frente a um pub capenga, dizendo a ele que é melhor encerrarmos as coisas agora em vez de daqui a trinta anos, quando estaremos amargurados, falidos e tremendamente ressentidos um com o outro.

— Lembra disso? — Noah pergunta, tirando um pedaço de papel da carteira. Ele estica o papel na mesa. A tinta mal impressa desbotou, mas é a piada do estalinho, da noite em que nos conhecemos. Ele guardou aquilo durante todo esse tempo.

— Continua sendo uma piada horrível — digo, tentando forçar um sorriso.

— Sempre foi — ele diz, guardando-a de volta na carteira. — Mas eu gosto dela.

Passamos mais alguns segundos nos encarando em silêncio antes de eu engolir o restante de minha cerveja, me erguer e ir embora. Durante a curta caminhada até meu apartamento, enquanto desvio de árvores de Natal descartadas nas calçadas, repito meu mantra de "vai ficar tudo bem" para mim mesma. Ainda é cedo, e o Sol e a Lua compartilham um céu cada vez mais avermelhado. Digo a mim mesma que o restante da minha noite de sexta-feira e, talvez, da minha vida, está livre para ser aproveitado, agora como mulher recém-independente e recém-solteira, que não sente necessidade das armadilhas de relacionamentos e das banalidades suburbanas.

É claro, cinco minutos depois de passar pela porta da frente, eu já instalei o único aplicativo de relacionamentos que suporto e comi dois pacotes de Cheetos. Chame de coitadismo, se quiser, mas, se me visse, você saberia que não tem nenhuma coitada aqui. Eu posso flertar com caras gostosos e comer montes de salgadinhos, sem nem tirar o pijama. Além do mais, todo mundo sabe que a única coisa capaz de aliviar a dor de um término é a atenção de estranhos.

Tá, tudo bem, e Cheetos também.

•••

— E foi isso — falei. — Ele ainda não tinha se demitido, e eu, sim, então fazia sentido que eu ficasse com o caminhão. Eu tinha pagado a maior parte, no fim das contas. Ele me disse pra vendê-la, mas aquele caminhão era o último pedaço que eu tinha do Noah, e simplesmente não consegui encarar a ideia de abandoná-lo. E parte de mim queria provar que eu podia seguir em frente sozinha. Só que fracassei nisso também, não é?

Ergui os olhos para Lyons. Os olhos dele estavam fechados, e eu percebia pelo seu peito subindo e descendo gentilmente que ele tinha adormecido. Tá, ele parecia bem bobo com a boca aberta, mas era verdade: eu não tinha encontrado ninguém como ele desde o Noah, alguém que não fosse um racista tremendo, que não estivesse mentindo sobre a própria idade nem traindo a esposa. Estendi a mão para meus jeans jogados no chão e puxei o guardanapo com os nomes escritos.

— Acho que não precisamos mais disso — falei baixinho.

Alcancei uma caneta na mesa ao nosso lado e risquei o nome de Seb. Com uma mão, amassei o guardanapo e o atirei no cesto de papel, onde ele girou em torno da borda por um instante antes de entrar.

Então, nos cobri com a jaqueta de Lyons, deixei as ondas de exaustão tomarem conta de mim e adormeci.

Quando dei por mim, estava sendo despertada pelo celular de Lyons, que tocava incessante e ameaçadoramente. Cutuquei-o algumas vezes no peito, mas ele não acordou, então, desenrosquei meus braços e minhas pernas de baixo do corpo dele. Passei as mãos pelo sofá, tentando localizar o celular; quando finalmente consegui arrancá-lo do meio das almoçadas, onde estivera aninhado ao lado de uma das minhas meias, o aparelho já tinha parado de tocar.

A tela se iluminou ao meu toque, mostrando o horário, sete e vinte e dois da manhã, e um alerta de uma chamada perdida de Forrester. Mas, embaixo daquilo, estava uma notificação.

Você tem um novo match no Connector!, dizia.

35

Mas. Que. Porra. É. Essa?

Instintivamente, deslizei o dedo sobre o alerta; em vez de me mostrar quem era o match, contudo, o celular exigiu uma senha. Por que diabos Lyons estava recebendo mensagens no Connector quando nem sequer sabia o que era um aplicativo de relacionamento até três dias atrás, mais ou menos?

— Ei — gritei, virando-me para o rosto adormecido de Lyons. — Mensagem pra você.

Mais alguns cutucões foram necessários, mas por fim os olhos dele se abriram.

— Dia. — Lyons sorriu, sonolento.

— Eu disse que tem uma mensagem pra você.

— É do Forrester? — ele murmurou, sentando-se e esfregando os olhos.

— Não.

Segurei o celular muito, muito perto do rosto dele.

— É da nova sra. Lyons — falei.

Ele olhou para mim, esfregou os olhos novamente e pegou o celular, examinando a tela como se estivesse tentando ler a última linha em um exame ocular.

— Ah, certo — ele disse, o sorriso sumindo de seu rosto.

— Não era você que não acreditava em aplicativos de namoro? — indaguei. — Na verdade, eu poderia *jurar* que você me disse que nunca tinha usado um desses.

Lyons ficou em pé, colocou o celular na mesa e começou a vestir suas roupas.

— Eu achei — ele falou defensivamente — que, já que estava investigando um caso de homicídios múltiplos no qual o assassino usava este aplicativo, poderia ser sensato baixá-lo.

Eu o encarei.

— Tá, parece bem plausível — falei, meu tom de voz deixando incrivelmente claro que eu não achava aquilo *nada* plausível.

— Você está sempre falando do aplicativo, então eu pensei em ver o porquê de toda a algazarra — ele retrucou, procurando o cinto pelo sofá.

— Eu tô sempre falando desse aplicativo porque tô sendo perseguida nele, cacete! — vociferei.

— Por que está ficando brava? — Lyons perguntou, vestindo a jaqueta.

Caramba, estava prestes a acontecer um bingo no jogo de "as perguntas que eu mais odeio de todos os tempos".

— Não estou brava — respondi, fazendo o meu melhor para não deixar a raiva transparecer em minha voz. — Só quero saber por que você mentiu.

— Não é isso. Eu não menti, só não contei isso pra você — ele explicou. — Tem uma diferença.

— Parece algo que um dos seus suspeitos diria.

— Você está sendo dramática — Lyons disse.

— Bom, até onde eu sei, essa é uma situação bem dramática — rebati.

Ele continuou se vestindo sem dizer nada.

— Eu sabia — falei baixinho. — Você é igual a todos os outros. Mas que erro gigante eu cometi ontem à noite.

— Gwen, não seja...

— Eu só tô me perguntando o que mais você não me contou. — Olhei de relance para o mural na parede.

— Não diga absurdos, eu...

Cruzei os braços e o encarei, pacientemente.

— Você passou por muita coisa nos últimos dias — ele disse. — Então, vou deixar isso de lado. Eu já te contei muito mais do que deveria sobre essa investigação. Confie em mim, nós pegamos o cara. Está tudo bem. Acabou.

— Certo — respondi. — E você não vai dar uma olhada? Na sua nova conexão amorosa?

— Mais tarde. — Ele pegou o celular e o enfiou no bolso do jeans. — Preciso ir. O caso pode ter terminado pra você, mas eu ainda tenho trabalho a fazer. Preciso encontrar o Forrester em Lewes.

— Ótimo. E o que é que eu faço?

— Desculpe — Lyons disse. — É melhor você esperar aqui. Quando a equipe chegar, vão querer falar com você sobre o Charlie.

Abri minha boca para dizer alguma coisa.

— Estou falando sério, Gwen — ele interrompeu. — Espere aqui. Eles vão cuidar de você.

Ele se aproximou de mim, aparentemente incerto se deveria me abraçar, me dar um beijo na bochecha ou apertar minha mão.

De repente, agarrei o braço dele.

— O que é isso na sua manga?

— O quê?

— Essa marca. O que é isso? Parece sangue.

Lyons ergueu o braço até o rosto e examinou a mancha.

— Deve ser do Dev — ele disse. — Ele estava sangrando por todo lado.

Pensei por um instante.

— Você não estava usando sua jaqueta na pista de boliche — lembrei. — O que, pensando agora, foi meio esquisito. Tem feito um frio congelante há semanas.

— Bom, deve ter sido na Eye então, quando conferi a pulsação do Seb.

— O que aconteceu com o moletom? Aquele que o Parker deixou cair quando fugiu do boliche? — perguntei.

Lyons pareceu confuso.

— Está com a equipe forense. É uma evidência. Eu te falei, vamos ver se corresponde com o DNA do Charlie.

— Você chegou na pista de boliche bem rapidinho, não foi? Logo depois que o Parker escapou.

— Não sei o que você está insinuand...

— Qual a sua altura? — perguntei.

— Mais ou menos um metro e oitenta e dois. O que isso tem a ver c...

— Mentira — esbravejei.

A expressão de Lyons se enrijeceu, sua perplexidade cedendo espaço à raiva. De repente, senti que tinha ido longe demais.

— O que você está dizendo, Gwen? Acha que eu sou o Parker? É isso que está dizendo?

Acho que nunca tinha o ouvido erguer a voz antes.

— Não, eu... eu... — gaguejei. — Não foi isso que eu quis dizer, Aubrey.

— Bom, por que está falando nesse assunto, então? Não te ouvi comentar sobre nenhuma das outras manchas na minha jaqueta.

Abaixei a cabeça. De repente, me sentia mais confusa do que nunca.

— Olha, eu tô cansada e assustada e quero ir para casa — falei. — Não sei mais o que tô pensando.

— Eu provavelmente sou a única pessoa em quem você *pode* confiar agora, Gwen.

— Tá, então não sai gritando comigo. Eu não suporto quando um cara começa a ficar agressivo porque sabe que errou e não consegue admitir.

— E *eu* não suporto quando as pessoas começam a me acusar de assassinar os outros, tá bom? O "Parker" está sob custódia no momento, esperando o advogado dele. Então, se acalma um pouco, pode ser?

— Eu não tô te acusando d...

— Eu preciso ir. Te ligo depois — ele me interrompeu, e acrescentou rapidamente em seguida: — Digo, para falar sobre o Charlie. Você provavelmente vai querer saber dos próximos passos.

— Mal posso esperar — respondi, chutando com petulância a garrafa vazia de Malibu que tinha sido atirada no chão durante as atividades da noite anterior.

— E Gwen — ele acrescentou —, err, acho que é melhor você vestir umas roupas, sabe, só caso alguém entre aqui.

Por um triz não joguei a garrafa de Malibu na cabeça dele. Mas concluí que poderia pegar mal quando se está seminua em uma delegacia às sete e meia da manhã. Assisti a Lyons sair do escritório, me deixando ali de sutiã e calça jeans.

Fechei a porta às costas dele e inspecionei os destroços de almofadas do sofá e meias soquete espalhadas pela sala. Ao contornar o cômodo, organizando as coisas, notei uma pilha de papelada no que deveria ser a mesa de Forrester. Ao reconhecer o nome digitado na primeira folha, eu a peguei. Parecia um mandado de busca para o barco de Jamal.

Forrester, seu idiota, pensei, dobrando o papel e enfiando-o em meu sutiã. Se Jamal se encrencasse por ter me ajudado, eu nunca me perdoaria.

Me joguei na cadeira giratória e calcei minhas meias. Enquanto girava a mim mesma, deslizei a língua pelos meus dentes e xinguei a ausência de uma escova de dentes. Meu cérebro parecia estar girando mais rápido do que a cadeira. Será que Aubrey realmente estava mentindo para mim? Ele tinha agido como se aplicativos de relacionamento fossem um completo mistério, o que claramente não era verdade. Se ele fosse mesmo o Parker, era *possível* que tivesse passado pela janela da pista de boliche, desovado o moletom e corrido de volta ao banheiro a tempo de me encontrar com o Dev. Ele não parecia fazer o tipo assassino, mas, por outro lado, Charlie também não. Quando a cadeira parou de girar, me vi encarando meu reflexo no espelho escuro do monitor do computador de Lyons. Distraída, apertei Enter no teclado. A tela se acendeu e pediu uma senha.

— O que mais você tá escondendo de mim, investigador? — murmurei.

Pensei por um segundo e digitei "aubrey1". A tela sacudiu-se e me pediu para tentar novamente.

— Tá, tudo bem, se você insiste... — falei ao computador.

Me lembrei do que Jamal tinha dito sobre senhas: a maioria das pessoas escolhe algo pessoal para si. Bom, a senha que *eu* sempre usava era "b1nky", com o "um" numeral em vez de um "i". "Binky", porque aquela pobre bolinha de pelos era uma lenda, e eu o amava de todo o coração. E "1" porque nenhum hacker no mundo conseguiria desvendar esse código. Mas o que um homem como Aubrey Lyons escolheria como senha? Um homem que parecia ter tão pouca alegria em sua vida?

Digitei "gamb1to". A tela sacudiu mais uma vez.

Girei a cadeira novamente, procurando pistas pelo escritório. Meus olhos pousaram nas fotos 3×4 em preto e branco ao lado do computador de Lyons. Me voltei para o teclado.

"olivia", digitei. A tela balançou de novo.

— Tá bom, mais uma tentativa — eu disse para mim mesma.

"0l1v1a."

De repente, a tela escura foi substituída por uma foto vibrante de um banco de imagens: uma palmeira curvada sobre uma praia pitoresca.

— Falei que eu era uma boa investigadora — murmurei.

Abri o Google e cliquei no histórico de pesquisas. Entre as buscas por "horários abertura Costco", "Dragon", "Filme tubarão Netflix" e "Gwen Turner", uma frase fez meu peito se contrair.

"Imagens Colin Parker."

Inspirei com força e cliquei nela. A tela se encheu com fotos muito familiares: um zumbi sexy, Colin rindo no pub com os amigos, todas as mesmas imagens do perfil do Connector de Parker.

O que diabos você tá fazendo, Aubrey Lyons?

Meu estômago se revirava como se um péssimo DJ de casamentos estivesse tentando remixar meus órgãos. Lyons estava lá na pista de boliche quando Dev foi atacado. E, outra vez, na roda-gigante quando Seb foi assassinado. Ele tinha o Connector em seu celular, apesar de dizer que nunca tinha usado um aplicativo de relacionamento na vida. E, agora, eu tinha acabado de descobrir que ele tinha as fotos de perfil do Parker em seu histórico de pesquisa. Mas não era possível que ele *realmente* fosse Parker... era?

Trêmula, fechei o navegador e encontrei o ícone de e-mail na área de trabalho dele. Havia vinte e duas mensagens não lidas, mas uma se destacava. Cliquei no e-mail da Dragon Ltda.

A/C Investigador Lyons,

Recebemos sua solicitação oficial das informações referentes à conta 394518Z do Connector, para o usuário "Parker".

A informação vinculada à conta está apresentada a seguir:

NOME: Parker Smith

EMAIL: PrincipeEncantado007@rajakov.net

DATA DA CRIAÇÃO: 29 de dezembro
ÚLTIMO LOGIN: 00h37, 13 de fevereiro

Olhei para a data no canto esquerdo inferior da tela. 13 de fevereiro. Era o dia de hoje. Parker havia logado no aplicativo *hoje*. Meu coração começou a disparar. Charlie estivera sob custódia a noite toda. Lyons tinha tomado o celular dele. *Ele não poderia ter entrado no Connector.*

Corri até a porta do escritório e fiz menção de abri-la antes de me dar conta de que ainda estava só de sutiã. Vestindo minha blusa e meu moletom, coloquei a cabeça pelo vão da porta, analisando a delegacia. Os funcionários começavam a chegar, bebericando copos de café para viagem e ligando os computadores. Mas Lyons não estava em parte alguma.

Agarrei meu celular e comecei a ligar para o número dele e, então, me contive. Eu não me lembrava de vê-lo usar o celular na noite passada, mas ele poderia facilmente ter enviado uma mensagem enquanto eu dormia.

Charlie tinha me traído. Lyons tinha mentido para mim. Noah tinha desaparecido. Eu não sabia mais em quem confiar. Além do mais, me dei conta, o Dia dos Namorados era amanhã. Sarah e Richard se casariam. Eu e o restante dos convidados deveríamos nos encontrar no píer, prontos para sermos levados de balsa até a Ilha de Eastleigh. Sarah já estaria lá, com os seus pais e os de Richard.

Pais. Pensei mais uma vez na mãe de Seb no asilo enquanto tentavam explicar a ela que o filho não viria mais visitá-la. Minha mente vagou até a mensagem da ex de Rob e a mensagem na página em sua homenagem. E à esposa de Dev, ouvindo uma batida na porta de um policial de expressão solene.

Senti uma pontada terrível de culpa dentro de mim. Bom, ou era culpa, ou o fato de que eu não tinha jantado nada além de um Toffee Crisp e Malibu na noite passada.

Ainda havia o nome que eu tinha arrancado do guardanapo. Se Charlie não era Parker, aquela pessoa continuava em perigo. E eu não podia deixar que nada acontecesse a ele.

Tinha que chegar até ele antes do Parker, mas como?

Em *Além da salvação*, as pessoas na história sempre procuravam um padrão. Algo que o assassino fazia toda vez, alguma pista, deliberada ou não, que levasse a polícia até ele. E, se Parker estava tentando me incriminar, ele deixaria pistas que apontassem para mim. Voltei a me sentar na cadeira giratória e observei o mapa de Eastbourne. Um alfinete estava fincado em cada uma das localizações onde os corpos tinham sido descobertos.

Rob foi encontrado no Sovereign Park.

Freddie, encontrado em um latão de lixo, em um beco atrás da South Street.

Josh, no campo de minigolfe.

Dev, na pista de boliche.

E Seb teve a indignidade de ser assassinado na Eastbourne Eye.

Não sei se eu esperava que os locais formassem um pentagrama, ou que soletrassem "Gwen" ou algo do tipo, mas estava ficando desesperada. Me levantei e encontrei no mapa o bar de vinhos onde eu e Rob tínhamos ido. Ficava diretamente à frente do Sovereign Park. Então, procurei o Toppo, o restaurante italiano onde jantei com Freddie. Era na South Street. Eu havia encontrado o corpo de Josh no Festa na Floresta, e Dev, no shopping. E, é claro, eu e Seb fomos à Eye. Não era uma coincidência, eu percebi. *Havia* um padrão.

Parker está atraindo as vítimas aos lugares onde meus encontros aconteceram.

Eu ainda não fazia ideia de quem Parker seria, mas, pelo menos, podia calcular o lugar em que ele atacaria em seguida. Só restava mais um encontro, então eu sabia exatamente onde precisava ir.

36

O que *realmente* aconteceu com Noah

Sarah entra pisando duro no apartamento e bate a porta às suas costas.

— Acabou — ela vocifera.

— O quê? — pergunto, distraída momentaneamente do aconchego de meu vinho rosé e da maratona de *Casamento à primeira vista*. Noah acabou de me dizer que eu preciso pedir demissão de meu emprego; tudo que quero é me enterrar sob as almofadas do sofá e esvaziar pacotes de batatinhas.

— O noivado, o casamento, tudo. Richard disse que tudo está acontecendo rápido demais. Eu joguei a aliança na cara dele — Sarah fala. Seu rosto está vermelho de raiva.

— Você fez o quê? — Eu me sobressalto.

Ela desmorona no sofá ao meu lado e se estica para alcançar a garrafa de vinho na mesa.

— Tá, tá, fica calma — digo a ela, pegando o controle e desligando a TV. — O que exatamente ele disse?

— Que é dinheiro demais, que a gente devia esperar até o ano que vem, depois que ele ganhar o bônus no trabalho, blá, blá, blá, só besteiras — ela resmunga.

Tiro a garrafa das mãos dela, encho minha taça e a devolvo. Ela toma goles lentos até sua respiração começar a voltar ao normal.

— Então ele não tá cancelando pra valer? — pergunto. — Talvez ele só precise de um pouquinho mais de tempo pra se acostumar com a ideia, não acha?

Vejo as narinas de Sarah se dilatarem quando ela pousa a garrafa na mesa.

— Se acostumar com a ideia? — ela fala com escárnio. — A ideia de se casar comigo é tão aterrorizante assim, porra?

— Nesse momento? Sim, um pouquinho — respondo. — Respira fundo. Ele não tá terminando com você, só tá pedindo um tempo.

— Você, me dando conselhos amorosos? Essa é boa — Sarah diz, resfolegando.

— Bom, só tô dizendo qu...

— Ah, entendi, você só não quer que eu me mude, não é? E essa é sua chance de me manter aqui. Você nunca gostou do Richard e, agora, achou sua oportunidade. Acertei?

— Não, não acertou! — falo, minha voz falhando um pouquinho. — É só que você sempre foi tão cautelosa com homens. Por que tanta pressa agora?

— Porque o Richard e eu somos perfeitos um para o outro — ela afirma, como se fosse um fato indiscutível. — Quer ele saiba disso ou não.

— Tem mesmo como você ter tanta certeza? Você mal namorou desde a faculdade.

Os olhos de Sarah se estreitam.

— Como é que você saberia disso? Sempre esteve absorta demais com o Noah pra reparar em qualquer coisa que seja da minha vida.

Sarah tinha saído com alguns caras antes de encontrar Richard, mas, apesar de seu interesse discutivelmente saudável na minha vida amorosa, ela nunca quis me contar como eram esses encontros. Às vezes, eu me preocupava com a possibilidade de ter acontecido algo ruim para valer, mas talvez fosse só o fato de que nenhum dos pretendentes atingia os padrões impossivelmente altos dela.

— Como assim?

— Ah, fala sério, Gwen, você age feito uma adolescente apaixonada perto do Noah — ela fala.

— Não é verdade!

— É, é verdade, sim — Sarah rebate. — Você idolatra esse cara, sempre foi assim. É patético.

— Por que puxar esse assunto agora? — respondo, começando a sentir meu sangue ferver.

— Você morre de medo de se virar sozinha. Se apega ao Noah como se fosse uma criança com o cobertor. Você merece coisa muito melhor e, lá no fundo, sabe disso.

— Que baboseira — eu esbravejo. — Eu conheço o Noah há anos, e você conheceu o Richard tem uns dez minutos. Então, não acho que tenha muita moral pra me dar um sermão sobre essa questão.

— Você não está feliz, está se afundando. Está prestes a jogar sua vida no lixo pra seguir aquele cara país afora feito um poodle fiel. Codependente é pouco pra você.

— Ei, espera um minutinho aí — atalho, tentando recuperar o controle da situação, que parece ter se virado contra mim. — Talvez essa ideia toda do food truck seja idiota, mas eu precisava de algum rumo, depois que, sabe...?

— Depois que seu pai morreu? Você pode falar em voz alta, Gwen. Aconteceu.

As palavras dela me acertam como mil adagas minúsculas.

— Eu sei que aconteceu — digo, minha voz ficando fria como o Ártico.

— Não é isso que seu pai ia querer pra você — Sarah afirma. — Ele ficaria muito decepcionado.

Meu corpo se enrijece como se tivesse sido atingido por um aguilhão.

— Me diz que você não tá falando isso — peço em voz baixa. — Você não tá me dizendo o que meu pai pensaria.

O rosto de Sarah fica vermelho por um instante antes de ela se recompor.

— O Noah não vai substituir o seu pai, Gwen, e eu é que vou precisar sair catando os caquinhos quando der tudo errado, exatamente como da última vez — ela responde. — E, ainda assim, você está agindo contra mim.

— Eu não tô contra você, Sar, eu...

Com isso, ela entorna o vinho, levanta-se e vai para o andar de cima pisando duro, e me deixa tentando entender o que acabou de acontecer.

Mais tarde, quando termino meu expediente na Delizioso, mando uma mensagem para Richard pedindo que me encontre no Brown Derby. Me sinto horrível a respeito da briga com Sarah e estou torcendo para que, talvez, se conseguir ajeitar as coisas entre ela e Richard, poderia consertar a situação.

Depois de ele terminar de narrar os não eventos de sua última viagem até uma colina galesa aleatória, tento direcionar a conversa para Sarah. É levemente constrangedor, já que nós dois nunca ficamos a sós. Normalmente, eu tenho Sarah ou Noah para ajudar a absorver um pouco das histórias engraçadas das trilhas dele. (Observação: estou usando a palavra "engraçadas" muito generosamente.)

— E aí, o que aconteceu com a Sarah? — pergunto a ele, me fazendo de sonsa. — Você não trouxe nenhum docinho de hortelã de presente pra ela?

— Tivemos uma discussão idiota sobre o casamento — Richard responde. — Acho que está tudo acabado.

— Deixa eu adivinhar, você quer os conjuntos de mesa em azul-piscina, ela quer em turquesa.

Richard suspira. Consigo notar que já está um pouquinho bêbado, o que é incomum para ele no meio da semana. Ele explica que perguntou se Sarah consideraria adiar o casamento até os dois estarem um pouco mais estáveis financeiramente. Ela reagira do clássico jeito Sarah de ser, tirando a aliança de noivado e a atirando no jardim.

Minha intenção com a conversa tinha sido dizer a ele que tomasse jeito e implorasse pelo perdão de Sarah, mas, quanto mais conversamos, mais começo a sentir um pouco de pena de Richard. Me dou conta de que nunca falei direito com ele antes, sempre preferindo me juntar a Sarah para caçoar dele ou abstrair quando ele começa a falar de seus muitos, muitos passatempos másculos. Contudo, e talvez seja culpa da garrafa de Merlot que eu pedi "para a mesa" (também conhecida como eu mesma), estou começando a enxergar todo um lado novo nele.

— Não estamos juntos nem há um ano — ele diz. — Nem sequer moramos juntos ainda. Às vezes, eu acho que ela está mais apaixonada pela ideia de um casamento imenso na igreja do que por mim. Ela me disse que estou por um fio. Que é melhor eu não a envergonhar mais.

Na tentativa de fazê-lo se sentir melhor, conto a ele como estou me cagando de medo de pedir meu aviso-prévio no trabalho e afundar todas as minhas economias nessa ideia maluca do Noah.

— As coisas estão indo muito bem no trabalho. Eu acabei de ser promovida. E, agora, parece que tudo que ele quer é fazer as malas e ir embora — falo. — Às vezes, fico torcendo pra alguma coisa louca acontecer, sabe? Algo que tire isso tudo das minhas mãos, pra eu não precisar mais tomar essa decisão.

— Tipo o quê? Você ser sequestrada? — ele pergunta.

— Não, tipo uma distração enorme. Uma intervenção divina. Sei lá, uma invasão alienígena.

— Ou uma bomba nuclear? — Richard ri.

— Rá, é, algo desse tipo. Ou um desastre natural. Qualquer coisa que pudesse me tirar dessa.

— Eu te entendo. Se um vulcão entrasse em erupção em Eastbourne amanhã, com certeza o casamento seria cancelado.

— Bom, a Sarah perdendo as estribeiras lembra um pouco um vulcão entrando em erupção — sugiro.

Richard suprime um sorriso.

— O Noah sempre foi a minha âncora, sabe? — eu continuo. — Mas, desde que a mãe dele adoeceu, ele descobriu toda uma nova postura de "viva cada dia como se fosse o último". Mas como é que eu conto pra ele que não aconteceu o mesmo comigo? Depois do ano que teve, ele precisa de algo pelo que ansiar.

— E quanto ao que você precisa? — Richard pergunta.

Baixo os olhos para o meu celular, onde uma mensagem de Noah está perguntando:

Noah: Já falou com eles? O que o seu chefe disse?

Eu não respondo, e enfio o aparelho na bolsa.

— O que eu preciso não importa — respondo a Richard. — Simplesmente vou ter que fazer isso. E vai ser legal, eu acho.

— Você não chegou tão longe só pra parar aqui — ele diz, e meu cérebro embriagado leva um momento para compreender que foi uma frase um tanto poética. Ele pode lembrar um Bear Grylls mais arrumadinho, mas, na verdade, consegue ser bem gentil.

— Bom, é o que a gente diz quando chegamos no acampamento-base da Nevis — ele acrescenta.

— Acampamento-base. — Sorrio. — Que bobeira.

— Ei! — Ele ri. — Também foi onde eu pedi a Sarah em casamento, sabia?

— O quê? Na metade da subida da Ben Nevis?

— Não, na metade da subida da Roseberry Hill, atrás da igreja na Ilha de Eastleigh. Eu insisti pra ela fazer uma trilha comigo, e ela só chegou até a metade antes de começar a reclamar que estava com dor nos tendões da coxa.

— Típico da Sarah.

— Eu falei "Tá tudo bem, aqui é o acampamento-base. Tenho uma barrinha de proteína no bolso", e tirei a aliança. O resto é história.

— E agora vocês vão se casar lá.

— Bom, talvez não mais — ele diz, baixando os olhos para as profundezas marrons e turvas de sua cerveja IPA.

Depois de mais algumas canecas para ele e um acompanhamento de tequila para mim, vamos embora caminhando juntos. Passamos pela casa de Richard antes da minha, e ele pergunta se quero entrar para tomar uma saideira. E, em um momento espetacularmente brilhante, em uma decisão magistral, eu respondo que sim.

— A Sarah está com a minha chave — ele diz, erguendo o vaso de flores ao lado da porta da frente e pegando a chave reserva. — Nosso segredinho.

— O quê? — pergunto, a tequila enevoando meu cérebro de repente.

— A chave reserva — Richard fala, balançando-a na minha frente. — Não conte do meu esconderijo secreto pra ninguém!

Dentro de seu apartamento muito organizado, ele nos serve drinques, dos quais não precisamos nem um pouquinho, e começa a me mostrar seu equipamento para caminhadas, o álcool evidente em cada movimento. Não consigo parar de rir enquanto ele experimenta vários coletes, tornozeleiras e calças impermeáveis. Em determinado ponto, me vejo caída no chão, tendo arrancado com sucesso um calçado de montanhismo teimoso do pé esquerdo dele. Quando dou por mim, Richard se juntou ao meu lado no tapete e está se oferecendo para me ajudar a descalçar meus Converse, como agradecimento. Minha cabeça está zonza; tenho a impressão de que os batimentos retumbantes de meu coração são a única parte de meu corpo no controle. Antes que eu me dê conta, nós já começamos a puxar mais peças de roupas um do outro até que, de repente, estamos nos beijando. Em seguida, estamos indo além dos beijos. Tudo é um borrão. E, então, no que parecem segundos, acabou. Aconteceu, e eu não posso voltar atrás.

Mais tarde, caminho em transe para casa. Graças a Deus, Sarah está na cama quando entro. Vomito duas vezes e adormeço.

Na manhã seguinte, eu saio de casa, encontro a aliança caída na terra, a enxáguo e devolvo para Sarah quando ela acorda. Me desculpo por nossa discussão, digo a ela que ela tinha razão, o Richard é um bosta e ela não deveria ficar esperando que ele tome uma decisão. Sarah me diz que não tem escolha, que ele é o único homem bom que resta no mundo, que ela já investiu muito nesse relacionamento e precisa fazer aquilo dar certo, de qualquer jeito. Diz que não vai desistir só porque ele teve uns frios na barriga pré-casamento. Sinto vontade de vomitar de novo.

E é isto. Nos dias que se seguem, Noah não para de me perguntar se tem algo errado. Eu o ignoro e sugiro que a gente pegue a tequila. Todas as vezes que ele puxa o assunto do caminhão ou fala do futuro, eu mudo de assunto. Todas as vezes que sinto a necessidade de contar a ele, eu a sufoco. No sábado seguinte, combinamos de passar o fim de semana na casa da mãe dele. Eu não sou capaz de encarar a situação, e finjo estar com dor de estômago.

Enquanto observo Noah partir, me sinto vazia. Meu coração está partido, e é tudo minha culpa. E sou eu que detenho o poder de trazer tudo abaixo. Com apenas algumas palavras, eu poderia destruir tudo. Ou, então, poderia ficar em silêncio, enterrar aquele segredo para sempre. É uma responsabilidade que não sei como carregar.

Aparentemente, o casamento volta a ser uma realidade, e Richard está me mandando uma mensagem atrás da outra, mas eu não consigo suportar nem olhar para elas. Deleto o número dele de meu celular. Quando Noah volta para casa, no dia seguinte, ainda não sei o que fazer. Passei o fim de semana no apartamento dele, em um torpor de pijamas e Cheetos, me perguntando se consigo sequer encontrar as palavras para contar a ele. Mas, ao cruzar a porta, ele diz algo que subtrai cada pedacinho de autonomia que me resta.

— A mamãe — ele diz. — O câncer sumiu, ela está em remissão.

Ele está tão feliz, tão empolgado: pensar em destruir aquilo é impossível para mim. Eu sempre falei que nós éramos melhores amigos, e não consigo imaginar por que faria uma coisa dessas com meu melhor amigo. Tinha sido só sexo, digo a mim mesma. Não significou nada. Não mudou nada. Mas sexo nunca é só sexo. Eu convenço a mim mesma de coisas fabulosas: de que sou capaz de superar aquilo, de que o caminhão de sorvete é um novo começo para nós dois, chego até a dar meu aviso-prévio no trabalho, mas, lá no fundo, eu sei qual é a verdade. Mesmo que ele nunca descubra, as coisas jamais seriam as mesmas. Não importa o quanto tente varrer o que fiz para baixo do tapete, sempre vou saber que está ali. Eu havia criado uma fissura que, lentamente, despedaçaria todo o nosso relacionamento.

Durante as semanas seguintes, a mãe de Noah recupera mais e mais força, e nós dois levamos adiante um fingimento de vida doméstica por um tempo, mas me vejo incapaz de me empolgar com nossa nova etapa. De pouco em pouco, me torno cada vez mais distante, evito que fiquemos a sós, até ele não ter outra escolha a não ser deixar de me amar. Bom, ao menos, esse é o plano.

Porque, já que não moramos juntos oficialmente, não existe um término longo, complicado, arrastado. Não existem mensagens passivo-agressivas. Nenhuma lombar dolorida por dormir no sofá. Quando eu vou embora daquele pub, naquela noite de inverno chuvosa, anos de história compartilhada simplesmente desaparecem, como neve que derreteu. Nas letras miúdas do relacionamento, eu devo ter pulado a parte em que diziam que isso era possível.

O término me concede um tipo de superpoder. De repente, posso baixar aplicativos de namoro, armada de uma imunidade mágica a qualquer mágoa ou rejeição, porque a única pessoa que me importo se gosta ou não de mim é Noah Coulter. Não faz diferença que qualquer um desses caras dos aplicativos me ignore ou me idolatre, porque não são ele. E, por um tempo, aquilo me distrai um pouco da dor. Tranco todas as memórias de Noah e as deixo lá para que se biodegradem naturalmente, como sanduíches amanhecidos rejeitados pelas gaivotas.

É só semanas mais tarde, logo depois de meu encontro com Seb, quando tínhamos todos tomado a balsa até a Ilha de Eastleigh para o ensaio do casamento, que acontece. Estou sentada em um banco nos fundos da igreja, deslizando pelo Connector enquanto Richard e Sarah discutem sobre os livretos da cerimônia pela septuagésima terceira vez naquela tarde.

Não posso dizer que fico superchocada quando vejo o perfil aparecer em meu celular. Ele usou um nome falso, é claro, e sua foto de perfil está propositalmente disfarçada, mas sem dúvidas é Richard. Quando confiro o restante de suas fotos, reconheço todas elas de seu Instagram. Naquela noite, eu deslizo para a direita para poder mandar uma mensagem a ele no Connector.

> Gwen: Richard, q merda é essa? Eu sei que é você. O que a gente fez naquela noite foi idiota, mas a gente tava bêbado. Agora você tá em um app de namoro? Vc vai se casar na semana que vem, plmdds.

Ele digita de volta:

Richard: Me encontra no acampamento-base

Saio de fininho de meu quarto no hotel e subo a Roseberry Hill. No meio do caminho, encontro Richard, envolto em seu corta-vento e com um gorro, à beira das lágrimas. Ele começa a me contar que baixou o Connector por assuntos de trabalho, já que sua empresa desenvolveria um aplicativo rival.

— Eu só estava interessado nos algoritmos, em como o código funcionava, sabe? Mas, aí, meio que fiquei viciado — ele explica. — Só estou conversando com garotas. Não me encontro com ninguém. Eu amo a Sarah, amo de verdade, mas o casamento é o único assunto que existe no mundo para ela, e eu não aguento mais. Isso me ajuda a lidar. Depois do casamento, vou parar.

— Mentira — afirmo.

Ele me olha com raiva.

— Tá certo — ele esbraveja. — Quer a verdade? Depois de, bom, o que aconteceu entre nós dois, eu fiquei em pedaços. Não consigo parar de pensar naquilo. Você não fala comigo, então eu fico conversando com as garotas no Connector. É uma distração, eu acho. Mas nunca vou fazer nada, são só flertes.

Típico. Então, é tudo minha culpa.

— Conte pra Sarah. Cancele o casamento, Richard — digo.

— Não posso. Isso partiria o coração dela.

— E se casar com ela também, se você não a ama — eu falo. — Você claramente não tá pronto pra esse casamento.

— Eu tenho que estar — ele insiste. — Já pagamos tudo, ela vai vir morar comigo. É tarde demais, Gwen. E eu a amo, juro que amo. Isso é só um momento difícil. O casamento vai ser um novo começo. Nada que aconteceu antes importa.

— Eu não acho que consigo simplesmente fingir que nada disso aconteceu — digo, olhando diretamente para ele e não deixando dúvidas a que estou me referindo.

— Você precisa — ele suplica. — Porque eu estou fazendo isso, e vou continuar fazendo pelo resto da vida. Você não pode contar pra ela, Gwen. Ignore a coisa toda, esqueça que aconteceu. Por favor, me prometa que não vai contar pra ela. Nosso segredinho, certo?

Eu olho para a igreja por cima das colinas.

— Não posso te fazer essa promessa, Richard — respondo. — Isso não é certo. A Sarah precisa saber.

Ele fica em silêncio por um momento.

— Se você contar a ela sobre isso, sabe quais outros segredos vão vir à tona — Richard ameaça, por fim. — O que você acha que o Noah diria?

— Isso não importa mais...

Então ele coloca uma mão no meu ombro e me vira para encará-lo.

— Vai destruir a Sarah, sabia? O que você fez vai destruir ela completamente. Não vai querer que isso aconteça, vai?

Eu sustento o olhar dele, reunindo todas as minhas forças para não o empurrar do barranco.

— Seu filho da puta — murmuro.

Ele não responde; em vez disso, baixa os olhos para os pés. Eu arranco o celular dele do bolso de sua jaqueta e o entrego a ele.

— Certo, você venceu — digo. — Mas você precisa parar de ser um canalha e deletar o aplicativo. Agora. E precisa jurar pra mim que nunca, nunca mais vai fazer algo desse tipo.

— Ok — ele concorda; eu o observo apertar o polegar com força no ícone do aplicativo até que a opção de deletar apareça.

Eu me viro, deixando-o sozinho na colina, agarrando o próprio celular. De volta ao hotel, choro até sentir que não me resta mais nenhuma lágrima. E aí, bom, aí, as pessoas começaram a morrer, e aquela coisa toda me pareceu um tiquinho menos importante.

37

Então, se quiser a lista verdadeira das piores coisas que eu já fiz em minha vida, bom, lá vamos nós:

3. Aquela coreografia idiota da Shakira que fiz na assembleia estudantil.
2. Socar a Kelly Sanchez quando ela pegou o Darren no baile do colegial (e, sim, tecnicamente foi mais um soco do que um tapa).
1. Dormir com o noivo da minha melhor amiga.

Tá, eu sei, um desses itens é um pouquinho pior do que os outros. Tá bom, tá bom, certo: é muito pior. Viu?

Eu falei que não era perfeita.

Depois de um minuto esmurrando a porta dele, eu esperava que um Richard de rosto sonolento aparecesse. Mas não houve resposta. É claro, teria sido mais fácil se eu não tivesse deletado o número dele. Gotas de granizo tinham começado a cair, frias e melequentas, me fazendo estremecer na soleira.

Inclinando o vaso de flores no degrau com o pé, fiquei satisfeita ao ver a chave da porta da frente ali embaixo. Sem esperar mais por uma resposta, abri a porta e subi as escadas do hall de entrada até o apartamento dele. Uma meia memória de ter subido aqueles degraus, que havia sido expulsa de meu cérebro, começou a reaparecer.

Abri a porta que dava para a sala de estar com um empurrão e olhei ao redor. Nada parecia fora do lugar. Algumas malas estavam ao lado da porta, fechadas e prontas para a lua de mel. Instintivamente, agarrei um guarda-chuva do cabideiro para me proteger e entrei devagar.

— Olá? — gritei, me perguntando por dentro como exatamente derrotaria Parker com um guarda-chuva velho da H&M que mal parecia grande o bastante para me proteger da chuva, que dirá funcionar como arma letal.

Fiquei espiando a sala de estar vazia, brandindo o guarda-chuva como se fosse uma espada. Quando percebi que não havia ninguém ali, busquei sinais de alguma briga. Só estive no apartamento de Richard naquela última ocasião, e tinha ofuscado a lembrança tanto quanto possível em minha mente. O lugar era banal e suburbano, organizado nos mínimos detalhes, com móveis modernos misturados com fotos de família e pôsteres beirando o piegas. Almofadas haviam sido cuidadosamente posicionadas nas extremidades de cada sofá, e ornamentos estavam dispostos com capricho ao longo de prateleiras desnecessárias, não exprimindo um traço sequer de personalidade. O apartamento era a materialização da domesticidade, como se tivesse sido arrumado para que fosse impossível imaginar que o casamento deles seria qualquer outra coisa que não perfeito. Mas eu conseguia enxergar as rachaduras.

Subi as escadas, abrindo a porta do banheiro com o guarda-chuva. *Vazio.* Passei para o quarto, entrando com cautela.

— Richard? — chamei.

Não houve resposta. Se Parker estava seguindo o padrão, ele deveria estar aqui. Richard era o último nome na lista, o nome que eu tinha arrancado. Nosso "encontro" havia sido aqui, no apartamento dele. Era onde tinha acontecido. Algo estava errado, eu podia sentir.

Olhei de relance pelo quarto: limpo e arrumado, nenhum sinal de confronto. Talvez, com sorte, Richard e Sarah já estivessem no local da cerimônia. Mas foi então que vi algo na cama. Me aproximei e dei um puxão no edredom.

Minha mão foi direto à boca para abafar um grito. Os lençóis estavam vermelhos com sangue, denso e molhado.

— Não — vociferei, me afastando da cama aos tropeços. — Não, não, não, não, não.

Meu braço instintivamente se lançou às minhas costas, me equilibrando contra a parede do quarto. De repente, me lembrei de que, quem quer que tivesse feito aquilo, poderia ainda estar no apartamento. Me recompus e passei os olhos pelo cômodo, procurando por um ponto onde alguém poderia estar se escondendo. Vi que havia um rastro de sangue levando até a janela e suspirei, aliviada. Quem quer que fosse, já tinha ido embora, eu esperava. Regressei ao patamar e me sentei no último degrau das escadas. Coloquei a cabeça nas mãos e esperei que as malditas batidas de meu coração se acalmassem.

Nesse instante, notei algo no carpete, algo que parecia um pedacinho de papel. Me inclinei e o peguei. Era pouco menor do que um tíquete de chapelaria e estava dobrado no meio, com um vinco desgastado que parecia ter sido aberto e fechado muitas vezes. Eu o peguei na palma da mão e, lentamente, o abri com um dedo.

Era uma piada de um estalinho.

"Qual é o melhor lugar para esconder um livro?", o papel dizia.

38

O que diabos aquilo estava fazendo ali? Eu não via aquela piada desde que Noah e eu terminamos. Não era possível que estivesse ali, simplesmente *não era*. A não ser que...

De repente, ouvi um barulho vindo do andar de baixo. Fechei a porta do quarto rapidamente e corri até lá, me deparando com Lyons e Forrester entrando na sala de estar.

— Gwendolyn Turner. Por que não estou surpreso? — Forrester disse. — Acredito que você tenha uma explicação muito boa para estar aqui.

— Esse... esse apartamento é do meu amigo — gaguejei. — O q-que *vocês* estão fazendo aqui?

— Recebemos uma ligação anônima na delegacia — Lyons explicou —, nos dizendo para vir até este endereço. A porta estava aberta.

— E aqui está você — Forrester falou.

— A pessoa que ligou disse ter ouvido gritos vindos do quarto — Lyons continuou. — Você subiu lá, Gwen?

Forrester não esperou pela minha resposta. Ele me empurrou ao passar por mim, foi até o andar de cima e abriu a porta do quarto.

— Espera, não... — eu balbuciei. Mas era tarde demais. Vi as costas dele se enrijecerem enquanto ele assimilava a cena à sua frente.

— Lyons, não a deixe sair daqui — ele disse depois de algum tempo.

— Você não acha que... — comecei. — Você não pode pensar que eu tenho alguma coisa a ver com isso.

— Acho que nós só precisamos ir até a delegacia e entender essa situação toda — Lyons disse.

— Não, vocês não entendem, não é? — falei. — O assassino ainda está à solta. Pensem bem, quem vocês acham que fez essa ligação anônima? Foi o Parker. Vocês estão perdendo tempo. Ele não terminou, ainda tem gente em perigo.

— Quem, exatamente, ainda está em perigo, srta. Turner? — Forrester perguntou, fechando a porta do quarto. Ele desceu as escadas em minha direção, lenta e cuidadosamente, como se fazendo cálculos mentais a cada passo. — De quem é aquele sangue no quarto?

— Ainda tem uma pessoa no... — Procurei em meu bolso traseiro o guardanapo, mas estava vazio.

— É isto que você está procurando? — Forrester perguntou, erguendo um guardanapo amassado do Calpaccino. — Encontrei no cesto de lixo em meu escritório. Acredito que seja da sua cafeteria móvel, correto?

Ele apontou para o rosto contorcido de Al Pacino no logo do guardanapo. Aquilo nunca tinha parecido menos engraçado. Assenti com a cabeça, mansamente.

— Devo entender que você escreveu esta lista de vítimas, srta. Turner? — Ele enfatizou a palavra "vítimas" com tal prazer que fez meu estômago se revirar.

— Sim, mas...

— E riscou cada um desses nomes? — ele continuou.

— Eu sei que parece ruim — falei. — Mas o Aubrey pode confirmar, eu estava tentando ajudar, eu...

Forrester não estava ouvindo. Já estava ao telefone com a delegacia, disparando instruções. Parecia claro que, em minutos, aquele lugar estaria lotado de fitas de isolamento e equipes forenses e, eu, de volta naquela sala de interrogatórios feia e gelada — ou, pior, em uma cela.

— Cheque a cozinha, ok? Faça uma varredura. — Forrester cobriu o bocal com a mão e indicou que Lyons vasculhasse o apartamento.

Eu me deixei cair contra a parede da sala enquanto Lyons começava a remexer na cozinha impecável de Richard, e Forrester esbravejava as ordens que certamente selariam meu destino. Não havia saída. Meu desespero foi brevemente interrompido pelo zumbido familiar de meu celular no bolso; eu o puxei com uma sensação sombria de inevitabilidade.

> Parker: Foi mal, Gwen. Foi divertido, mas acho que isso aqui não vai funcionar a longo prazo. Estou procurando algo um pouco menos... complicado. Então, acho que simplesmente não somos muito compatíveis, no fim das contas. Desejo a você toda a sorte por aí!

As palavras me deixaram sem fôlego, como se alguém tivesse me acertado no estômago com um taco de beisebol. Parker estava me incriminando, e não havia absolutamente nada que eu pudesse fazer a respeito. Antes que pudesse sequer respirar, Forrester veio em disparada na minha direção.

— Srta. Turner, solte esse celular agora.

Ele tinha finalizado sua ligação e estava avançando até mim, o rosto tão vermelho quanto o bigode.

No mesmo momento, ouvi o barulho de chaves na porta da frente; nós dois nos viramos para ver Sarah forçando caminho, os braços repletos de sacolas de compras.

Por um instante, me enchi de alívio, até que a ficha caiu: de algum jeito, eu precisaria explicar por que o apartamento do noivo dela estava prestes a ficar cheio de policiais.

— Quem diabos é você? — ela questionou ao ver Forrester. — Gwen? O que tá acontecendo? Quem é essa gente?

— Sou o inspetor Forrester — ele disse a Sarah, exibindo a identificação. — Esta é sua residência?

— Sim — ela respondeu. — Bom, é do meu noivo. O que você está fazendo aqui? Tem algo errado? Gwen, isso tem algo a ver com aquele tal de Rob?

— Você é a Sarah? — Lyons havia surgido da cozinha e inspecionava a cena à frente com sua perplexidade característica. Antes que ela tivesse a chance de responder, ele se virou para mim. — Gwen? Esta é a Sarah?

Consegui balançar a cabeça, confirmando.

— Onde seu noivo está nesse momento? — Forrester perguntou a ela.

— Ele provavelmente já foi para o local do casamento. A Igreja de St. Mary, na Ilha de Eastleigh — Sarah falou. — O que está acontecendo? Gwen, o que você tá fazendo aqui? A gente precisa estar na igreja daqui a algumas horas pra organizar tudo.

— Eu posso explicar — respondi, meu coração disparado. — Só... só me dá um segundo, tá bem?

Avaliei o cômodo, procurando desesperadamente por qualquer um que daria ouvidos a um pouco de bom senso.

— Você pode explicar na delegacia — Forrester falou. — Agora mesmo.

— Você tá me prendendo? — perguntei.

— Não — Lyons respondeu. — Só precisamos entender o que exatamente aconteceu aqui.

— Na verdade — Forrester interveio, erguendo uma mão para silenciar o colega —, Gwen Turner, você está presa por suspeita de homicídio. Você tem o direito de se manter calada, mas não mencionar, quando questionada, algo a que recorrerá no tribunal pode prejudicar sua defesa. Tudo que você disser poderá ser usado como evidência...

A adrenalina atravessou meu corpo como um relâmpago. Aquilo não podia estar acontecendo. Senti meu corpo inteiro começar a tremer.

— Gwen, que porra é essa? — Sarah arfou.

— Ok, ok, espera, só espera — balbuciei. — Não é o que parece.

— Não se preocupa, Gwen, você não vai a lugar algum, você não fez nada. Vamos conseguir um advogado pra você ou algo assim — Sarah falou. — E vocês dois podem dar o fora da minha casa, por gentileza. Essa é minha melhor amiga, ela não é uma assassina.

Forrester cruzou os braços e olhou para Lyons.

— Quanta indulgência, exatamente, você ainda pretende oferecer a essa sua namoradinha?

— Como é que é? — rosnei. — O que você quer dizer com isso?

— Deixa isso comigo, Gwen — Lyons falou, se virando para Forrester. — Eu cuido disso, Pete. Ela vai vir conosco, só dê um minuto a ela, está bem? — Ele voltou a olhar para mim. — Você não precisa fazer isso. Eu descobri. Eu sei qual o último nome na lista.

— Do que ele tá falando? Que lista? — Sarah gritou, uma mão na testa, como se estivesse prestes a desmaiar. — Alguém pode, por favor, me dizer o que diabos tá acontecendo aqui?

— Acho que sei por que estamos aqui, Gwen — Lyons continuou. — Bate com o padrão, não é?

Minhas pernas cederam. Eu não podia deixar que ele dissesse aquilo. Não na frente de Sarah.

— Do que ele tá falando, Gwen? — Sarah vociferou.

Olhei para Sarah, depois para Lyons, depois para Forrester.

— Eu... eu... eu... — gaguejei.

Se eu fosse com eles até a delegacia, estaria tudo acabado. Parker teria vencido. Mas não havia escapatória: Lyons estava parado firmemente em frente à porta. Fechei os olhos por um instante e inspirei profundamente. Eu precisava fazer alguma coisa, e rápido.

Preciso de uma distração.

Quando abri os olhos, não estava mais tremendo.

— Espera — falei. Envolvi a cintura de Lyons com meus braços. Fiquei na ponta dos pés, até nossos lábios estarem na mesma altura.

— Gwen — ele sibilou. — O que você está fazendo?

Eu não tinha ideia do que estava fazendo, só precisava impedi-lo de continuar a falar — imediatamente. Com isso, o beijei. Em meio ao beijo, deslizei uma mão para baixo da jaqueta dele e minha mão acertou algo frio, algo metálico...

A arma de choque.

Rapidamente, soltei o coldre, exatamente do jeito que Lyons havia me mostrado na delegacia, e retirei a arma.

Lyons se afastou, surpreso com o beijo, e me olhou como se eu fosse realmente insana.

— Gwen! — Sarah gritou. — O que você tá fazendo? O que diabos tá acontecendo?

— Esta é a cena de um crime, investigador Lyons! — Forrester vociferou, raivosamente.

Eu ergui a arma de choque, meu braço trêmulo, e o balancei na direção de Lyons e Forrester.

— Gwen, não seja idiota! — Lyons exclamou.

— Não se aproxime — falei, um dedo apoiado no gatilho. — Eu vou sair daqui.

Lyons recuou e eu, ainda com a arma em riste e muito devagar, andei de costas até passar pela porta. Quando já estava na escadaria, guardei a arma no bolso do meu moletom e corri como se minha vida dependesse daquilo.

Meu coração parecia estar prestes a sair pela boca enquanto eu seguia na direção do conjunto habitacional ao lado do Hampden Park; depois de escalar três cercados, fiquei sentada na casinha de brinquedo de alguma criança pelo que me pareceram horas. Quando coloquei a cabeça para fora, as ruas estavam quase vazias. O ar que soprava do mar estava congelante, e eu puxei o capuz para cobrir minha cabeça. Dei meia-volta e pulei na traseira no ônibus número 54, desembarcando quando nos aproximamos da parte antiga da cidade. A partir dali, me encaminhei até o escritório da Pentáculo.

Eu estava rezando para que ninguém quisesse ter roubado uma Raleigh de doze anos com um único freio funcionando, e tinha razão. Minha bicicleta continuava onde eu a deixara: molhada de neve derretida e congelante ao toque, mas cem por cento não roubada. Ergui o zíper do meu moletom e subi no assento. Uma chuva gélida havia começado a cair. Meu capuz era inútil contra a tempestade. Ar frio e granizo passavam velozmente pelo meu rosto enquanto eu acelerava pelas ruas cada vez mais escuras (é claro que não tinha faróis na minha bicicleta, você já me conhece né?). Pedalei até a traseira de uma perua de mercearia solitária da Ocado, sentindo a queimação da exaustão em minhas pernas. Era a primeira vez em horas que eu me sentia aquecida. Não podia ir para a casa, seria o primeiro lugar onde procurariam, e Alfredo provavelmente estava em um ferro-velho a essa altura. Então, fui para o único lugar seguro em que consegui pensar.

Noah era o único que poderia me ajudar, o único em quem eu poderia confiar. Ele me odiaria quando eu contasse a verdade, mas eu sabia que precisava fazer aquilo. Era o único jeito de salvar Richard — *se ele ainda estivesse vivo*. Se eu confessasse e contasse tudo ao Noah, estaria acabado. Se ao menos eu pudesse entender por que a piada do estalinho estava no apartamento de Richard... Noah ficou carregando aquele negócio idiota na carteira desde a noite em que nos conhecemos, então, será que aquilo significava que ele estivera no apartamento? Parker tinha o atraído até lá para machucá-lo?

A não ser que... E se o Noah, de alguma forma, tivesse descoberto a respeito de Richard e mim...?

E se... não. Eu me impedi de pensar naquilo. Não podia ser, de *jeito nenhum*.

Deixei que minhas pernas cansadas pedalassem no piloto automático até a casa de Noah. Quando cheguei, ergui os olhos para as cortinas fechadas e janelas escuras, inspirei fundo e apertei a campainha.

Nenhuma resposta.

Fiquei de joelhos, levei as mãos em concha em torno da boca e gritei o nome dele através da caixa de correio. Então, tentei espiar o corredor dele. Não conseguia enxergar nada que poderia parecer com um cadáver: só uma pilha de lixo postal no capacho. Parecia que ele não voltava para casa há um tempo. Embaixo de toda a papelada, consegui distinguir o canto de um envelope firme de cor creme, que me parecia familiar. Agradeci aos céus por minhas mãos de criança enquanto enfiava o braço pela caixa de correio e puxava o envelope. Já estava rasgado e aberto, então, tirei o cartão do lado de dentro.

"Para Noah, adoraríamos ter o prazer de sua companhia em nosso casamento", dizia, em uma fonte manuscrita que lembrava a caligrafia da minha avó. "Com amor, Sarah e Richard. P.S.: Lamentamos pelo convite tardio, esperamos que você consiga ir. Beijos."

Meu coração deu um salto. Não fazia sentido. Sarah tinha me dito que não convidaria Noah. *Ela me prometeu que ele não estaria lá*.

Sentada na soleira, deixei o convite cair e escondi o rosto nas mãos. A rua estava silenciosa, exceto por carros passando de vez em quando. Tirei a piada do estalinho de meu bolso e a revirei em minhas mãos. Era engraçado — não engraçado do tipo "rá-rá", objetivamente falando, ainda era uma piada horrível. O engraçado era como ela meio que resumia minha vida. Sempre me escondendo em plena vista. Como uma folha em uma floresta, uma carta em um baralho, eu tinha tentado esconder meu coração partido em meio a uma centena de encontros ruins.

Deixei o papel com a piada escapar dos meus dedos e ele flutuou até meus pés, dançando no vento por um segundo antes de, por fim, pousar em cima do convite do casamento, bem ao lado do nome de Richard.

Então, eu entendi.

O melhor lugar para esconder alguma coisa é no meio de seus semelhantes.

Eu tinha sido tão idiota. Não, não fui idiota, no fundo, eu sempre soube. Só não quis enxergar. Sarah tinha razão, eu era uma avestruz, enterrando a verdade por tempo demais. Estava na hora de eu tirar a cabeça da areia.

Rapidamente, puxei meu celular, capinha de unicórnio cintilante e tudo o mais, abri o Connector e comecei a digitar.

Gwen: Eu sei quem você é, Parker. Estou indo.

Parker: Estou esperando. Acampamento-base. Não traga seu acompanhante.

Eu sabia aonde precisava ir: só restava um lugar. E, para chegar lá, eu precisaria de um barco.

39

Quando saltei em minha bicicleta, vi de repente duas luzes fortes atrás de mim. Me virei para olhar e distingui a silhueta escura de um carro antes de os faróis me cegarem. Fiz uma curva fechada em uma rua lateral.

As luzes me seguiram.

O granizo caía com ainda mais força, acertando meu rosto como se fossem respingos congelantes de baba de cachorro. O algodão do meu moletom estava perdendo a batalha contra o clima; sua umidade densa e fria pesava em meu rosto. Eu sentia meus jeans molhados enroscarem-se na correia enquanto disparava pelas ruas da cidade. Ouvi ressoar a buzina de um entregador de delivery quando dei uma guinada em meio aos veículos parados e pulei para a calçada para evitar o semáforo vermelho. Mantive os olhos na rua, pedalando com mais afinco. Mas o carro atrás de mim passou direto pelo semáforo fechado. Olhei para trás e vi uma mão se estender para fora da janela do motorista e colocar uma sirene luminosa sobre o teto do carro.

Merda.

Senti a roda dianteira da bicicleta escorregar no granizo. De repente, eu estava no asfalto, meu rosto se arrastando com força no meio-fio. Uma dor ardente atravessou minha pele gelada. O motorista do carro saltou para fora. Na escuridão, eu não conseguia distinguir muito bem os traços dele. Quando a silhueta chegou até a luz de um poste, o rosto entrou em foco.

— Onde diabos você estava indo? — ele perguntou.

Fiz menção de me colocar em pé, cambaleei e tentei me estabilizar no poste. Minha mão foi até o rosto, que parecia grudento. Olhei para meus dedos, vermelhos de sangue. Eu estava sangrando do ponto onde tinha batido a cabeça.

Com minha última gota de energia, fechei as mãos em punhos e me virei para encarar a silhueta. Se eu fosse derrotada, seria lutando.

— Não pode ser você — falei, a voz estrangulada. — Você não é o Parker. Não pode ser.

— Acho que é melhor você vir comigo — Lyons disse, a voz suave, estendendo uma mão para me ajudar a levantar.

— Certo — eu respondi em voz baixa, sem tirar os olhos de minhas próprias mãos. — Mas por que você tá sozinho? Achei que teriam colocado uma equipe de busca atrás de mim.

Ele hesitou e, naquele momento, me agarrei em seu braço, usando-o como apoio para me erguer do asfalto frio. No mesmo movimento, recolhi um punhado de granizo e brita com a outra mão e o atirei em seu rosto. Quando ele recuou, eu corri o mais rápido que podia para o lado oposto.

— Gwen, espere! — Lyons gritou às minhas costas, limpando os olhos.

Não olhei para trás. Em vez disso, disparei na direção das docas, minha mente girando enquanto eu me impelia pela Grand Parade. Parker tinha atraído as vítimas aos lugares onde me encontrei com elas. No entanto, eu percebia agora, meu último encontro do Connector não tinha sido no apartamento de Richard.

Fui ao lugar errado.

Quando cheguei às docas, corri ao longo do píer até ver o lado estibordo surrado do *Náutilo*, e esmurrei seu casco. Quando ninguém abriu, puxei do sutiã o mandado de busca que tinha recolhido na delegacia e o deslizei por baixo da porta.

Segundos depois, o rosto sonolento de Jamal apareceu por uma portinhola.

— Gwen? — ele murmurou, a voz rouca. — Caramba, já é de madrugada. O que diabos você quer?

— Preciso do seu barco — arfei.

— Por quê? Pra ir aonde? — ele perguntou.

Voltei os olhos para o píer, observando a escuridão lúgubre. Não havia sinal de Lyons. Eu tinha o despistado.

— Pra Ilha de Eastleigh — respondi, me virando para Jamal. — Tenho que ir a um casamento.

40

Fiquei em pé no convés enquanto o *Náutilo* cruzava lentamente o Canal. Uma névoa baixa cobria o mar, dando a impressão de que, se eu pisasse em falso para fora do barco, ficaria simplesmente caindo para sempre.

Me inclinei sobre a borda do barco, respingos de água do mar salpicando meu rosto, e olhei para a escuridão, enxergando com dificuldade a massa escura no horizonte que era a Ilha de Eastleigh. Dentro do barco, Jamal estava sentado ao leme, cercado por várias latas vazias de Red Bull. A princípio, ele havia ficado um pouco incerto quanto a me ajudar, mas quando contei que tinha pegado o mandado de busca no escritório de Forrester, ele concluiu que me devia uma.

— Esse treco não consegue ir mais rápido? — gritei para ele pela janela de acrílico da cabine.

Ele me respondeu erguendo os ombros, sua boca articulando um "o quê?". Sacudindo a cabeça, entrei, e Jamal girou na cadeira para me receber.

— Quanto tempo falta? — perguntei.

— Vinte minutos — ele respondeu. — Foi mal, a água tá agitada, e a *Náutilo* tá um pouco enferrujada. Nunca levei ela tão longe.

Me apoiei em um dos servidores e mastiguei meu chiclete, fazendo barulho. Rocco estava enroscado em cima da mesa, aquecendo-se em um HD que zumbia suavemente.

— Cadê seu amigo detetive? — Jamal perguntou.

— Err, certo, Jamal, vou abrir o jogo: eu, assim, tô meio que foragida nesse momento — contei. — A polícia acha que eu sou o Parker.

— Mas você não é, certo? — Jamal disse, devagar. — O Parker tá nessa ilha, e você tá indo encarar ele? Tô entendendo direito?

— Escuta — comecei. — Você já ouviu aquela velha charada? Qual o melhor lugar pra esconder um livro?

— Quê? A gente tá brincando de charadas agora? — ele perguntou. — Não, não conheço.

— Uma biblioteca — respondi.

— Certo: o livro se perderia em meio a todos os outros. Entendo.

— Então, qual o melhor lugar pra esconder um assassinato?

— O quê?

— A gente estava procurando um motivo para alguém querer matar *todos* aqueles caras — expliquei. — Mas e se alguém só tivesse um motivo pra matar *um* deles? E apenas fez parecer que tinha algo contra cada um dos trastes que me chamou pra um encontro de merda?

— Entendo. — Ele balançou a cabeça lentamente. — Vocês estavam perdendo tempo perseguindo um serial killer, tentando desvendar um padrão. Mas, na verdade, não existe padrão nenhum, ele só tá tentando acobertar o único assassinato pro qual tem um motivo de verdade.

— Isso aí — concordei. — Escondendo o livro na biblioteca.

— Mas por que os seus ex? Foi mal. Não são ex. Só caras com qu...

— Com quem eu saí. *Uma vez* — pontuei. — Pra jogar as suspeitas pra cima de mim.

— Mas quem ia querer te incriminar por homicídio?

— Alguém que perdeu tudo — respondi. — Por minha causa.

Fomos interrompidos pelas encostas brancas entrecortadas da ilha lentamente aparecendo. Enquanto Jamal desacelerava o barco e o guiava até um píer decrépito de madeira, me inclinei para a tigela de frutas e peguei a última banana.

— Mais uma coisa. Sabe os perfis dos caras que a gente te mostrou? Tem algum jeito de fazermos uma referência cruzada de com quem eles deram match no Connector?

— Se podemos ver se eles combinaram com as mesmas pessoas, é isso? — Jamal perguntou.

Assenti, descascando a banana devagar. De alguma forma, Parker tinha dado um jeito de levar Rob, Freddie, Josh, Dev e Seb de volta aos locais de nossos encontros. E não era possível colocar uma faca na garganta de uma pessoa e arrastá-la rua afora sem acabar preso uma hora ou outra. Então, imaginei que a única opção era terem ido por vontade própria.

— Tá, cuida do leme pra mim por um instante — Jamal pediu, se esticando para pegar o notebook. — Bom, com tantos perfis, seria estranho que houvesse muita intersecção. Mas vamos dar uma olhada.

Jamal digitou por alguns minutos.

— Ah, só tem dois perfis. Você, é claro, e...

Ele franziu a testa e tomou outro gole da lata de energético.

— Estranho — Jamal falou. — Esse perfil também se chama Parker.

— Outro Parker? — perguntei. — Posso ver?

Ele apertou Enter, e um perfil apareceu na tela. Lá no fundo, eu sabia o que iria encontrar, mas, ainda assim, quando vi as fotos, meu estômago se revirou. O nome dizia "Parker", mas o rosto era um que eu conhecia muito, muito bem.

41

Saltei do barco e, agarrando a corda de amarração, o puxei até o píer. Enquanto o amarrava em um poste coberto de algas, aproveitei o momento para recuperar o fôlego. Na escuridão, eu conseguia distinguir o trajeto tortuoso colina acima conduzindo até a pequena coleção de casas que abrigavam os únicos habitantes da ilha. Jamal saiu da cabine e parou em pé no convés.

— Tem certeza disso? — ele perguntou, limpando o granizo de seus óculos.

— São duas da manhã e eu tô prestes a invadir uma igreja velha, bem da fantasmagórica, pra encarar um assassino — respondi. — O que pode dar errado?

Jamal olhou na direção da igreja, repousando sinistramente no topo da colina, e estremeceu.

— Devo ir com você?

— Não — falei. — Fique aqui com o Rocco. Eu vou precisar de uma carona na volta. Se tudo der certo.

Eu o deixei e subi a estrada até chegar à construção restaurada do século XVIII que Sarah e Richard tinham escolhido como o local de seu casamento. Empurrei as enormes portas de madeira.

Trancadas.

Tirando meu moletom, envolvi meu punho com ele e, apertando os dentes, acertei a pequena vidraça ao lado da porta, repetidamente, até ela se despedaçar. Então, com cuidado, estiquei a mão para dentro e destranquei a porta. Sacudindo o moletom para tirar o vidro quebrado, o vesti novamente e, devagar, espiei o interior.

Me preparei. Havia chegado a hora: no momento em que eu passasse por aquela porta, ficaria cara a cara com Parker. A pessoa que eu pensei que sempre estaria ali para mim, me protegendo, era exatamente o oposto. Era capaz de matar. Tínhamos compartilhado ombros para chorar, perdas e vitórias. Eu jamais teria imaginado se tratar de alguém que poderia machucar outras pessoas, mas tinha me esquecido: não existe nada mais perigoso do que um animal ferido.

O corredor, cheio de correntes de ar, estava quase tão frio quanto o lado de fora, e o lugar tinha o cheiro peculiar e mofado que toda igreja velha do país parecia ser obrigada por lei a ter. A única fonte de luz eram os raios de luar que atravessavam o vidro quebrado às minhas costas. Em outras circunstâncias, poderia ter sido uma cena muito bonita. Cada passo que eu dava parecia reverberar pela construção, quebrando o silêncio inquietante, mas me forcei a seguir em frente. Não podia mais me esconder do que havia feito.

Conforme meus olhos se ajustavam à escuridão, vi as faixas e decorações dispostas pelas paredes, zombando de mim com suas cores alegres. Além dos bancos, com muita dificuldade, consegui distinguir uma pessoa.

Estreitei os olhos, sem acreditar por completo no que estava vendo. Lentamente, os traços entraram em foco e, quando isso aconteceu, a sensação foi como se alguém tivesse acabado de me dar um soco no estômago.

Era Noah.

42

Quando dei um passo na direção dele, percebi que havia algo muito errado.

Ele estava sentado em uma cadeira de madeira na extremidade do altar, a cabeça caída contra o peito, os olhos fechados, os braços e as pernas presos à cadeira com abraçadeiras.

Comecei a correr em sua direção.

— Aí já está bom. — Uma voz veio de trás de Noah.

Estaquei e observei a figura emergir de trás do altar.

Sarah.

— Então é você — constatei. — Você é Parker.

— Não me diga, Sherlock — ela zombou. — Duvido que um homem teria a habilidade de organização pra fazer isso.

Parte de mim estava meio aliviada por ela não estar com o vestido de noiva. Digo, eu sabia que ela era chegada num drama, mas teria sido um pouquinho demais. Embora sentisse meu corpo inteiro tremendo, respirei fundo e tentei me estabilizar.

— Bom, não foi assim que eu imaginei o grande dia — eu disse. — Mas uma grande salva de palmas pra você por ter conduzido uma matança de sucesso.

— Na verdade, foi bem mais fácil do que organizar um casamento inteiro por conta própria — ela respondeu.

Só então percebi que ela estava com uma faca grande na mão direita, que começou a tamborilar no encosto da cadeira de Noah.

— Se você machucou ele, eu…

— Relaxa, logo, logo ele vai acordar — Sarah disse. — Foi bem fácil atrair ele até aqui, na verdade, sob o pretexto de ajudar com o casamento, especialmente considerando que ele estava tão ansioso pra te ver de novo. Com o Richard, foi preciso um pouquinho mais de... hm, persuasão. Você viu o sangue no nosso apartamento, não foi?

Ela inclinou a cabeça para a esquerda, e eu segui seu olhar para ver Richard, vestindo apenas cuecas *boxer*, amarrado a outra cadeira, uma mordaça na boca. Ele parecia bem detonado. Quando me viu, começou a resmungar e a se debater, de forma meio maníaca. Eu enxergava o suor pingando de sua testa.

— Quieto, Richard — Sarah esbravejou.

Ele parou quase que de imediato e abaixou a cabeça, derrotado.

Eu me sentia enjoada.

— Como? Por quê? — perguntei, dessa vez incapaz de esconder o tremor de medo em minha voz.

— É simples. Criei um perfil no Connector do qual eu sabia que você iria gostar. Um otário totalmente banal. O tipo exatamente errado de homem. Vasculhei os amigos do Facebook do Charlie até encontrar algum bestão boa-pinta que parecesse o seu tipinho e usei as fotos velhas dele. Então, tudo que precisei fazer foi colocar o "Parker" bem no topo dos rankings do aplicativo.

— Você hackeou o Connector? Mas eu achei que o Charlie...

— Charlie e Richard descobriram como hackear o Connector há meses, na época em que trabalhavam juntos. Estavam tocando aquele servicinho paralelo sórdido há quase um ano, ajudando todo aquele bando de homens nojentos a impulsionar seus perfis. Encontrei tudo no notebook do Richard. Não levou muito tempo pra eu entender como usar a programação, já que estava há meses ouvindo o Richard tagarelar sobre essa porra de Java.

— E você usou o código pra colocar o Parker no topo do ranking do Connector, pra ter certeza de que ele apareceria pra mim no aplicativo — falei. — E, aí, na despedida de solteira, você...

— Deslizei para a direita, só pra garantir. E, como era de se esperar, você não pôde resistir a mais um fracassado, não é, Gwen? Dali em diante, foi fácil demais te fazer sair correndo pela cidade inteira, bem nos momentos exatos para ser pega junto dos corpos.

— Mas como... como você matou essa gente toda?

— Fiz meu próprio perfil no Connector, com minhas próprias fotos. Dei o nome de Parker a ela também. Usei o código pra torná-la o perfil feminino número um no aplicativo e, aí, não demorou pra todos os seus pombinhos darem match comigo. Você me contou cada bosta de detalhe daqueles encontros chatos, até me mandou os prints dos perfis deles. Não foi difícil encontrá-los. Então, esperei que me chamassem pra sair, o que, é claro, geralmente faziam, ou eu mesma sugeria um encontro.

— Nos mesmos lugares, os lugares onde eu fui com eles?

— Pois é, graças a todas as localizações que você me mandou, eu sabia exatamente aonde ir. Só foi preciso instigá-los um pouquinho; como você bem sabe, não estamos falando dos caras mais criativos do mundo. Aí, eu os embebedei, escutei toda a baboseira deles e, quando estava quase na hora de fecharem as portas, eu os levava até algum cantinho tranquilo, prometendo realizar todos os sonhos deles. Era fácil demais. Até deu pra entender por que você gostava tanto daquilo. Eu apagava todos os meus vestígios dos celulares deles e ia embora, tão tranquilamente quanto tinha aparecido.

— Então, quando eu vi o Seb olhando o perfil do Parker no celular dele, era você, era o seu perfil — falei, meu cérebro digerindo lentamente o que ela dizia.

— Ah, sim, o bom e velho Seb. — Sarah sorriu. — Você devia ter visto a imundície que ele me mandou antes do nosso encontro, sem que eu pedisse nada. Nos divertimos muito na Eye... bom, por um tempinho, pelo menos. Depois que o matei, mandei uma mensagem do celular dele para o Charlie e o fiz ir correndo até a cena do crime.

— Mas... mas o Seb não machucou ninguém. Nenhum deles machucou ninguém. Eles não mereciam morrer.

— Não mereciam? Tem certeza, Gwen? — O tom de voz de Sarah se aguçou até virar um silvo. — Eles estavam pagando pra chegar no topo daquele aplicativo nojento, tentando comer todas as mulheres de Eastbourne. Ameaçando expor a intimidade delas, as importunando sem parar pra conseguirem transar. Mandando fotos do pau, traindo as esposas, mentindo sobre as idades, tudo por uma tentativa inútil de trepar. Você tá me dizendo mesmo que eles vão fazer falta pra alguém?

Senti meu estômago embrulhar. Minha melhor amiga tinha feito tudo aquilo, tinha matado todos aqueles homens, por minha causa. Mesmo considerando as coisas horríveis que eles haviam feito, Sarah estava errada: as pessoas que os amavam sofreriam com a falta deles.

— Era para aquele aplicativo idiota ajudar as pessoas a encontrar amor de verdade? Ele não trouxe nada além de dor. Olha esse desgraçado, por exemplo. — Ela indicou Richard, ao seu lado, com um gesto. — Sabe quantos trastes eu precisei encontrar até me deparar com essa gracinha aqui? Devo ter saído com todos os solteiros no Connector, um pior do que o outro. E, então, finalmente, bem quando eu estava a ponto de desistir, dei match com o Richard. Meu príncipe encantado. É claro, ele tinha menos personalidade do que um pedaço daquele docinho de hortelã, mas pelo menos não era um mentiroso, um traíra, um porco machista. Comparado aos outros, ele era um oásis no meio de um deserto de bosta. E você o roubou, Gwen. Você destruiu o meu final feliz, então, eu vou destruir a sua vida agora.

— V-você nunca me falou que estava usando o Connector — balbuciei. — Eu pensei... você sempre disse que odiava aplicativos de namoro.

— E eu odeio — ela afirmou. — Mesmo depois de ter sido enrolada durante toda a faculdade, eu ainda era ingênua o bastante pra pensar que deviam existir caras legais por aí. Mas não demorou nada pro Connector provar que eu estava errada. Era o mesmo esgoto tóxico de antes, de virgens ressentidos e mulherengos, só que, agora, eles tinham um aplicativo pra poderem nos destratar com ainda *mais* facilidade. Mas, depois disso, ninguém vai querer usar o Connector, e o mundo vai ser um lugar muito melhor sem ele.

— E quanto a mim? — perguntei.

— Ah, não se preocupa, eu vou te deixar viver. Mas nenhum homem nunca mais vai encostar em você. Quando a polícia te encontrar aqui, com o cadáver do seu ex, não vão restar dúvidas quanto a quem o "Parker" realmente é. Os jornais vão te chamar de "Viúva Negra".

— É um apelido bem maneiro, na verdade — falei, torcendo pra que ela não conseguisse ouvir o meu coração martelando meu peito.

— Que engraçadinha — Sarah disse com desdém. — Você acha que consegue me distrair com suas piadas idiotas? Bom, não vai funcionar, eu sei o que você tá fazendo, Gwen. É hora de parar de se esconder atrás desse seu suposto senso de humor. Ele não vai te ajudar na prisão.

— Pois é, mas sem o meu incrível senso de humor, o que é que me resta? — perguntei, dando um passo na direção de Sarah. Se conseguisse mantê-la falando, talvez poderia me aproximar o bastante para tirar a faca dela.

— Boa pergunta — ela falou. — Quem sabe é por isso que você sempre teve dificuldade em encarar a realidade. Porque a verdade é que, como eu já te disse, sem o Noah, você é só uma garotinha perdida, de coração partido, com um caminhão de sorvete caindo aos pedaços.

— Esse já não é um apelido tão legal — continuei, os olhos fixos na faca. — Então o sentido disso tudo é... vingança? Pelo que aconteceu entre mim e o Richard? Como você descobriu, aliás?

— O Richard chegou em casa bem bêbado uma vez, quando eu já tinha ido pra cama. Ele caiu no sono assim que se deitou do meu lado, e eu resolvi dar uma olhada no celular dele. É claro que eu sabia a senha, o vi digitar umas mil vezes. Então, passei a mão por trás da cabeça dele e, bem devagarzinho, peguei o celular da mesa de cabeceira. E ele tinha baixado o aplicativo, a merda do Connector. E com quem ele tinha dado match? Com você, Gwen. Com você. Sim, isso mesmo, eu li as mensagens. Sei tudo sobre o encontrinho de vocês no "acampamento-base".

Aquele filho da puta. Então, ele não deletou o aplicativo.

— Mas a questão é... quem ainda *não* sabe? — Sarah se inclinou e aninhou a faca contra o pomo de adão de Noah. — Ele ainda te ama, sabia? Ele guardou aquela piadinha do estalinho esse tempo todo, mesmo depois de você ter dado um pé na bunda dele. Não é fofo?

— Como você pegou aquilo?

— Não foi difícil puxar a carteira dele no meio da nossa reuniãozinha pós-término. O coitado estava precisando muito de um ombro pra chorar. Ele simplesmente não entendia por que você partiu o coração dele. — Sarah sorriu. — Mas não se preocupe, eu deixei os detalhes mais picantes de fora. Achei que seria muito melhor se você contasse. Então, que tal falar pro pobrezinho do seu namorado o que exatamente está acontecendo?

Ela se abaixou para arrancar a mordaça de Noah, dando tapinhas gentis no rosto dele até que suas pálpebras se abriram, trêmulas.

— Gwen, que porra é essa? — ele murmurou, os olhos se arregalando de pânico ao assimilar a cena ao seu redor. — O que é isso?

— Noah, eu... — Olhei para o chão, sem saber como sequer encontraria as palavras para explicar a situação.

Sarah colocou a faca na garganta dele e fez um gesto para que eu continuasse.

— Noah, eu traí você — falei. — Eu transei com o Richard. Me desculpe.

— O quê? — Noah indagou, a voz engasgada.

— A Sarah descobriu e, agora, bom, agora estamos aqui. Isso é tudo minha culpa. Você tem que acreditar em mim quanto a isso. Eu só cometi um erro, um erro idiota, enquanto estava bêbada.

Houve um silêncio breve e, pela primeira vez, eu senti como estava frio na igreja vazia.

— Você devia ter me contado — ele murmurou. — Eu achei que... achei que você só tinha deixado de me amar.

Por um segundo, não falei nada.

— Lá no fundo, acho que talvez seja verdade. Por muito tempo, você foi tudo que eu queria, mas era só o que eu *achava* que queria. Eu não sabia como te dizer isso, então, fiz essa coisa horrível.

Ele ficou em silêncio de novo por um momento; eu reparei que seus punhos estavam apertados com tanta força que todo o sangue tinha se esvaído dali.

— Todos esses encontros que eu suportei foram uma punição pra mim — continuei. — Eu achava que não merecia nada além daqueles caras horrorosos. Não estava tentando substituir você, estava tentando te superar. Era uma distração de toda a mágoa que eu causei.

— Era o quê? — ele perguntou.

— Uma distração.

Apenas mexendo a boca, ele repetiu a palavra para mim — "distração" — e, em seguida, olhou para baixo, na direção do próprio braço. Eu segui a linha de visão dele e vi que a parte da cadeira onde suas pernas estavam amarradas estava frouxa.

Apodrecida.

43

Dei a Noah o mais leve aceno de cabeça e voltei o olhar para Sarah. Ela continuava com a faca na garganta dele. Como diabos eu a distrairia o bastante para deixar que Noah agisse?

— Sarah, por favor, solte eles — pedi, me concentrando em tentar soar razoável. — Eu admiti tudo, era o que você queria, certo? Ninguém mais precisa morrer. Qual é o seu objetivo com isso? Setenta e cinco convidados do casamento logo vão chegar aqui. Você vai fugir? Pro resto da vida? Pense bem. O que vai acontecer quando eu contar pra polícia o que você fez?

— Acha mesmo que vão acreditar em você? Quais provas você tem, Gwen? Eles vão te encontrar aqui com mais dois corpos, mais dois pra acrescentar à sua sequência de namoradinhos mortos, todos cobertos com o seu DNA. Afinal, eles não tiraram as mãos de você, não é?

Ela tinha razão. Levando em conta as apalpadas, os beijos indesejados, a violência física, os amassos e as tentativas de massagem, meu DNA estariam espalhadas pelos corpos deles.

— Você vai levar a culpa por tudo isso, enquanto eu, a vítima inconsolável, vou fugir para o Canadá para lamentar a morte do meu pobre noivo, assassinado na véspera do casamento — Sarah continuou. — Parece um bom plano pra você?

— Pro Canadá? Isso aqui não é *Um sonho de liberdade*, Sarah. Você é uma gerente de projetos de Sussex, não o Andy Dufresne.

Vi os dedos dela se apertarem ao redor da faca.

— Tá bom, tá bom... Foi mal... — respondi rapidamente. — Esse é um plano ótimo. Só tenho uma adiçãozinha pra aperfeiçoar o negócio: deixa a gente ir embora.

— Quer saber? Tenho uma ideia ainda melhor — Sarah disse, um leve sorriso se espalhando por seu rosto. — Já que você parece ter dificuldades em fazer boas escolhas, que tal a gente brincar como no aplicativo? Vai querer deslizar para a direita ou para a esquerda? Vou te deixar escolher qual dos seus amores aqui morre primeiro. O pobrezinho do seu ex, Noah, ou o seu amante proibido, Richard.

— Sarah, eu não vou fazer isso.

Ela apertou a ponta da faca muito gentilmente no pomo de adão de Noah.

— Por que não? Afinal, é Dia dos Namorados. Vai lá, quem você quer escolher? O ex-namorado, estável e confiável? Bonitão. Engraçado. Um ótimo pai de gato. Um pouco baixinho demais, mas, tirando isso, parece praticamente perfeito, certo? Não sei bem por que alguém não ia querer escolhê-lo. Certo? Certo, Gwen? Teria que ser maluca pra descartar esse aqui.

Não falei nada.

— Tá bom, não tem certeza? Bom, que tal o belo Richard aqui? — Sarah foi até ele e tirou a mordaça de sua boca. — Barriga de tanquinho, panturrilhas *absolutamente* incríveis, trinta anos, trabalho chato de TI, mas um salário generoso. Historinhas sobre acampamentos de primeiro nível. E, é claro, morre de medo de compromisso. Vocês dois se dariam muito bem. Ah, é, esqueci, já fizeram isso. Todo mundo sabe pra que lado você deslizaria nesse aqui, hein?

Ela apertou a ponta da faca contra a têmpora de Richard. Os olhos dele estavam fechados, como se ele estivesse tentando se manter o mais imóvel possível. Uma única gota de suor caiu de seu cenho e respingou na lâmina.

— Por favor... — ele murmurou.

— Direita. Ou. Esquerda? — Sarah perguntou, lenta e deliberadamente.

— Eu já te disse, Sarah, não vou...

Vi os dedos dela se apertarem novamente ao redor do cabo e olhei para Noah. Se ele conseguisse se soltar agora, enquanto a atenção de Sarah estava em Richard, talvez tivesse uma chance de agarrar a faca.

— Agora não tá tão divertido, não é? — Sarah falou. — Agora que realmente existe alguma coisa em jogo? É bem fácil ficar deslizando uma tela, dizendo sim ou não, mas, quando suas atitudes significam algo de verdade, não é tão legal, né?

A raiva fervilhou dentro de mim.

— Sua vagabunda — cuspi.

— Eu é que sou a vagabunda? A única pessoa com quem você ainda não trepou aqui sou eu.

Em um piscar de olhos, ela voltou até Noah e segurou a faca tão perto da garganta dele que pude ver a pele se comprimir. *Droga*.

— Faça sua escolha — ela ordenou.

Tentei falar, mas nada saiu. Devagar, ela apertou a faca no pescoço dele.

— Espera, para, para com isso — consegui balbuciar, por fim. — Richard. Mata o Richard.

— Ah, eu devia ter imaginado que você nunca deixaria nada de mau acontecer ao seu precioso Noah — Sarah comentou, afastando a faca. — Tudo bem, parece que é a vez do querido Richard primeiro.

Quando ela se virou para Richard, acenei a cabeça outra vez para Noah. Era agora ou nunca, e eu tinha mais um ás na manga, ou no bolso, para ser exata.

Puxei a arma de choque.

— Calminha aí — falei, apontando-o para Sarah. — Lembra disso?

Ela hesitou e, naquele momento, Noah deu um golpe com as pernas e se libertou da cadeira. Tudo aconteceu em um borrão. Noah jogou o corpo sobre Sarah, derrubando-a para trás. Apoiando-se no altar, ela se equilibrou e tentou atingi-lo com a faca. Com os braços ainda amarrados um no outro tudo que Noah foi capaz de fazer foi dar um empurrão nela com o ombro.

Meu dedo pairava no gatilho da arma, mas, antes que eu pudesse disparar, Sarah se esquivou da investida de Noah, que se chocou de cabeça com o altar. Em uma fração de segundo, ela o agarrou por trás, erguendo a faca até a garganta dele e usando seu corpo como escudo.

— Bom, parece que o Noah vai ter que ir primeiro, no fim das contas — ela arfou. — Usando o método de eliminação, é?

Estabilizei a arma de choque, segurando-a firme com as duas mãos. No entanto, eu nunca conseguiria atingi-la com Noah no caminho.

— Atira nela! — Richard gritou.

— Você já usou um desses, por acaso? — Sarah perguntou com desdém.

— Não, mas sou ótima em *laser tag* — respondi.

Não era verdade, eu era péssima em *laser tag*. E não fazia ideia se: a) sequer sabia como usar uma arma de choque ou b) tinha coragem de usá-la. Mantive a arma apontada para Sarah, mas meus braços trêmulos entregavam o fato: não, eu nunca tinha segurado uma arma. A firmei tão bem quanto possível, e tentei me lembrar do que os policiais diziam na TV.

— Não se mexa — grunhi.

— Sério? Mesmo? — Sarah debochou. — Não se mexa? É isso que você tem a dizer?

— É, é sério. Você acabou de assassinar metade dos homens menos cobiçados de Eastbourne, acha que eu não consigo te acertar com uma arma de choque? Esse troço tem alcance de três metros.

— Você tá blefando — Sarah falou, forçando a faca contra o pescoço de Noah. — Não consegue acertar nem a cesta de *netball* de dentro da área do gol. Não vai acertar esse disparo nem por um milagre.

Eu hesitei, meu dedo soltando o gatilho. Minhas pernas pareciam estar prestes a ceder, e minhas mãos tremiam. Sarah tinha razão. Com Noah na frente dela, eu nunca conseguiria acertá-la.

— Mais um passo e eu corto a garganta dele — ela ameaçou.

— Não faça isso, Sarah — eu implorei.

— Por que não? Depois do que fez comigo, você merece.

— Mas ele não merece — implorei. — O Noah não é um estranho qualquer, é seu amigo. Se você o machucar, nunca vai conseguir aguentar a culpa. Confia em mim, eu sei como é tentar viver tendo cometido um erro terrível.

— Ah, Gwen — Sarah falou. — Transar com o Richard não foi o seu erro. Você me traiu muito antes disso. Desde o momento em que o Noah reapareceu na sua vida, você começou a idolatrar ele, exatamente como antes. E sempre, *sempre* deu prioridade a ele em vez de à nossa amizade, mesmo quando ele estava te impedindo de aproveitar sua vida ao máximo. E, aí, quando finalmente acordou e deu o pé na bunda dele, foi procurar atenção de um bando de homens imprestáveis em vez de estender a mão para mim. Sua melhor amiga.

— Eu não podia fazer isso — respondi. — Não depois do que fiz com você.

— Que papo furado, Gwen. Eu te vi chorar pelo que você fez com o Noah, mas e as lágrimas pra mim? "Tô aqui se precisar"? Que piada. E sabe o que é mais engraçado? Fui sempre *eu* que disse isso pra *você*. Você nunca retribuiu. Sabe por quê? Porque você nunca esteve aqui pra mim. Então, agora, vai sofrer sozinha, como eu precisei fazer.

— Aquelas lágrimas... — eu comecei — ... não eram pelo Noah. Eu entendo agora: era culpa. Eu não conseguia mais ser feliz depois do que fiz com você.

— Tamanha era a culpa, que você estava disposta a simplesmente me deixar entrar às cegas nesse casamento envenenado? — Sarah continuou. — Com aquele homem, incapaz de manter o zíper da calça fechado por mais de dez minutos?

— Eu achei, eu achei... — gaguejei. — Eu achei que estava te protegendo ao não te contar.

— Você estava protegendo a si mesma. E olha só onde isso te trouxe — Sarah respondeu.

Eu baixei a arma de choque e, devagar, andei na direção dela.

— Você tem razão — falei em voz baixa. — Eu devia ter te contado.

— Então, solte a arma — Sarah ordenou. — Acabou.

Dei mais um passo à frente.

— Eu falei pra *soltar* a arma — ela vociferou.

Parei exatamente à frente dos dois e ergui a arma acima da cabeça. Lentamente, me inclinei para perto do rosto de Noah, próximo o bastante para nossos lábios estarem quase se tocando. Apoiei minha testa na dele e fechei os olhos.

— Me desculpe — eu disse a ele.

Então, com um movimento rápido, baixei o braço, espetei a arma de choque com força sob a caixa torácica de Noah e puxei o gatilho. Houve um estalido alto e um lampejo de eletricidade azul quando o choque fez meu braço recuar. Os olhos de Noah se reviraram na cabeça, que caiu em seu peito, e ele, por sua vez, caiu no chão.

— *Agora* eu consigo te acertar — avisei, apontando a arma diretamente para a testa de Sarah. — Solta a faca.

Ela a deixou cair, e a faca retiniu nos blocos de pedra da igreja. Eu a chutei, fazendo-a deslizar pelo piso, na direção de Richard.

— O qu... o que você tá fazendo? — Sarah perguntou, a voz falhando.

— Tô te deixando ir embora — falei.

44

Então, lembra daquela lista de coisas ruins que eu já fiz? Bom, vamos botar as cartas na mesa: temos uma candidata novinha em folha, entrando diretamente no primeiro lugar, e ela é de cair o queixo.

Eu tinha me dado conta de uma coisa. Poderia listar um milhão de escolhas idiotas que já fiz (e, falando sério, quem é que nunca pisou na bola em algum momento da vida?). Mas não foram meus erros que me conduziram até ali, apontando uma arma de choque para a cabeça da minha melhor amiga: foi o fato de eu ter acreditado que, se os enterrasse fundo o bastante, tudo ficaria bem. Era hora de começar a me responsabilizar pelas minhas escolhas, antes que acabasse me tornando refém delas.

Então, sim, eu estava prestes a deixar uma serial killer escapar, impune. Não quero nem saber.

Sarah estava parada à minha frente, esperando boquiaberta pelo meu próximo movimento.

— Essa é minha escolha — declarei. — Vou deslizar você para a direita, Sar. Como deveria ter feito desde o início. A questão disso tudo nunca foi o Noah, nunca foi nenhum daqueles caras, somos eu e você. Então, vai. Foge. E, quando a polícia chegar aqui, eu falo pra eles que você escapou. O Richard vai confirmar. Tudo bem por você, Riczinho?

Richard assentiu mansamente com a cabeça. Me voltei para Sarah, que me olhava como se a maluca ali fosse eu.

— Se for embora agora, você consegue chegar no aeroporto antes que qualquer um comece a te procurar.

Ela hesitou.

— Uma hora ou outra, vão me alcançar.

— É, é verdade — falei. — Você não vai se safar, Sarah. Um dia, vai precisar pagar pelo que fez. Mas eu tô te dando uma dianteira. Uma chance de se despedir da sua família. E é isso ou ficar aqui e lutar comigo até a morte e, bom, como parece claro, sou eu que tenho uma arma.

Ela ficou parada no mesmo lugar, me encarando, perplexa.

— Por quê? — ela perguntou. — Por que você tá fazendo isso?

Hesitei. Era uma boa pergunta. Pensei no término com Noah. Pensei em como foi perder meu pai. Pensei que, em meus piores momentos, quando tudo parecia estar desmoronando, foi Sarah que cuidou de mim. Então, sim, talvez aquilo acabasse sendo a pior coisa que já fiz na vida, mas a verdade era esta: eu estava em dívida com ela.

— Tô aqui se precisar, lembra? — falei.

Sarah balançou a cabeça quase imperceptivelmente.

— Estamos quites — ela disse, depois de um momento. E, com isso, me deu um último olhar, olhou de relance para o noivo que choramingava e passou por mim, saindo pela porta.

E assim, de repente, tudo tinha acabado. Desmoronei ao lado de Noah no chão, ergui a cabeça dele e a apoiei em meu braço. Ele babou na minha manga.

— Bom garoto — murmurei.

Exausta, fiquei apoiada no banco da igreja até que, por fim, ouvi o som de sirenes da polícia ecoando pelos vitrais.

EPÍLOGO

— Quase perfeito — gritei na direção na cozinha, tomando um gole do chá recém-preparado.

— Quase? — A resposta veio das profundezas da geladeira. — Coloquei leite demais?

— Não o chá. Isso aqui — falei, indicando o cômodo com um gesto.

Era uma tarde de domingo. A TV estava ligada ao fundo, gentilmente exibindo algum programa de culinária norte-americano no qual uma mulher de aparência acolhedora assava gigantescos bolinhos de canela no maior forno que eu já tinha visto na vida. Eu ainda estava de pijama. Enquanto a observava traçar linhas horizontais de glacê sobre os doces, em um movimento suave, uma mão colocou um prato de torradas quentes amanteigadas na mesa de centro. Peguei a maior fatia.

— Vou ficar com essa aqui, em virtude de todo o meu estresse pós-traumático — falei, dando uma mordida imensa.

— O que está faltando, então? — Aubrey se sentou ao meu lado no sofá. — Geleia? Não tinha nada na sua geladeira.

Ignorei a pergunta. Eu não havia contado a Aubrey exatamente como as coisas aconteceram na igreja, mas tinha o deixado levar o mérito por resolver a coisa toda e salvar Noah e Richard, o que me rendeu alguns pontinhos positivos.

Duas semanas haviam passado, e a polícia estava no encalço de Sarah. Sabiam que ela tinha pegado um voo em Gatwick para Vancouver, mas, até o momento, ela estava conseguindo evitar ser encontrada. Fui assegurada de que os peritos criminais canadenses tinham colocado as melhores pessoas no caso, e que era só questão de tempo até ela ser pega. Quando isso acontecesse, eu sabia que precisaria responder a muito mais perguntas. Por enquanto, contudo, o sol estava brilhando. Finalmente, era primavera.

Charlie havia recebido liberdade condicional. Richard vendeu a história para o *Mail Online*. Eu consegui meu antigo trabalho de volta. Incrivelmente, graças à precaução de Noah quando contratou a apólice mais alta, o seguro pagou pelo caminhão, e eu ainda não havia precisado arranjar outra pessoa para dividir o apartamento.

Segurando a torrada entre os dentes, desbloqueei meu celular. Lá estava o Connector, fechado, desamado e desnecessário. Eu não tive energia nem sequer para pensar nele. Toda vez que via o aplicativo na tela por acidente, rapidamente deixava o celular de lado e ia fazer outra coisa.

Inspirei fundo e apertei o logo do Connector com o polegar. Escondendo a tela dos olhos de Lyons, ajustei a distância para a menor configuração possível e esperei que o aplicativo procurasse perfis disponíveis. A rodinha de carregamento zunia na tela ao girar. Depois de mais ou menos dez segundos muito, muito longos, uma mensagem surgiu: Nenhum perfil encontrado. Que tal tentar ampliar sua busca?

— E aí, como vão as coisas no Connector? — perguntei. — Deu algum match?

Aubrey correu uma mão pelo cabelo.

— É vergonhoso, mas eu baixei o aplicativo porque achei que talvez, só talvez, estivesse me sentindo pronto para conhecer alguém de novo. Depois da Olivia, as coisas foram difíceis, sabe? As pessoas não levam numa boa a ideia de sair com um tira.

— Deixa eu ver se entendi. Uma onda de assassinatos motivada por um aplicativo de namoro te acertou em cheio no coraçãozinho? Tá tudo bem por aí, Aubrey?

— Não foi por causa do caso — ele falou.

— Então você já encontrou alguém? — perguntei, erguendo o celular para mostrar a tela a ele. — Foi bem rápido.

Ele desviou o olhar; juro que vi suas bochechas corarem um pouco.

— É, achei que tivesse encontrado, talvez — ele disse.

Eu o encarei, os olhos arregalados.

— Eu, você quer dizer? — Tossi. — Por causa daquela noite na delegacia? Ai, Aubrey, não vai se precipitar. Eu tinha bebido meia garrafa de Malibu, visto dois cadáveres e acabado de explodir um caminhão de sorvete de cinco toneladas. Eu, no seu lugar, não começaria a procurar uma aliança de noivado ainda.

Ele pareceu um pouco decepcionado.

— E quanto à Olivia? — indaguei. — Achei que você ia voltar pra Londres e reconquistar o amor dela, não era isso?

— Sabe, eu pensava que ainda estava apaixonado por ela — ele disse. — Talvez sempre vá estar, um pouquinho. Mas acho que nada que eu faça vai mudar o fato de que ela não estava apaixonada por mim. Então, preciso deixar isso para trás. Seguir em frente. No entanto, isso não quer dizer que eu precise desligar meus sentimentos, ou que nunca mais vou conseguir amar alguém. Eu só preciso aprender a amar de um jeito diferente. E achei que, talvez, tivesse conseguido.

Ele olhou para mim, um sorriso esperançoso.

— Então, só pra deixar tudo cem por cento claro, você não é um psicopata enganador e sedento por sangue? — perguntei.

— Não — Aubrey falou. — Seria um percalço e tanto na minha carreira como investigador de homicídios.

— Hmm, certo, mas por que eu deveria acreditar no que você diz? — Sorri.

Ele pensou na pergunta por um momento.

— Gwen, lembra quando você fez aquela coreografia da Shakira?

— Lembro — respondi. — Mas o que isso tem a ver c...?

— Foi ruim pra caramba — ele disse. — Viu? Eu não mentiria pra você.

— Ah, bom, eu nunca quis admitir, mas você tem razão. Talvez tenha faltado um pouquinho de ensaio. Tá bem, certo, eu acredito em você. Você é chato demais pra ser um serial killer mesmo. — Sorri para ele.

— Então, lembra que falamos de ir a algum lugar? Um lugar que não seja uma delegacia encardida?

— Nem um barco de pesca caindo aos pedaços? — perguntei.

— Que tal um belo passeio na Eastbourne Eye?

— Cedo demais, Aubrey. Cedo demais.

— Tá bom, e aquele pub que você gosta, o Brown Derby?

Pensei na pergunta por um instante. Um frio surgia na minha barriga mais uma vez e, dessa vez, não senti o impulso de sufocá-lo.

— Tá me convidando pra um encontro?

— Você é melhor como investigadora do que eu — ele disse, sorrindo. — Descubra.

Eu sempre tinha pensado em Noah como uma âncora, me mantendo em segurança no lugar. Percebia agora que, sim, ele de fato era uma âncora: nunca me deixaria zarpar. Mas, agora, eu estava pronta para seguir em frente. Claro, com certeza tomaria mais um milhão de decisões ruins na vida, porém, daquele ponto em diante, começaria a assumir a responsabilidade por elas.

Baixei os olhos para o meu celular. Meu polegar pairou sobre o logo do Connector, dois pequenos elos de corrente conectados, um rosa, um azul. O apertei até uma pequena mensagem aparecer na tela do celular, perguntando: Desinstalar aplicativo?

Aubrey espiou por cima do meu ombro.

— Vai finalmente fazer isso, é? — ele perguntou.

Dei mais uma mordida na torrada e devolvi a fatia ao prato.

— Bom, o que você acha?

AGRADECIMENTOS

Obrigado por ler este livro. Espero que tenha gostado.

Gostaria de agradecer a minha mãe por ler para mim todas as noites, e a meu pai por interpretar as vozes. E a Danielle, a última peça do quebra-cabeça. *Te amo* (e obrigado por não sair correndo para as colinas no Primeiro Encontro, quando eu te contei que estava escrevendo um livro sobre serial killers psicopatas em aplicativos de relacionamento).

Também gostaria de agradecer a:

James Melia, por sua fé inabalável neste livro.

Meu agente literário incrível, James Wills, que fez tudo isso acontecer.

Helena Maybery, Rachel Richardson e todo o time em Watson, Little.

Mia Robertson, Frances Yackel e todo mundo da Gallery Books.

Elliot Stubbs, Laura Bassett e Amber Harwood, vocês são os melhores (em localizar erros gramaticais e furos no roteiro).

Vicki Laycock e Lucy Rainer, pelo vasto conhecimento em mistérios policiais, pela torcida constante e pelas perspectivas inestimáveis sobre todas as coisas, desde pêssegos fora de época até policiais juniores.

Rosie Mullender, pelos conselhos excelentes, pela empatia e por (supostamente) ter escutado todas as mensagens de voz.

Jack Barnes, pela paciência que teve enquanto eu tentava sorrir para as fotos.

Rob Fenech, por desenvolver o *lmchilton.com*, o site mais incrível da internet.

Peyton Stableford, Sue Gibbs, Hayley Steed, Mark Stay, Alex Buckland, Samm Taylor, Jane Common, Becks Dawkins, Tom Scully, Helen Wright, Jimmy Barnes, Kirby (grande lenda, descanse em paz), Bucky, The Sherlocks, The Crumpets/Croissants, The Dudes, Kaftans e the Chums.

E a todo mundo com quem eu saí entre mais ou menos 2012 a 2020, vocês estão aí em algum lugar.

Primeira edição Junho/2025
Papel de miolo LuxCream 60g
Tipografias PT Serif, Trade gothic Next e Acumin
Gráfica Santa Marta